女配角的戀愛法則。

Deserve to be loved

米琳 著

獻給所有——

如女配角般生活，卻也如女主角般耀眼的妳。

序

有句話說：「每個人，都能創造出獨特故事，是自己生命中的主角。」

可是仔細想想，那些在群體裡的日子，許多人好像都會因為被世俗規範出來的各種條件，而產生了角色扮演上的差異，被貼上不同的標籤。

好比看到一張照片裡，樣貌出眾的人和平凡的人合照，直覺描繪出屬於他們各自的故事時，常帶有刻板印象的明顯落差。

長相出色的人，肯定不乏追求者，有能互相珍惜的另一伴，有令人稱羨的工作，美滿的人生，因為童話故事裡的王子和公主，就是那樣的；長像平凡的人，過著中規中矩的生活，適婚年齡時遇到了難能可貴的對象，結婚生子，庸庸碌碌的度過一生。

一朵鮮花，若沒有綠葉的陪襯，無法顯現其嬌豔。

而這樣的兩個人並肩一站，誰像主角，誰更像配角呢？

我們或許偶爾是主角，偶爾是配角，可無論扮演哪種角色，總會有那麼一個人出現的。

當那個人出現時，你就會知道，屬於你的故事，就要開始了。

第一章　女配角上線

為什麼我是女配角！

難道，就因為我有一個打娘胎出生就認識，又因為兩家媽媽情誼深厚而被開玩笑的指腹為婚，我以為在一起久了就會是我的，結果他卻喜歡上別人的青梅竹馬——薛育成嗎？

「小說裡，通常女主角都會成功的跟自己的青梅竹馬在一起。」

國中初次失戀，和我同班的一位男同學偶然發現我躲在女廁所旁的角落偷哭，聽完我告白被拒和悲慘的單戀過程後，不僅沒有拿衛生紙溫柔的安慰我，反而落井下石，補了這麼一句話，但他還算有同情心，拍胸脯答應會替我死守祕密，不讓任何人知道。

失戀後，我和薛育成尷尬了將近一週，就被一個用便利商店點數兌換的「限量版卡娜赫拉手提袋」給安撫了。

於是那位男同學又說：「女主角失戀後，通常都會很有骨氣的跟拒絕她的男生老死不相往來，不會再當朋友，因為這樣，才有機會遇到真正的男主角。」

面對那隻可愛的粉紅兔子和白色小雞，我得承認自己挺沒有骨氣的，但是——

「誰說的？」我不甘心的反駁：「《惡作劇之吻》的袁湘琴被江直樹拒絕後，不是靠著堅定不移的追愛精神最後成功抱得男神歸了嗎？」

我是一時堵住了男同學的嘴沒錯。

可後來人氣王薛育成不負眾望追到了長髮大眼、五官精緻、身材嬌小纖細的國中部之花施妤穎，他們傳出交往當天，我在課間收到了男同學的字條：「江直樹可沒有喜歡上別的女生啊。」

薛育成向我坦承死會的那晚，我躲在棉被裡嚎啕大哭，隔天醜到沒臉見人，還騙家人跟同學說我胃痛，逃課躺在家裡默默哀悼我還沒開始就已經夭折的初戀。

回想起收到卡娜赫拉手提袋時，我曾故作輕鬆的問薛育成：「欸，你為什麼不跟我在一起？媽媽她們希望我們在一起的說……」

他先是一陣大笑，然後用最令人心碎的方式回答：「我們？哈哈哈，別開玩笑了，我連妳衣櫃裡有哪幾種顏色的內褲都知道。」

「那我今天穿什麼顏色？」我不假思索脫口問。

「粉紅色？」他猜測時，那兩條濃密的眉毛還粗鄙的抖動了幾下。

「你還真的猜啊！」我抱緊手中新得來的珍貴提袋大罵：「變態！」

雖然告白失敗，但從小到大培養的感情和友誼，也不可能說放棄就放棄，私心裡，我還是期待過萬一哪天薛育成和施妤穎分手了，能有機會讓他看見我的好，進而喜歡上我。

只是那份盼望，也隨著施妤穎變成我的好朋友後，成了只能深埋在心底不敢為人所知的念想。

單戀的時光匆匆，轉眼來到高二下，這是個被繁重課業壓力和考試成績壓得喘不過氣，沒太多時間風花雪月，卻又渴望戀愛的尷尬年紀。

薛育成和施妤穎雖然成天吵吵鬧鬧，卻仍舊在一起，而且還從以前的隔壁班，變成同班的班對。

三人行，必有其一形單影隻。

身為他們的好朋友，我徹底詮釋了「女配角」這個角色——善解人意卻缺乏光環的那一位。

♥

服裝儀容端正的我，剛和薛育成並肩通過校門口那一排糾察隊不久，身後隨即爆出一陣「是高中部之花耶！長得好漂亮喔」的驚呼騷動，而且喧鬧聲的距離越來越近。

「早安。」

略帶嬌氣的招呼聲一落，我自動讓位，將薛育成身旁的位子空下，就像身體的反射動作。

「早安啊，寶貝。」親暱的稱呼，從薛育成刻意壓低音量的嘴裡迸出來，他迅速的摟一下施好穎的腰、又鬆開，全程在我替他們遮掩中進行。

起初，我還會有心碎的感覺，現在只剩麻木了。

既然決定要當女配角了，還有什麼好計較的？我默默為自己再次做好心理建設。

「哇，子燕今天看起來很不一樣耶！」施好穎突然湊近，精緻漂亮的臉蛋在我眼前放大，一雙黑白分明的靈眸大眼轉動，隨著那跳躍性的思緒，像正在思考要怎麼稱讚我，「嗯……新髮型？很適合妳。」

我抬手順了順勾在耳下兩公分的短髮，以為她會說出什麼比較有誠意的讚美……

也是，她向來都是被稱讚的那一個，怎麼可能想得出什麼新穎的台詞。

「我也覺得子燕短髮好看，以前留長頭髮看起來太老氣了。」薛育成雙手置於腦後，走起路來雖然一副痞痞的模樣，卻贏得不少女同學青睞的目光。

果然壞壞的男生惹人愛，是不變的道理，而不爭氣的我，看他這麼多年，依舊抵擋不住他的魅力。

「不會呀，子燕不管長髮短髮都可愛。」施妤穎勾住我的手臂，邊和薛育成打情罵俏。

可愛是一種十分通俗的形容詞，即使是對一個長相非常普通的女生仍然適用。

我揚起嘴角，如往常般回應：「妤穎，我有幫妳帶早餐，鮪魚蛋吐司不加美乃滋和溫奶茶，等一下進教室給妳。」

「好棒！謝啦！子燕對我最好了。」她歡呼，雙手環抱過來，臉頰抵在我的頸肩磨蹭了一下。

薛育成瞇了瞇眼，「妳這麼依賴子燕我會吃醋。」

「人家子燕什麼都幫我用得好好的，比你這個男朋友對我還要好，我當然會多依賴她一點。」

施妤穎很了解我任勞任怨的奴隸性格，那是一種渴望被人需要的感覺，能讓我產生自信心，藉此定義自己存在的價值。所以，她常常會把沒有我不行、我對她很重要等話掛在嘴邊，除了滿足我的虛榮心，也能讓她自身受惠，享受我優先為她設想、凡事幫她做得好好的。

當我們三人走進教室時，班上有幾位女同學正在吵架，這是時不時就會上演的戲碼，施妤穎多半都冷眼旁觀，但偶爾她心情好，便會出言相勸。

「齊敏本來就是這樣的個性，妳們又不是不知道，有什麼好吵的？適可而止吧。」

嗯，看來她今天心情滿好的。

「不是啊，她每次都把掉在她座位旁的垃圾丟進我的抽屜裡！」站在齊敏桌邊，雙手抱胸的女同學氣呼呼的指控。

齊敏冷眼，不甘示弱的反擊：「那是妳昨天下課吃完東西的垃圾，我只是物歸原主而已。」

「可是放在抽屜裡會長蟑螂，很噁心！妳就不能舉手之勞拿去扔掉嗎？或是等隔天打掃再整理啊！我又不是故意的。」

「妳前幾天也說不是故意的，放羊的孩子這個故事有沒有聽過？再說了，憑什麼妳製造的垃圾要我處理？」

我覺得齊敏說得沒錯，對方的確莫名其妙，還很玻璃心。她們的位子在前後座，三不五時就會發生爭執，上一回，齊敏只是將作業往前傳時喊了聲「喂」，下課後她們就吵起來了。

女同學的好朋友幫腔：「反正齊敏就是個太妹啦，家裡沒教好，一點同學愛都沒有。」

「講這種話太過分了吧？」聽不下去的班長李元盛從座位上站起來，神情嚴肅，「那妳們的家教呢？」

碰了一鼻子灰的兩位女同學面面相覷。

「齊敏本來就沒有義務整理妳留下來的垃圾，吃完東西就拿去丟也是舉手之勞，為什麼妳做不到的事情，卻要求別人做？怕會生蟑螂，就趕快拿去丟，丟個垃圾才幾秒鐘的事，也要在這裡吵。」

我和施妤穎及薛育成坐在位子上看李元盛主持公道，覺得身為連任班長的他真有本事，模樣有點帥。

而且，班上跟齊敏比較要好的人，除了我，大概就是李元盛了吧。

齊敏家境不好，不少同學聽說她單親，媽媽又是做保險業務的，經常為了要拉人投保，而利用美貌周旋在男人堆裡陪笑陪酒，就帶著有色眼光看她，再加上她面貌豔麗，穿著打扮帶點龐克風，更加容易受到非議。

知道我和齊敏關係不錯的同學們，多半都會勸我離她遠點，說像我這樣的乖乖牌最好別跟那種人混在一起，但我很清楚，齊敏雖然心直口快難免傷人，其實本性不壞，一旦認定了是朋友，便會真心相待，赴湯蹈火也在所不辭，比起班上許多表面和善，背地裡卻愛說三道四、扯後腿的女生要好太多了。

坐在我旁邊的施妤穎吃著早餐，傾身附耳對我說：「根本私人恩怨，她們也太愛找齊敏麻煩了。」

天生漂亮的施妤穎雖然有點公主病，有時比較驕縱，但本性善良、心思剔透，算是個單純的人，這也是我喜歡她的地方；對於我和齊敏交好，她並沒有像其他人一樣懷有偏見。

早自習開始前，我收到齊敏用手機傳給我的訊息：「**妳頭髮剪短了。**」

沒想到她剛才在和女同學爭執，看似並未留意其他的模樣，卻發現了我的改變。

「**對，禮拜六剪的。**」

「**好看啊！很適合妳，感覺有朝氣、有精神，整個人看起來也活潑很多。**」

我發出一張笑臉貼圖，並抬頭朝她的方向回以一笑。

自從國中，某次和薛育成聊天得知他喜歡長頭髮的女生，我就再也沒有剪短過了，頂多修髮尾不要讓長度過腰。

薛育成和施妤穎剛開始交往的那陣子，我曾難過到想一口氣把頭髮剪短，可是想一想又捨不得。直到上週六在媽媽的鼓勵下，翻看雜誌找到一個順眼的髮型，好不容易決定剪短，結果薛育成說那是什麼話？

我長頭髮看起來太老氣？那我多年來堅持不剪頭髮到底是為了什麼？

真傻。

原來是，要他喜歡的女生留長髮才有用。

早自習結束，鐘響伴隨著一陣淒慘的哀號聲，今天的國文小考滿難的，我雖有準備，許多題目仍沒把握，一向對文科沒轍的薛育成可能更不用說了……

肯定慘兮兮。

我抬頭一望，發現他整張臉已經朝下癱在桌上了。

「欸欸欸，快看！是博奕琛耶！」

接獲通報，左鄰右舍的女同學們眼睛瞬間發亮，紛紛往窗戶邊移動，視線落在那個被一群人包圍，滿臉笑容、長相極好看的男生身上，他正路過我們教室外。

博奕琛是上學期轉學考以榜首之姿轉進我們學校的風雲人物，雖然體育項目的表現一般，但會彈鋼琴和吉他，擅長辯論、數學競賽以及英文演講，連日文能力也是一流，反正普通高中生不會的，他都會。

聽聞學校將安排他當代表，報名參加多項全國性的比賽，為校爭光。

施妤穎輕淡的目光，投向那群湊在一起看帥哥的女同學們身上，突然問：「話說，博奕琛到底為什麼要轉來我們學校？」她對於不在意的人事物，會選擇性忽略，鮮少八卦，而這都已是上學期的事了。

儘管那時候博奕琛這個轉學生曾引起熱烈討論，但對心裡只有薛育成的施妤穎而言，應該也是昨日聽完今日便忘。

我憑著模糊印象對她說：「好像是因為他媽媽被公司調派，舉家搬遷的緣故。」

「因為媽媽被調派而搬家轉學？」施妤穎狐疑的挑起一道眉，「那他爸爸呢？也一起嗎？」

「我聽說……博奕琛好像是單親……」

聞言，她睨了眼同樣冷靜看待這一切的齊敏，語氣略為諷刺的說：「都是單親，怎麼待遇差這麼多？」

正巧聽見我們對話的女同學插嘴：「人家博奕琛家境富裕，媽媽任職於大型外商公司的高階主管，年收入上百萬，是一名事業有成的女強人，當然跟齊敏不一樣啊！」

「妳怎麼知道？」施妤穎挑眉反問。

「我……」女同學一時語塞，「我也是聽說啊！」

「那就是沒有事實根據嘍？」

學生間的八卦傳言，多半就是捕風捉影罷了。

傳聞似乎只提及他因媽媽工作調派而轉學，沒有聽說他爸爸的事……從這點推斷，他確實有可能單親，不過如此一來，更加凸顯同學們拜高踩低的心態，大家未免太過現實了。

「主要的原因，還是因為他又帥又聰明吧？」坐在我後面的楊悅忍不住開口。

楊悅五官立體，個子高、骨架纖細，留著一頭俐落短髮，性格大而化之，十足的女漢子，對長得帥的男生零好感，單戀隔壁班戴著黑框眼鏡，熱衷鋼彈的老實男生張一傑。

我們從高一下開始坐在前後座，我和施妤穎都滿喜歡她這樣的女生，講話坦白實在，不長心眼，相處起來很舒服。

「我沒興趣。」施妤穎立直手掌揮了揮，用食指捲起一綹長髮，嬌笑道：「我有育成了。」

楊悅跟進，「我也有喜歡的人了。」

「張一傑嘛！我們知道。」施妤穎朝她曖昧的眨了眨眼睛。

楊悅只有提及喜歡的人時，才會露出少女情懷羞澀的一面，擔心會被其他人聽到，她趕緊把話題推到我身上，「那子燕呢？子燕喜歡像博奕琛那種類型的男生嗎？」

我尷尬的傻笑，一時半刻不知該如何回答。

絕不能當著施妤穎的面說我喜歡青梅竹馬薛育成，我可不想當反派系的女配角啊……

兩雙眼睛直盯著我看，我不得已，只能結結巴巴的開口：「嗯，喜、喜歡。」

施妤穎笑得好開心，打趣道：「那妳怎麼不趕快也到窗邊去看看？」

薛育成帶著兩罐飲料走過來，蘋果汁給施妤穎，柳橙汁給我。

「育成，子燕喜歡像博奕琛那種類型的男生耶。」

薛育成聞言，看向我的目光帶有一絲閃爍，我無暇細想其中意味著什麼，心不在焉的轉動柳橙汁的玻璃瓶身……

其實我不喜歡柳橙汁，他卻總是不記得這件事。起先我還會拒絕，後來便懶得再講，每回都只能勉強喝個幾口，或收進書包裡帶回家處理。

哪怕只把我當成從小一塊兒長大的玩伴朋友，好歹也多少記得對方的喜好吧？

但心情難免失落。

「你已經很久沒買果汁了。」我說。

薛育成扭開瓶蓋、插上吸管，將果汁遞出去的同時說道：「妤穎說想喝蘋果汁，福利社在做優惠，果汁買一送一。」

「楊悅，妳喜歡喝柳橙汁嗎？」我轉頭。

「滿喜歡的啊。」

我當著薛育成的面，將手中的果汁送給楊悅，「那這個給妳。」

他沒說什麼，反倒問：「妳喜歡博奕琛嗎？」

我一聽，差點被口水嗆到。

什麼時候從「我喜歡他那種類型的男生」，變成「我喜歡他」了？

施妤穎咬著吸管，睨了薛育成一眼，「你這樣說，會讓子燕被博奕琛的愛慕者追殺，陷於水深火熱之中。」

「是啊，請不要害我。」

第一堂上課鐘響，掩蓋我的低聲嘆息，我默默從書包內拿出化學課本，忍不住在心底自嘲。

連相處十六年的青梅竹馬都沒有喜歡上我了，何況是風雲人物博奕琛？

我才不會沒自知之明的去喜歡那種明星等級的人物呢！

全班有一半以上的女同學，都在期待今天下午的體育課。

因為這個禮拜，二忠和二愛交換了體育課的運動項目，原本要上排球課的二愛，會先上桌球課，這代表二忠的上課地點，就會改到二仁——也就是我們班上籃球課旁邊的排球場。

乍聽之下好像沒什麼，但……博奕琛是二忠的。

略有姿色的女同學們，在上體育課前就都擠在廁所裡打扮，一心期待有機會可以認識他，而長得普通的，則盼著有機會能夠近距離看到他，也就心滿意足了。

結果，哪有什麼機會？

博奕琛只上場打了十分鐘左右的排球，就把體育課當成自由活動，消失的無影無蹤。

「她們好像很失望。」剛打完籃球的楊悅汗流浹背，從我手中接過衛生紙擦了擦脖子後，瞄了一眼坐在樹蔭下乘涼的女同學們。

身處其中的施妤穎，正巧轉過頭來，她眼神死、表情略顯不耐，見我和楊悅並肩走近，直接起身奔向我們。

「還好嗎？」我問。

「不好。」她壓低音量，開始翻白眼抱怨：「她們從頭到尾都在討論博奕琛。博奕琛去哪裡了？博奕琛喜歡什麼樣的女生？博奕琛好帥、博奕琛、博奕琛、博奕琛、博奕琛——好煩吶！」

「沒辦法啊，妳討厭流汗，不喜歡運動。」楊悅訕笑，「否則和我跟子燕一起打籃球的話，就不用聽她們發花痴了。」

「今天特別嚴重。」

我朝排球場方向望去，「因為二忠在我們旁邊上課嘛！」

「那又怎樣？」她受不了的一直碎碎念。

聽到「集合」，班上同學三三兩兩朝體育老師所在的位置移動，老師的視線掃過眾人，大致點算人數後，便吹哨子宣布解散。

二忠有幾位男同學趁機跑來找我們班的男生切磋籃球，兩班有不少女同學湊在球場邊吶喊加油口號觀戰。

我和施妤穎、楊悅沒興趣，便結伴穿過人群準備返回教室，突然，不知從何處爆出一陣大叫聲：

「同學，小心！」

就在我意識到這句是對我的提醒的時候，已經來不及了——

砰！

一顆籃球以迅雷不及掩耳的速度正面砸中我。

疼痛伴隨著頭昏眼花侵襲感知，我站不住腳的向後踉蹌，跌倒在地，耳朵嗡嗡作響，隱約聽見施妤穎驚呼：「子燕！」

楊悅著急的蹲下來握住我的肩膀，我瞇眼，從口型猜測她是在問：「妳還好嗎？」

我暈眩不已，整個人像被抛到外太空，繞了一圈才回來，施妤穎和楊悅呼喚我的聲音，從小聲變大聲，等我終於聽清楚時，她們已經不知道喊了我多少遍。

「妳有沒有怎麼樣？」丟出那顆籃球的二忠男同學跑步過來，俯身關心我的狀況，倉皇的從頭到腳檢視著我。

接著，他倒抽一口氣，還來不及開口，施妤穎就先錯愕的指著我的臉，高分貝說道：「天啊！子燕，妳流鼻血了！」

這才感覺到從鼻孔裡流下溫熱液體，我驚恐的睜大雙眼，連忙抬手捂住，覺得超級丟臉。

圍觀的學生有增多的趨勢，其中包含了一些非因我而起的騷動。

不久，我聽見有人低呼：「是博奕琛耶……」

施妤穎見我眼神渙散，伸出一隻手在我面前揮了幾下，「子燕，妳看得見嗎？」

我當然看得見，我還看到不知何時出現在群眾中，正朝這個方向走近的博奕琛，只是一時腦袋空白，反應不過來而已。

「妳沒事吧？」博奕琛低下頭，關心的詢問我的狀況。

在學校裡，成績好、優秀出色的學生，有大頭症的不少，所以我本以為他的個性也是比較跩、目中無人的類型，看樣子是我誤解了……

沒多久，他原本平靜無波的臉上，緩緩扯開一抹自然的微笑。

這顛倒眾生的笑容實在太刺眼，我抬起另一隻手撐住額頭，想不透偶像劇裡出現在很衰女主角身上的情節，怎麼會突然發生在我身上。

施妤穎從我的運動褲口袋裡掏出我隨身攜帶的面紙包，拉下我遮著鼻子的手，抽出一張稍微擦掉血跡後，再用乾淨的衛生紙輕壓我的鼻梁。

「怎麼辦？腫起來了耶……」她面露擔憂，不敢太用力。

痛痛痛痛——

我整張臉皺在一起，眼淚狂噴，想向後退，她卻用手掌抵住我的後腦勺，「忍忍。」

楊悅也抽出一張衛生紙撕成條狀捲起來交給我，讓我塞鼻孔。

「嗯……」博奕琛蹲下身，挑起一道眉，眸光含笑的看著我，半晌後，用略帶輕快的嗓音開口：「看來，妳得去一趟保健室了。」

單憑聲音聽起來有點像在幸災樂禍，但他表現出來的樣子又全然不同調。

楊悅慢慢的把我從地上扶起，「我陪妳去。」

我正要點頭，博奕琛卻跟著起身，出其不意的說：「我帶她去好了。」

圍觀同學們無不訝異，交頭接耳、議論紛紛，懷疑這其中是否有八卦。

楊悅來來回回的看向我和博奕琛，神情十分疑惑，「這不好吧……」

我原以為施妤穎會阻止這麼奇怪的事情發生，沒想到她竟露出看好戲似的笑容，還拉住楊悅，「好啊，那就麻煩博同學了。」

不小心用籃球打到我的罪魁禍首為難的搔搔頭，看了博奕琛一眼，「奕琛，還是我——」但他話沒講完，就像接獲什麼祕密指令般倏地改口：「好，那麻煩你了，我等一下還要把借來的排球拿去還。」

現在到底是什麼情況？

我愣愣的回望博奕琛，他旁若無人對我微笑，「妳可以走嗎？」

我試著移動步伐，發現狀況還可以，點了下頭。

他滿意的勾脣，「那我們走吧。」

同學們左右散開讓我們通過，我垂首不語，覺得這一切實在太詭異。

前往保健室的途中，我盯著博奕琛走在前方的背影，猶豫了很久才嘗試性的開口：「那個……」

他放緩速度回頭，微笑仍掛在臉上，「怎麼了？」

「你其實不用送我去保健室的。」我抿了下脣，「又不是你用籃球打到我的，而且那只是意外。」

博奕琛靜靜瞅了我幾秒，徐徐開口：「我是二忠的班長，徐瑞德用籃球打到妳，我代替他照顧流鼻血的妳是應該的。」

原來剛剛那個男生就是徐瑞德，上學期和我們班一個女生走得很近，一度傳出兩人在交往的消息，不過謠言後來無疾而終，難怪我會覺得他有點眼熟。

「徐瑞德是體育股長，要負責把我們班上課用的排球還到運動器材中心，所以沒辦法陪妳去保健室。」博奕琛解釋，大概是怕我多慮。

我輕輕點了下頭，不再堅持己見，因為不管我怎麼說，他似乎都找得到理由，而且還挺霸道的，從幾句言談就感覺得出來，他決定要做的事，好像就不會在乎別人同不同意或願不願意，儘管從頭到尾，他都笑笑的，維持著一副溫和草食性動物的模樣。

一個是引人注目的博奕琛，一個是正在流鼻血的我，我們前後走在前往保健室的路上格外醒目，讓一向低調的我倍感壓力，所以我刻意放慢速度與他保持距離，他可能有所察覺，幸好他並未堅持走在我旁邊。

保健室阿姨不在，博奕琛將我安置在病床上，「等一下吧。」

上課鐘響起，我問他：「你要不要先回教室上課？」

「我陪妳等。」他雙手環胸，閒適的斜倚在牆邊，「妳還在流鼻血嗎？」

我透過正對病床的一面小鏡子看到自己慘不忍睹的狼狽模樣，嘆氣道：「應該吧。」就算已經不流血了，我還是想找個地洞鑽進去。

我無法理解……博奕琛居然是如此熱心的人，他看起來不像……

我一雙眼睛轉動著，不知該往哪裡擺，最後只好垂下脖子盯著膝蓋發呆。

「妳叫柯子燕，對吧？」

他的問話令我回過神，我仰起頭，目光撞進那雙滿懷笑意的眼眸，頓了幾秒才應聲：「……對。」他是剛剛聽到同學叫我的名字才知道的吧？

「之前，我經過二仁教室時都沒有看到妳。」他直勾勾的瞅著我，似在回想。

二年級，忠、孝、仁、愛四個班級，都在教學大樓三樓的同一側，成ㄇ字型排列，老師辦公室就在二愛教室的後方，所以只要去找老師，就一定會經過我們班前面。

他雖沒看到我，但我偶爾會看見他路過前廊的身影。

揚起一抹不自在的微笑，我說：「那很正常啊。」

「為什麼？」

「因為我長得很不起眼嘛……」本來就不漂亮了，現在還被籃球毀容。

博奕琛「喔」了好長一聲，聽不出含意的那種，接著語出驚人：「柯子燕，妳把手機號碼給我吧。」

我瞪大眼，嘴巴開合了好幾次才找到聲音：「為、為為為為什麼？」

他令人猜不透的神情稍微變化，似乎以逗弄我為樂，「被籃球打到不是小事，至少要觀察三十六個小時，這段時間，如果有頭暈、噁心、想吐等症狀，就需要去看醫生。萬一妳真的怎麼了，身為班長我必須知道，才好跟徐瑞德說，要負責妳後續的醫療費用啊。」

聽起來合情合理，但他這樣的關心我承受不起。

「沒這麼嚴重吧？」我僵硬的勾勾脣角，「流完鼻血，冰敷一下應該就好了。」

「妳不想給我手機號碼嗎？」他的口氣和表情難掩失望。

這……搞錯重點了吧？

而且——對！我不想！我不是你的愛慕者之一，我很低調，不想和會自體發光的你產生太多交集。

可是，為什麼有人可以一臉無害，卻莫名讓人產生壓迫感？

我沒遇過這種事情，也不知道該怎麼拒絕才好，思來想去，只能弱弱的開口：「因為真的沒必要啊……」

博奕琛的沉默，令我心頭竄起一股不安，抬頭發現他仍然看著我，只是沒說話，我嚥了口口水，想辦法化解尷尬，「我覺得休息過後，就會沒事了，你要我的手機號碼，最後也只是用來關心兩句，就會發現並沒有想像中嚴重，從此以後也不會再聯絡，所以不需要這麼麻煩啦！」

「誰說不會再聯絡？」

我眨眨眼，懷疑自己聽錯，「你說……什麼？」

博奕琛低下頭，我看不清他臉上的表情，再抬起來時，已恢復笑容，「沒什麼，如果妳堅持……那好吧。」

到底是誰比較堅持……

保健室阿姨回來，看見我們在等她，面露歉意，「不好意思，你們等很久了嗎？」

「還好。」

「她被籃球打到臉，流鼻血了。」博奕琛替我說明狀況。

保健室阿姨走到我身邊，看了看我們初步處理的方式，搖搖頭，拉開我的手，動作輕柔的把衛生紙從我的鼻孔裡抽出來，「流鼻血的時候，最好不要塞衛生紙，妳是不是被打到鼻梁，這樣塞著不痛嗎？」

「有一點。」我難為情的扯扯嘴角。

她將我的頭部扶正，輕捏加壓止血，並指導我照著做，然後從冰箱裡取出冰袋裹上毛巾讓我冰敷鼻子。

「等等血止住了，我再幫妳擦藥。」

「好，謝謝。」

「如果頭暈不舒服，等不流血後再躺著休息一下。」阿姨交代完，對博奕琛說：「她應該沒什麼事，你可以放心回教室上課了。」話落，便忙著去替跛腳走進來，膝蓋嚴重擦傷的同學處理傷口。

我眼神示意博奕琛是不是該走了，但他忽略我的暗示，直到阿姨發現他還沒走，笑著催促：「這麼擔心她啊？放心啦，她休息一下就會好了，你快回去上課吧。」

博奕琛又看了看我，「好吧。」這才準備離開，「那我先走了。」

望著那抹消失在保健室門口的背影，不知為何我突然想起薛育成，竟在心底將他們的外貌和個性比較了一番。

五官俊秀、氣質陰柔、皮膚略白，雖身高頎長，但骨架單薄，如果博奕琛像從漫畫裡走出來的翩翩美男子，那麼薛育成就像是體育明星，身材厚實高大，小腿肌肉發達，剛毅的輪廓帶著壞男人的氣質，屬於長相有個性的帥哥類型。

雖然我和博奕琛不熟，但直覺告訴我他們很不一樣，比起薛育成那種熱血外放的性格，他應該是比較內斂的，表面上對誰都和顏悅色，但笑容底下的真正心思藏得很深，給人一種摸不透的感覺。

還好，我們應該不會再有交集了，面對像博奕琛這樣的人，我能力值太低，肯定招架不住。

回教室後，一雙雙眼睛盯著我看，那是一種好奇心滿到喉嚨了卻只能憋在嘴裡的鬱悶。

施妤穎拉著我左看看、右看看，確定我臉上的傷勢不嚴重，才鬆口氣，「瘀青可能會醜幾天，但勤擦藥的話，很快就會好了。」

楊悅半身趴在桌面問我：「妳跟博奕琛還好吧？」比起我的傷勢，她比較關心我跟博奕琛去保健室的經過。

「沒什麼，他只是送我去，確認我沒事後，就回教室了。」周圍的同學們表面上裝忙，實則都豎起耳朵偷聽，我故意放大音量說話，順便講給他們聽，避免大家多想。

楊悅放心的點頭，似乎也認為我跟博奕琛有太多牽扯不好。

但施妤穎不這麼想，她比較期待我和博奕琛能有所進展，「妳有沒有跟他要電話？」

藉機跟帥哥要電話，是美女才擁有的特權，我這種普通人，一定會被打槍。

「沒有。」

「為什麼？」施妤穎面露失望，她小聲問：「妳不是喜歡博奕琛那種類型的男生嗎？」

「是喜歡那種類型，不是喜歡他。」楊悅替我強調。

「博奕琛剛好是那種類型裡的天菜啊。」雙手撐著下巴，施妤穎對於沒有後續感到遺憾。

趁薛育成不在，楊悅居然慫恿：「不然妳出手吧，妳好歹也是高中部之花，應該比較有機會？」

「不行，博奕琛我無法。」施妤穎直搖頭，「我不喜歡體格太單薄的男生，而且我可是很專情的。」

苦澀的感覺竄過心房，專情是好事，只是我的失戀應該會持續很久很久……

我輕嘆著擺擺手，「博奕琛太耀眼了，我高攀不起。」

快上課時，薛育成才和朋友們勾肩搭背的走進教室，見我坐在位子上和同學們聊天，他走來關心，「妳沒事吧？」審視我臉上微腫的鼻梁和瘀青後，開玩笑開口：「變得更醜了。」

「你很壞耶！」施妤穎推了男友一把。

薛育成嘴巴超賤，若不是這些年來他多少也有照顧我，否則我都懷疑自己到底喜歡他什麼。

「徐瑞德打到妳的？」

「你怎麼知道？」我訝異。

「班上都傳開了。」

學校真是一個八卦的小型社會。

我輕描淡寫：「他不是故意的。」

「下次幫妳教訓他。」

「暴力無法解決問題。」我無奈的搖頭。他衝動的個性什麼時候要改？

施妤穎也受不了的瞪了他一眼，「不要惹事。」

「柯子燕被一顆籃球給毀容了，這是很嚴重的事情耶！她本來就醜，現在變得更醜了。」薛育成雙手抱胸大笑。

我無語的瞪著他，覺得自己怎麼會喜歡一個這麼幼稚的人。愛情果然是盲目的。

回座位前，薛育成提醒：「欸，明天記得帶英文參考書來借我。」

「你幹麼不自己買一本？」

施妤穎代答，「因為他念語文書都只有三分鐘熱度，所以我叫他不要浪費錢。」

是這樣說沒錯，但我的重點是：「你為什麼突然要念英文？」

「我警告他如果英文再考個位數，就要跟他分手。」見薛育成露出苦瓜臉，有人笑得好開心。

楊悅擺擺手建議：「你直接死背英文課本比較快啦。」

看著他們兩人互望，眼神交戰，我拉了拉施妤穎，「妳開玩笑的吧？」

「不管她是不是開玩笑的，既然我已經下定決心要念英文，就一定會做到。」話落，薛育成一臉認真，「妳的英文參考書應該有做重點筆記吧？讀起來比較容易。」

我正想問他為什麼不跟施妤穎借，後來想了想，覺得他會找英文比較好的我借參考書也是理所當然的。不要說重點筆記了，我連衍生辭彙都有注解，抽考課外單字時非常實用。

果然，薛育成只有為了施妤穎的事情才會上心。他是個說到做到的人，就像當初他答應我會集滿點數換到卡娜赫拉的限量版手提袋，我過沒多久就忘了，但他卻記著直到兌現承諾。

放學的時候，博奕琛和徐瑞德出現在二仁教室外，引起許多同學關注。

他們想確認我的狀況如何，原本還打算護送我回家，但這樣下去會沒完沒了，我不想被大家當成茶餘飯後的話題人物，於是鄭重拒絕，他們又確認了一次我無事才離開。

薛育成蹺掉課後輔導和晚自習，陪施妤穎約會去了，我猜他明早又要被老師叫去「關心」；楊悅為了趕著和隔壁班的暗戀對象張一傑搭上同班公車，製造巧遇的機會，一放學就溜得不見蹤影；齊敏難得想跟我回家一起複習功課，因為快期中考了。

她雖然對讀書興致缺缺，偶爾會蹺課，但成績都維持在中等程度，不至於太差，這是十分聰明的作法，因為老師就不會盯得特別緊，也不會被「特別建議」參加課後輔導和晚自習。

齊敏盤腿坐在房間地板上，拿出等一下要複習的科目課本，見我撕起桌面貼著的便利貼，問：「妳爸媽又出差了？」

我將他們的留言收進抽屜，平靜的開口：「對呀，下週才會回來。」

五年前，爸媽成立了一間設計公司，生意不錯、事業繁忙，近年來每逢旺季便經常遠赴國外參展，所以在家的時間較少。

雖然難免缺乏家庭溫暖，但我知道他們很愛我，我也因此養成了凡事盡量自主處理的獨立個性，就是為了不讓他們在工作忙碌之餘，還要為我操心。

整理好散亂在床上的娃娃，我問：「妳要不要吃水果？我去拿。」

齊敏點頭，我離開房間下樓進廚房，先把早上用餐後置於流理台內沒洗的杯盤清理乾淨晾好，才打開冰箱拿出一盒昨天切的蘋果，順便帶上兩只小叉子。

房內，齊敏站在書架前不知道在想些什麼，回過神後只問可不可以借地理課本，她想抄一下我做的筆記。

我把水果盒擱到一旁，從書包內找出課本遞給她，順便從架上抽出要借薛育成的英文參考書。

安靜認真的複習到一個段落時，我們才會停下來聊個幾句，她不愛八卦，針對下午我被籃球打到的事件，除了關心我的身體狀況和傷勢之外，並沒有多問或好奇博奕琛送我去保健室的經過。

稍晚，我們出門外帶便當回家，兩個人擠在電腦桌前邊用餐邊追劇，劇裡正好演到女配角明知道男主角和女主角互相喜歡，卻仍然選擇告白，造成三個人陷入情感膠著與痛苦抉擇的橋段。

看完最新一集後，齊敏發表想法：「我覺得如果我是女配角，大概也會做同樣的事。」

關掉電腦螢幕，我持反對意見，「男女主角都已經確認感情了，為什麼還要說？而且他們三個人是好朋友耶！」

她調整坐姿，不可置信的看向我，「那難道要一輩子隱藏自己的心意，選擇默默守護嗎？女生大好的青春年華就這樣白白浪費了。」

「如果想維持三個人之間的友誼，那是必然的啊。」這部偶像劇的人物設定，因為和我、薛育成、施妤穎的關係相似，在看到某些片段時特別心有戚戚焉。

齊敏睨著我，沉吟半晌才開口：「是為了維持友誼，或只是不肯好好面對自己的心意？妳不說的話，對方永遠都不會知道，一味的憋著、委屈自己成全的友情和愛情，最後不過是如履薄冰隨時會破裂的三角關係而已。」

我垂下眼，「既然選擇祝福，就真的要放下對男主角的感情啊……就算很困難，但如果是好朋友的話，當然會希望他們能夠幸福。」

「我做不到像妳這麼大愛耶！」齊敏搖頭，「我覺得感情是需要爭取的，就和女主角的角色是需要爭取的一樣。如果妳不嘗試爭取，可能會一輩子都當別人的女配角，無論是面對這段感情，或是下一段。」

我並非不會將自己的心意說出口，但已經被拒絕了。

現在，薛育成和施妤穎交往得好好的，難道我要自私的為了自己，去影響他們、影響我們三人之間的友情嗎？

「如果是妳，妳會怎麼做？」齊敏見我沉默，單刀直入的問：「子燕，妳會告白嗎？」

那份告白的勇氣，已經隨著國中畢業而消逝了。

當年同班的男同學，是除了當事人之外，唯一知道我喜歡薛育成的人，我把自己的感情徹底隱藏起來，就是不希望破壞現況，但也因為如此，無論對誰，我都開不了口說出這個祕密。

「不會，因為……」我苦澀而無奈的微笑，「我天生……就是當女配角的料。」

勤陽高級中學是一間注重升學率的學校，提倡五育均衡發展，從國中到高中六年的教育期間，培養並幫助學生們以優秀的成績，進入理想中的第一志願。

學校每年都不怕招收不到學生，國中部學生多會選擇直升，占新生的百分之六十，而剩下的百分之四十，則是從不同地區、捧著大筆學費慕名而來的家長，擠破頭想為孩子們申請入學。

更別說高中那一升二未必每年都會舉辦的轉學考，不僅需要碰運氣、且名額有限，考題更是出了名的困難；博奕琛以榜首的成績考進來，有多麼不容易可想而知。

高中部課程紮實，沒有分文組理組，主張所有科目都必須同等優異，能力編班制，每學期進行一次評估，成績優秀的學生，有機會調到前段班，但通常極為少數，相對的，一旦成績落後，也會被降到後段班，搞得學生們每個都壓力山大，因為那就像降級一樣，會很丟臉。

在不觸犯學校嚴禁攜帶違禁物品的條例下，學生們只能在狹縫中求生存尋找樂子——有美術天分的畫漫畫、國文造詣好的寫小說，傳閱造福同學。

不過多數時間，男生們還是傾向湊在一起聊天打屁講幹話，或是成群結隊到處做一些愚蠢至極的事情，而女生們則熱衷於打扮或追星的話題，看帥哥、聊八卦，也算在校時的休閒娛樂。

「我好難得看見薛育成這麼努力在念英文。」楊悅吃著波卡洋芋片，湊到我耳邊小聲說話。

這大概是繼我們國中拚直升後，他難得的認真。

望向專心在預習英文上課進度的小倆口，我笑了笑，「他再不努力一點，下學期搞不好就沒辦法跟我們同班了。」

薛育成的文科很差，當初是憑著不錯的數理及體育分數平均下來，才勉強混到跟我和施妤穎同班。萬一英文再繼續考個位數，等期末能力評估的時候，恐怕會被換班，施妤穎很擔心這個，才會拿分手當威脅逼他讀書，而他這麼努力，也是因為不想分開吧……

希望我借給他的參考書會有幫助。

「欸，柯子燕，外面有人找妳。」

我順著男同學手指的方向轉頭，發現博奕琛跟徐瑞德又出現了。

女同學們有的投以羨慕眼光、有的好奇，我避開她們的視線，不自在的看向正站在走廊上，和我們班同學寒暄的兩人，對於他們來找我的用意感到疑惑。

「妳不出去嗎？」楊悅問。

同樣發現他們的施妤穎從薛育成那頭衝過來，神情興奮，「博奕琛又來找妳了！唉唷——我就知道你們之間肯定有什麼，我的第六感向來很準。」

「我怎麼可能會跟博奕琛有什麼？」我乾笑，在她的催促下從座位上起身，緩慢的挪動腳步。

楊悅雙手交互拍了拍，清掉手指上的餅乾屑，睇了施妤穎一眼，「妳不覺得他們這樣的行為很奇怪喔？」

「男生對女生感興趣，怎麼會奇怪？」她的表情，像極了發現女兒情竇初開而感到雀躍不已的媽媽。

龜速走到教室外，雙手捏在百褶裙兩側，我對博奕琛和徐瑞德同時落下的目光感到抗拒，卻又無法逃避，只好深吸呼，未等他們開口就先出聲：「你們找我嗎？」

「我們來關心妳的狀況。」博奕琛微笑。

我一頭霧水，「我的什麼狀況？」

「看看妳還有沒有哪裡不舒服。」徐瑞德的雙眼瞇了瞇，像紅外線掃描器似的將我從頭到腳掃過一遍，確認我看起來沒事後，鬆了口氣。「應該都還好吧？」

本來就沒事，我以為昨天已經跟博奕琛說過很多次了，但他們還大費周章的跑來我們教室做確認。

我笑容僵硬，瞄了博奕琛一眼。

他居然理所當然的說：「被籃球打到後要觀察三十六個小時，看身體有無異狀，妳不給我妳的手機號碼，我只能來二仁找妳。」

這句音量不大不小的話，剛好落入除了我們三人之外，周圍其他同學們的耳裡，我傻眼，嘴巴半開——他知不知道自己在講什麼！

他跟我要過電話這件事情，怎麼可以在大庭廣眾下講出來，附近這麼多他的愛慕者！

我差點要撲過去捂住他的嘴。

「我沒事，不用擔心。」現在能讓他趕快離開的方法，就是讓他確認，當著大家的面再三向他保證我沒事，然後用眼神趕他走，如果他不會故意裝傻沒接收到暗示的話。

「那我過幾堂課再來。」他居然真的漏接我的暗示。

「還要再來？」這句話失控的從我的嘴裡迸出。

博奕琛揚起一道眉，眼底藏不住笑意，「對啊！」

「為什麼？」我壓低音量。

「因為——」他伸手指著我的臉，「瘀青還在，鼻梁還有點腫。」

就算如此，也不關你的事吧？

徐瑞德好笑的看著我，他似乎明白我表情驟然變化的原因，雙手插口袋，開口之前還笑了兩聲，

「我們班長，是比較負責任的類型。」

那顆籃球又不是他扔的！

我向他瞪去，用目光傳遞隱藏訊息。

徐瑞德接收到後，雙手合十的解釋：「身為老大，他要對我的無心之過負責嘛！」

「女生不是很在乎臉嗎？」博奕琛走近一步，朝我東看看、西看看後說：「妳不在乎？妳現在臉上瘀青一塊，不知道什麼時候才會好。」

「我還好。」我本來就不是走顏值路線的，「你真的可以放心。」

「妳是不是不希望我來找妳？」

他為什麼要表現得像死纏爛打的前男友？再說了，我們有熟到需要他來找我的程度嗎？為什麼沒有人告訴過我，博奕琛是這麼難纏的類型……

我清了下喉嚨，斟酌說法：「你這樣一直來找我，不奇怪嗎？」

「很奇怪嗎？」他看了徐瑞德一眼，似乎在徵求他的想法。

我原本期待徐瑞德會站在我的立場想想，只見他雙肩一聳，兩手一攤，跳躍性思考的建議：「不然，大家做個朋友吧？就當是不『打』不相識？」

我簡直快暈倒。

博奕琛開口：「這麼快就當朋友，會嚇到子燕吧？」這句話感覺是為我著想，但那聲「子燕」叫得我心都涼了。

太熟了，這表現得太熟了！

我完全不敢想像會因此傳出什麼謠言。

「那我們要用多點時間彼此認識嗎？」徐瑞德瞅我，露出陽光燦爛的笑容。

「我……」我感覺身體快要被周圍女同學們嫉妒的目光給燒出好幾個窟窿。一雙眼睛完全不敢亂瞄，咬著下唇低頭，我忍不住埋怨這十分鐘的下課時間怎麼這麼久。

「是需要多點時間認識。」博奕琛表示認同，絲毫沒有意識到自己的話正將我推入萬丈深淵。

揪著裙襬的指尖泛白，我丟出一句：「要上課了，你們快回去吧。」轉身進教室回到座位。

我無暇顧及博奕琛和徐瑞德什麼時候走的，翻開英文課本，儘管我一個字也看不進去，還是拿起自動筆抄抄寫寫，假裝在背單字。

位置距離窗邊較遠的薛育成沒聽到剛剛我和他們的對話，走過來問我什麼情況，我還來不及回答，施妤穎就坐回我旁邊的座位，劈頭便道：「子燕，妳不想跟他們當朋友嗎？」

原以為薛育成也會跟他們瞎起鬨，結果他反而嚴肅的向我確認：「妳要跟他們當朋友嗎？」

我停下手中的動作，長嘆口氣，「我覺得這一切很荒唐。」

如果不是徐瑞德扔籃球時不小心砸到我，我會覺得這是一場惡作劇，或是他們玩真心話大冒險輸了。

楊悅弓起上身撐在桌面，靠近我耳畔說：「我也覺得。」

施妤穎沉吟，持不同意見，「那就先認識再當朋友啊。」

「好穎。」我側身，認真的問：「妳真的覺得這樣好嗎？」

「哪方面？」

「我和博奕琛、徐瑞德他們先認識再當朋友這件事。」

她想也不想的回答：「沒什麼不好啊。」

「可是我不是……」迅速瞟了薛育成一眼，我緩下語氣，「可是我不像妳這麼漂亮，和他們這麼亮眼的人走在一起，會很突兀。」

收斂笑鬧表情，施妤穎一番思考後又開口：「我覺得妳平常雖然跟班上同學們都處得不錯，但稱得上是朋友的，也就只有我們幾個，以妳的個性，能認識其他班同學的機會也不多，難得有人主動想認識妳，跟妳當朋友，這並沒有什麼不好。況且，妳擔心的問題，我完全不覺得是問題，當朋友跟長相出不出眾有什麼關係嗎？」

趁我思考的同時，她換上輕鬆的態度補充，「而且，這是第一次有男生主動想認識妳耶！還是天菜，有什麼不好的？」她笑著對我眨眼，「誰知道呢？搞不好會有其他發展啊！」

姑且不論施妤穎這一席話有沒有說服到我，但楊悅聽完後倒是改變了看法，「妤穎這樣說也挺有道理的。」

薛育成緊抿著脣，蹙起濃眉，原本不吭一聲，被逗弄了幾句後，才悶聲道：「我不贊成。」

「你不贊成什麼？」施妤穎睐他，「人家子燕的桃花，關你什麼事？」

「妳不覺得奇怪嗎？」薛育成睨了我一眼後，才將目光轉向女友，「像他們那種平常根本不會注意到子燕的男生，怎麼可能突然想要認識她？當她朋友？」

我知道我長得很普通，薛育成的推斷也合情合理，可是聽到喜歡的人這樣說，還是滿難過的……

他的意思，就是在說我長得不起眼吧？

「子燕又不是走在路上被他們攔下來搭訕的，子燕是被徐瑞德不小心用籃球打到，博奕琛幫忙送她去保健室才認識的。」施妤穎聽到上課鐘響，從抽屜拿出課本，「搞不好博奕琛和子燕交談過後，覺得她很可愛，被她所吸引啊，這很難說。而且到底為什麼，你也有那種帥哥一定都會喜歡美女的刻板印象？」

薛育成臉色一沉，顯然對她說話的方式及口氣感到不滿。

我心驚的趕緊出面緩頰：「好啦，都別說了，薛育成，你快回座位吧。」

看他們為了我的事情各持己見、針鋒相對的模樣，真是不好受……

第二章　天降劇情神展開

薛育成這幾天怪怪的。

同學們都在猜，博奕琛最近常來找我，可能醉翁之意不在酒，其實是對施妤穎感興趣，才會想先和我當朋友藉機拉近距離；我原本以為，薛育成是因為這點在不開心，私下詢問施妤穎，她也只是淡淡表示可能他們最近摩擦有點多，但沒什麼，反正他們交往以來，經常吵吵鬧鬧的，要我別擔心。

就算鬧得再不愉快，我也很少看見他們冷戰，況且這次，薛育成連看我的眼神都不太對勁。

下午兩節社團活動，薛育成沒有和施妤穎打聲招呼就直接和朋友們出發前往籃球場，我偷偷傳了封簡訊問他怎麼回事，也沒得到回覆。

施妤穎表面上看起來不在乎的模樣，但我知道她心情悶悶的，就連神經大條的楊悅都察覺到了。

我們三個人並肩坐在電影賞析社教室的最後一排，她忍不住問：「妳還好吧？」

「你們今天一整天都沒怎麼說話。」我也說。

噘著嘴，施妤穎低頭沉默了一會兒，又仰頭嘆了口氣，突然變得異常開朗的開口：「今天要看什麼電影？上個禮拜看過戰爭片了。」

電影欣賞社，是我們三個人在高一時，從多達一百多種社團裡，選出來覺得應該最好混，又不至於分分秒秒都待不下去的一個。入社一年多，也算老屁股了，對於社團挑選電影種類的模式，多少能猜出一二。

我和楊悅心照不宣的互望一眼，異口同聲道：「不用太期待。」這週輪到看教育類的電影，以社長喜歡挑非主流片子的個性，肯定不會太有趣。好險他不會要求我們要交出精闢的心得感想。

社團幹部協助架好播放器材後，教室的燈被調暗，原本就不抱期待的我們，在看到開頭和片名後，完全不意外。

這是一部在探討青少年犯罪與教育，以及和社會輿論的彼此拉扯，內容沉重又極具爭議性。楊悅查完谷歌大神後，面癱的將手機螢幕秀給我們看。

施妤穎抱怨了幾句，不耐煩的抿咬下唇，眉頭深鎖瞪著前方，直到手機發出兩聲震動，她迅速點開訊息，原本神情還帶有一絲喜悅，沒多久又變回了煩躁。

看來，訊息不是薛育成傳的。

楊悅用手肘頂了頂坐在中間的我，眼神示意我說點什麼。我猶豫片刻，正打算分享一則昨天聽到的冷笑話，施妤穎就先用氣音開口了：「反正已經簽到了，我們蹺社團吧！」

坐在前面一排的同學似乎被我們窸窸窣窣的討論聲影響，不悅的轉頭向後瞪了一眼。

我尷尬的露出抱歉的表情，摀住嘴，等他們轉回去後，才用脣形道：「要去哪裡？」

施妤穎給我們看剛剛班上群組發出來的消息。

「辯論社今天有模擬比賽，博奕踩會代表反方上台進行辯論，感覺很精彩，我們去看吧。」說完，她便拉著我和楊悅彎低身子，偷偷從教室後門溜出去。

老實說，我沒有很想去旁觀博奕琛的辯論比賽，最近關於我們兩個走得近的八卦太多，這對我而言是一種壓力。

我握著施妤穎的手，拖住她的步伐，「這樣真的好嗎？」

她回頭，揚起笑容，「有什麼不好？我看博奕琛滿積極的，你們常見面多熟悉是好事啊。」

我知道施妤穎把我當朋友，才會如此期待我和博奕琛能有所進展，換做別人的話，她根本懶得關心誰跟誰的關係發展得如何。

也正因如此，我更加為難，看她這麼積極的想幫我牽線，我卻偷偷喜歡著她的男朋友，這種罪惡感不時折磨著我，但……這也是我自找的。

「可是……」

「我從認識妳到現在，除了育成之外，都沒見過妳和其他哪個男生比較要好，但妳跟育成只是青梅竹馬，也沒有其他發展的可能，難得出現一個博奕琛，想談戀愛就要把握機會。」

這段為了我好的言論，每字每句都像在向我的心窩捅刀，雖然說者無意，聽在我耳裡還是很難不在意。

楊悅看我一眼，對施妤穎說：「大家都在傳，博奕琛想追的是妳。」

但她本人不當一回事，「我有男朋友了，而且，我的直覺告訴我，博奕琛對我沒興趣。」

邊討論著這個話題，我們邊往辯論社移動，踏進教室之前，我仍然猶豫了。

博奕琛來找我跟我主動找博奕琛，在眾人的眼中完全是兩碼子事，帥哥來找我，是我的榮幸，會被羨慕；我去找帥哥，是不自量力的倒貼，會被厭惡。

「快點，他們已經進行到一半了！」施妤穎踮起腳尖往窗戶內張望，教室裡滿滿都是人，已經挑不到好位置觀賽。

我低著頭跟她從後門溜進去，楊悅體貼的替我稍微擋去旁人的目光。我們擠在牆角，好不容易從人縫中看見博奕琛站在反方三辯的位置，正專心的在聆聽正方二辯闡述的論點。

教室裡的桌椅被更動過，最前方以講台為中心，左右兩旁分別斜擺著三張桌子，其後站有正反雙方的辯士，坐在正對講台前方位置的兩名同學，負責擔任主席和計時，後面一排座位，則坐著三位老師。

整間教室被學生擠爆，現場卻一片靜悄悄，大家都屏氣凝神的觀賽。

今天的辯論題目是「現代青年，應該做加法或減法才更幸福」，正反兩方經過幾番激烈的交替中論、質詢和答辯後，目前進行到正方二辯質詢反方三辯。

所謂的「加法」，是一種不斷追求各種可能，以拓寬眼界，積極自我實現的一種生活態度；而「減法」則是倡導化繁為簡，認為懂得取捨，才會比較容易滿足的生活型態。

正方二辯同學質詢：「我方認為，現在的年輕人擁有的選擇性越來越多，也正是工作型態轉變極快的時代。年輕人多想多做多嘗試，是為了開拓未來更寬廣的道路，更是為了避免侷限未來就業的選擇性，請問這樣的想法有錯嗎？」

「所以對方辯友認為，現在的年輕人，會修理電子產品的同時，也要會操作軟體、會寫程式跟會看大數據，才能避免失業？」博奕琛先將問題丟了回去，接著作答：「有句話說『人有不為也，而後可以有為』，意思是人只有對某些事捨棄不做，才能在別的事上有所成，若以這樣的論點來做認證，您方還會覺得，減法就是代表過著消極的人生嗎？」

正方回應：「年輕就是本錢，倘若失敗，那成本也是最低的，既然這個社會提供這麼多的機會管道，讓年輕人可以不斷去嘗試並且追求，為什麼還要被動消極的認為，只要做好一件事就可以了呢?在這樣的基準下，您方是否承認自己因此刪減掉了一部份對社會的責任呢?」

我看著博奕琛面對正方咄咄逼人的質詢，仍然處變不驚，嘴角還隱約露出從容的微笑，渾身散發出的光彩與魅力，甚至大過他本身就具備的高顏值，突然開始有點明白，為什麼這麼多女同學為他著迷了。

「您方選擇專業的時候，有真正的在那個工作崗位上工作嗎?您能確定，您無限的加法，多方面嘗試，做了那麼多學習後，就可以讓自己為這個社會做出更大的奉獻，甚至可以代表絕對的成功嗎?」博奕琛掌握辯論的口技及說話速度，停頓過後又開口：「還是，您狹隘的認為，只在一個領域做到最好、最專業，仍然是不夠的，不僅不能代表成功，也無法回饋社會所帶給我們的極大資源。然而回歸到主題，今天我們所探討的是現代青年，應該做加法或減法才更幸福，那麼我想請問，依您所闡述的論點，加法，就能帶給青年們絕對的幸福嗎?」

正方答辯：「您方的論點，是一種妥協的幸福觀，但我方的論點，是一種積極進取的幸福觀。這是對於幸福觀認知的不同。然而身為現代青年，被動消極的人生觀，不該是社會倡導年輕人應有的態度不是嗎?」

博奕琛勾起唇角，不疾不徐的答辯：「那麼您方認為，刪減掉過多的貪念，是消極的做法，是對自己生命的不負責任嗎?但回歸正題，我們今天探討的是年輕人對於加減法幸福的定義，就這個層面來說，請問，一個年輕人削減掉對於多方面追求的貪慾，而只專注在一件事上，並且為此感到幸福，這屬於加法還是減法?」

正方一愣，隨即反應迅速的回答並再度提出疑問：「我方認為，一個年輕人，應該要為自己創造更多的可能性，並且尋求生活上的滿足才是幸福的，而並非一味的刪減掉自己的慾望，在現有可掌控的層面裡尋求滿足。所以同學您認為，人生只要租車租房就可以了?只要想開過日子就是所謂的幸福?難道這不算是消極的想法嗎?」

「我所相信的是，平凡，就是幸福。」博奕琛先是展現了堅定的態度，接著神色自若的舉例：「一位剛從大學畢業的青年，住在家裡，找到一份朝九晚五的工作，滿足於月薪三萬五千元，他對多數的東西都沒有慾望，但因為工作規律且穩定，所以下班有時間可以陪家人和做自己想做的事情，比起其他同學每天為了多那一兩萬的薪水，辛苦加班之餘，還要另外再去上課學習更多專業技能，把自己累得半死，毫無生活品質可言，只是想去賭那或許可以更成功的未來，這位青年在許多事情上都運用減法，並且享受這樣的生活，請問，這算是一種妥協嗎?」

此階段的答辯結束，主席起身宣布：「現在進入雙方結辯時間，首先有請反方三辯總結陳詞，時間為五分鐘。」

博奕琛代表反方進行結辯，他說何謂幸福，很難說得清楚，或許我們會為了專注在某個人、某件事，而選擇捨棄其他的可能性，但這未必就應該被認為是消極或不認同的做法。減法有時候，是讓人不會在追求那些無邊無際的機會時，逐漸失去自我，而被社會責任壓垮。的確，就此論點來看，是比較自私的想法，但就幸不幸福的層面來看，原就是想抓住的東西越多，越不容易感到幸福。

聽完結辯，我雖然認同博奕琛的論點，卻也不禁開始思考，自己這麼長時間對薛育成的單戀，不僅至今無果，還說服自己，默默祝福他和施妤穎也會是一種快樂，這是否屬於在減法裡尋求幸福呢?

如果加法，那樣積極進取的幸福觀，才是我唯一能改變現況的方式，那麼對我而言，想得到幸福，是否該學著主動認識不同的對象呢？

我思忖著，直到施妤穎嘆了口氣才回過神。

「好可惜，居然輸了。」

「反方輸了？」

「對啊，好可惜，都是被另外兩個同學害的。」

三位評審老師的講評，都給了博奕琛極高的肯定，但以綜合分數來看，正方還是略勝了一點。

楊悅雙手抱在胸前，猛搖頭，「我覺得這場辯論比賽探討的議題，對我們高中生來講太難了。」

「我聽說這好像是博奕琛下個月要代表學校參加的『全國高中菁英盃辯論比賽』的選題之一。」

施妤穎身旁的一位女同學轉過頭來，仔細看清我們的容貌後，驀地瞪大雙眼，小聲驚呼：「天啊，妳們不是——」

我和楊悅不約而同伸出食指抵在脣尖，趕緊比了一個「噓」的動作。

女同學左右張望後，用比氣音大些的音量問：「妳是施妤穎，高中部之花對不對？」

施妤穎瞥我一眼，沒想到自己會被認出來。

「妳——應該就是柯子燕吧？」女同學看過來，不確定的猜測。

我抬眸，「妳會知道我……是因為博奕琛吧？」

「嗯嗯，大家都在傳，博奕琛跟施妤穎的一個好朋友最近走得很近。」

我試圖讓自己露出不太尷尬的微笑。

我常常會被貼上標籤，從「薛育成的青梅竹馬」到「施妤穎的好朋友」，未來可能會變成「那個和博奕琛走得很近的女生」，好像我只能是某個人的附屬品。

確認完我們的身分，女同學好奇開口：「妳們怎麼會來？妳們應該不是辯論社的吧？」接著想了想後又揚聲道：「啊！難道是因為博奕琛？」

我又趕緊比了一個「噓」，深怕女同學說話的聲音會引起別人的關注。

她吐了吐舌，冷不防的朝施妤穎詢問八卦內幕：「欸欸，博奕琛應該是喜歡妳的吧？」

施妤穎最不喜歡不熟的人過問她或者她身邊好友們的私事，瞬間繃起臉，面對女同學的問題一概不回答，只道：「既然辯論比賽結束了，那我們走吧。」

我被她緊緊牽著帶出教室，和楊悅一起回社團，中途我們又跑到福利社一人買了一枝吱吱冰，坐在多媒體大樓側門的階梯上吃完才上樓，如同離開時一樣躡手躡腳偷溜進教室，坐著聊了十分鐘後，就看見投影螢幕上跑出影片結束的字樣，社長簡短發表對於電影劇情的看法後，就宣布下課。

正當我和施妤穎還在慶幸今天的電影欣賞不用寫心得報告時，楊悅突然嘴巴大開，指著後門外的那抹高䠷身影，「博奕琛來了。」

我的驚訝不比她少，抬眼望向獨自前來的博奕琛。

施妤穎笑瞇瞇的催促，「快去啊，他人都來了。」好像早就知道他會出現似的。

我僵硬的頷首，遲疑的走出去，「你怎麼會在這裡？」這陣子他經常找我，也該習慣一些了，但不知道為什麼，每回看到他還是有種說不出的緊張感。

「就跟妳出現在辯論社的原因一樣。」他咧笑，「來看妳呀！」

我瞪著眼，憋著鬱悶開口：「不是我自己想去的……而且剛剛那裡人那麼多，你還能發現我？」因為他的頻繁出沒，這陣子我最大的改變應該就是對他講話越來越直接了。

「為什麼不能？」他挑眉。

「我很不起眼啊……」

「誰說的？」博奕琛脣邊的笑痕漸深，見我低下頭，徐徐開口：「無論在什麼情況下，我都能一眼認出妳來。」

我瞠目，感覺到一股熱度爬上耳廓。

博奕琛沒有放過我，彎身與我平視，明知故問：「妳在害羞啊？」

「哪、哪有！」我抬眸駁斥，「不要亂說！」

「好兇啊。」他放聲笑說：「我很高興妳今天來看模擬賽。」

我覷著他看起來像真的滿高興的表情，不禁軟化了態度，「反方沒有贏很可惜，你表現得很好，台風穩健、口條清晰而且邏輯分明。」

「這沒什麼，高中菁英盃比較重要。」博奕琛瞇眼，突然再度傾身靠近，「但能聽見妳的稱讚，我很開心。」

低下頭，我後退一步拉開距離，怕被其他同學看見會說閒話。

他卻老神在在，一點都不介意他人的目光，笑道：「大家都看到了。」

我擰眉豎目，朝等在一旁的施妤穎和楊悅說：「我們走吧。」

聞言，施妤穎和楊悅才移動腳步過來，禮貌的和博奕琛打了聲招呼。

「我覺得你很能激發我們家子燕的可愛特質。」施妤穎滿意的直點頭，「不錯、不錯，有前途。」

困窘的我，拖著她們迅速離開，回二仁教室的途中，她們問剛剛博奕琛說了什麼讓我耳朵都紅了，我難以啟齒，所以隨便找個理由敷衍帶過，但她們可沒那麼好騙，我沒說實話，反而給她們無限的想像空間，最後施妤穎甚至認為我和博奕琛已經晉升到曖昧階段了。

我乾笑幾聲，沒糾正她下的結論，只是心裡很清楚，八字都還沒一撇，真的不是大家所想的那樣子啊……

♥

「**今天放學，在老地方等我，我有話想跟妳說。**」

早上我沒有在公車站遇到薛育成，卻收到了這條訊息。

我沒多想，回覆了一張 OK 的貼圖。

所謂的老地方，指的是教室後走廊盡頭，男女廁所旁那一小塊凸出去的區域。

當我走進二仁時，只看到薛育成和施妤穎的書包，他們兩人都不在座位上。

我將習慣帶給施妤穎的早餐放在她桌上，看見進教室的楊悅便問：「妳有看到妤穎和薛育成嗎？」

「沒有耶。」她先是搖頭，接著笑開，「唉唷！妳真是妤穎的保母耶，別擔心啦，他們兩個應該是躲去哪裡親熱了吧。」

「是嗎？」我又回頭看了眼只剩書包的位子，不知為何，心中竄起不好的預感……

沒多久，回座位的齊敏發了一條訊息給我：「**我剛剛路過樓梯口，發現施妤穎和薛育成在樓梯間吵架，妳要不要去看看？**」

我心頭一驚，不顧楊悅關心的詢問，趕緊起身跑了出去。

早自習即將開始，走廊上的人變少了，薛育成和施妤穎吵架的聲音，儘管沒有到嘶吼的地步，在這一片寧靜中仍顯得清晰。

他們並未發現出現在樓梯間的我，持續劍拔弩張的爭執著。

「是我要你陪我去表妹家的，為什麼我不能決定搭計程車？」施妤穎一臉無法理解，生氣的質問。

「妳表妹家離學校這麼近，我騎腳踏車載妳過去就好，為什麼還要花計程車錢？」

「我就想吹冷氣不行嗎？而且女生穿裙子坐腳踏車不方便啊！」

「那就搭公車。」

「她家那裡又沒有公車可以到。」

「妳表妹平時也是騎腳踏車上學的，不是嗎？」

「奇怪耶！我想搭計程車不行嗎？大不了我自己付錢嘛！」

一來一往聽下來，我大概了解前因後果了。

「這不是錢的問題！」薛育成低吼。

施妤穎眼眶泛紅，把他們這些天爭執的委屈都一併算上，哽著聲音發難，不肯示弱，「以前我偶爾想搭計程車你都會由著我的，我就是不喜歡坐腳踏車不行嗎？這幾天你總是露出一副我很難搞的樣子，昨天我也只是說我不想喝不冰的飲料而已，你就直接整罐拿去丟，你到底在心情不好什麼？」

「我就是覺得妳這樣公主病的個性該改改了！」

「好了、好了，你們不要吵了。」我走近施妤穎身旁，輕拍她的肩，安慰道：「薛育成有時候說話就是很衝，不要往心裡去。」

「子燕，妳看他啦！心情不好故意拿我發洩。」施妤穎抱怨。

嘆口氣，我看向薛育成，「妤穎不喜歡坐腳踏車，想搭計程車，這是小事，有什麼好生氣的？」當初交往時他就知道施妤穎的個性，還老是每隔一段時間就為相同的問題鬧脾氣。

「我又沒有要他付錢。」施妤穎拉著我，委屈的說。

薛育成臭著一張臉，深呼吸了幾次，語氣不善的開口：「妳不要寵她，她昨天說不想喝不冰的飲料，妳就又去買一罐冰的給她，妳老是這樣，她才會越來越任性。」

兩個人好的時候這些都不是問題，一有不滿意就什麼都是問題。

「你們交往這麼久了，還為一點小事情吵架，值得嗎？」

「是他要跟我吵的。」施妤穎指著薛育成不肯認錯。

本來態度逐漸緩和下來的薛育成聞言，又再度變得強硬：「那妳今天自己去表妹家吧，我不去了！」話落，他丟下我們轉身上樓。

施妤穎錯愕的望著男友離去的背影，「他不會真的不陪我去表妹家了吧？」

我收回視線，思及薛育成的那條訊息，暗自猜測他要跟我討論的事情該不會和施妤穎有關吧？

「子燕……子燕？」見我沒反應，她搖搖我的手。

我揚起微笑，「不會啦，下午等他氣消就好了。」

薛育成到底要跟我講什麼？

我都心不在焉的胡思亂想，還好施妤穎也在擔心她跟薛育成要趕快和好的問題，沒發覺我的異樣。

後來博奕琛撥了一堂下課時間來二仁找我，他那道彷彿所有事情在他眼皮子底下都無所遁形、略帶壓迫的目光，令我感到不安，所幸最後他並沒有多問，也就寒暄幾句而已。

好不容易放學鐘聲敲響，同學們歡呼著揹起書包，鳥獸散般離去，施妤穎是歷史小老師，要負責把放學前十五分鐘老師發下的練習作業回收，交去辦公室。

她邊整理邊問我有沒有看見薛育成，我心虛的搖頭，說會幫她找找，讓她先放心去送作業。然後才前往約定地點。

薛育成背對著，兩隻手撐在欄杆，我拍撫胸口，鎮定情緒後喚了他的名字。

他轉過身看我，眼神和平常有些不同。

「你……你想跟我說什麼？」我抓著書包背帶的手緊了緊。

薛育成從口袋裡拿出一封對折的信，我瞬間瞠大眼睛，心中警鈴大作，那信封的圖案紋路和顏色我再熟悉不過。

他怎麼會——

「這是從妳借給我的英文參考書裡掉出來的。」

我的腦袋混亂，試圖回想任何可能的狀況，會不會是那天在做英文習題查單字的時候，不小心把原本夾在字典裡的信暫時夾到了參考書裡，後來讀太晚就忘記把它找出來收好了？有可能嗎？

我居然無法確認那封信出現在參考書裡的原因！天啊，我怎麼會犯這麼離譜的錯誤！

那封信是……是寫給薛育成的情書啊！

不知道該怎麼對你說出我的心意，似乎也只能這樣靜靜的看著你，當一個默默的存在，可是偶爾、很偶爾的時候，我也希望你可以回頭來看看我，我一直在這裡等待著。

我喜歡你，這份感情，究竟要在心底說多少遍，才能夠真正的傳達給你呢？

「這封情書……是寫給我的嗎？」薛育成目不轉睛的盯著我想確認。

好險我沒有在那封信上署名，但……這很難解釋得清楚，畢竟跟我比較要好、有互動的異性，除了他之外，似乎也沒有別人了……

見我遲遲不語，他輕喊：「子燕？」

我目光遲疑，還沒想好該怎麼說明，只能先乾笑兩聲，「呵呵……」怎麼辦啊……

以為我承認了，薛育成的臉色變得更加凝重，嘆口氣道：「子燕，這封情書，我已經發現好幾天了。」

我胸口一震，「所以你這幾天怪怪的……是因為我嗎？」

「嗯，我發現了妳的心意，有點不知所措，煩惱著不知道該怎麼辦才好。」

咬了咬下嘴唇，我有些顫抖的說：「我以前國中的時候就跟你告白過，這又沒什麼，你都已經拒絕過我了，還有什麼好想的？」

沒想到他卻說：「那算告白嗎？我以為妳只是開玩笑的。」

「什麼！」之前因為他沒有絲毫猶豫的拒絕，我哭得那麼傷心，結果現在他跟我說，他以為我只是開玩笑的？

「本來就是。」薛育成靠近我，「哪有人告白會說『欸，我滿喜歡你的，要不然我們兩個交往看看吧？』，這算什麼？」

我被這句話堵得無法辯駁。

因為從來沒有跟男生告白過，也怕萬一被拒絕，我們之間會連朋友都當不成，為了降低破壞關係的可能性，我認真思考了很久，才決定用比較輕鬆的口吻告白，但我的心意是真真切切的啊！

就算他懷疑我是開玩笑的，也不應該立馬連想都沒想就拒絕我吧？

「可這次不一樣。」薛育成再次開口：「這封情書……讓我回憶起之前妳的告白，搞不好也是認真的……」

本來就是認真的！原來我們以前是鬧了一場烏龍嗎？

抬手撐著前額，我不知道該怎麼辦。

「子燕，我不曉得為什麼心情會那麼複雜，對我而言，妳一直都是不可或缺的好朋友、我的青梅竹馬，但妳知道的……我和妤穎在一起很久了，雖然她有時很任性，但我想我還是喜歡她的……」

我很清楚這封是不該出現的情書，所以即使寫了，也一直夾在英文字典裡沒有想過要送出去，就和我長久的心意沒能再說出口一樣。如今被他看到，真的是一個意外，我並沒有期待什麼。

「薛育成，這封情書其實……」

正想跟他說別想太多、別往心裡去，一道聲音硬生生打斷了我——

「什麼情書？」

施妤穎突然出現，讓我瞬間臉色發白。

她聽到剛才的對話嗎？她站在那裡多久了？

不會吧……我今天除了要再次面對失戀之外，連友情都要葬送了嗎？

我緊張的望著施妤穎臉上複雜難解的神情，用力呼吸想讓自己冷靜，忽然發現博奕琛也站在她身後。

薛育成來回看著他們兩人，「你們怎麼……」

「博奕琛問我找子燕，而我在找你們，所以就一起了。」施妤穎走到我身邊，瞄了眼薛育成手裡捏著的信，追問：「那封情書是給誰的？」

在她的注目之下，我感覺脊背發涼，掌心冒出涔涔冷汗，巴不得就此人間蒸發。

「子燕？」見我抿脣沉默，她乾脆改問薛育成：「你手裡的情書是子燕給你的嗎？」

薛育成瞄了我一眼，「這是……」

我迅速掃過眼前的三張面孔，再繼續下去，無論施妤穎剛剛聽到多少，都一定會從懷疑變為篤定，我不想造成無法挽回的後果，不如豁出去——

「那封情書是我寫給博奕琛的！」我一鼓作氣開口。

聞言，施妤穎和薛育成臉上的表情一樣精采，博奕琛倒是沒有太大的反應，只是笑容別有深意。

我走向薛育成，把情書從他手裡取了回來，一不做二不休，大方扯謊：「博奕琛本來就是我喜歡的類型，只是我這麼平凡的女生，應該沒有機會認識他，畢竟不是同一班的，所以之前都沒說……直到那天我被徐瑞德扔的籃球打到，雖然是在很丟臉的情況下相識，但博奕琛陪我去保健室，一路上的溫柔關心，讓我覺得他真的和我想得一樣好，後來就……你們也知道，他說想認識我、跟我做朋友，簡直就像做夢一樣。」

施妤穎分別望了我和博奕琛一眼，似在思考，我擔心她仍然懷疑，接著解釋：「我忘記我把寫給博奕琛的情書夾在英文參考書裡，結果被薛育成發現，他只是要把情書還給我，也好奇情書是寫給誰的。」

我盡可能讓謊言聽起來像是真的，現在只能賭施妤穎沒有聽見稍早我和薛育成的對話了。

施妤穎看向薛育成，原本略顯疑慮的表情，突然笑開來，她勾住我的手臂說：「我就知道妳喜歡博奕琛！」

我陪著笑臉，警報解除，心裡鬆了好大一口氣。

「妳喜歡博奕琛？」不久前還在為我喜歡他而感到苦惱的薛育成，聽見這樣的大逆轉，臉色錯綜複雜，「那妳剛剛為什麼不說？我還以為……」

我趕緊擺手打斷他，「我是女生耶！怎麼可能到處去跟別人說我喜歡誰？」

「我是別人嗎？」他雙手插口袋，非常不爽。

施妤穎幫我說話：「女生的心事，當然只想跟女生的好朋友說啊！你一直逼問子燕幹麼？」

我點頭附和。

「對不起啊，害妳這樣毫無心理準備的就和博奕琛告白了。」她鬆開勾著我的臂膀，將我推向博奕琛，「唯一能補償妳的方法，就是讓你們可以趕快好好說話。」

無預警的被她一推，我腳步顛簸，整個人差點往前倒，博奕琛伸手扶住我，「小心！」

「看來，我們神助攻了。」施妤穎得意洋洋的牽住薛育成的手，黏在他身邊道：「我們走吧，不要打擾他們。」

什麼神助攻？我還神展開咧！

我無奈的瞥向博奕琛，見他笑得很是開心，突然很想踩他一腳。

施妤穎離去前不忘叮嚀：「記得要把情書給人家喔！」話落，便拉著薛育成走了。

告白博奕琛，完全是權宜之計，如此一來，薛育成就不會因為發現我「真的」喜歡他而感到困擾，施妤穎也不用擔心我會介入他們的感情。

現在，我只需要向博奕琛好好解釋清楚就可以了。

看著高出自己一顆頭的他，我正要開口，卻被搶先一步：「其實，妳喜歡薛育成對吧？」

我訝異的看他，標準的此地無銀三百兩。

看來我不必解釋，博奕琛已經猜出大概了。

他用像是猜測，實則有幾分把握的口吻說：「妳喜歡薛育成，但因為他和施好穎都是妳的好朋友，所以對他的喜歡，只能寄託在信紙中，只是不知為什麼，那封情書卻意外夾進借給薛育成的參考書裡。薛育成看到後，找妳出來談這件事，正當妳想著該怎麼給他一個解釋時，施好穎又正巧和我一起出現了。若是讓施好穎知道妳喜歡薛育成那就糟了，不僅失去愛情，連友情都會受到影響，這時，看到我的妳臨機一動，決定轉個彎說妳喜歡的是我，而籃球事件，正好讓一切都變得合理化。我說的沒錯吧？」

我瞠目結舌，除了「嗯」，真的無話可說。

博奕琛手背在身後，走來走去晃了幾步，又回到我面前站定，「單戀一個人，是件甜蜜卻也孤獨的事，而單戀一個人很長時間的話，會變得悲傷。」

「我知道。」我的心情就是這樣……

「還有其他人知道妳單戀薛育成嗎？」

「沒有。」

他淺勾脣角，「那麼，身為唯一一個知道妳祕密的人，我應該感到榮幸？」

「是也不用這樣……」我緊攥著手裡的信紙，頓了頓，「我只想跟你說，我很抱歉，把你扯進這件事裡。但你不用擔心，好穎和薛育成都不是會到處說八卦的人，不會讓你感到困擾的。」

博奕琛往前幾步，將我們之間的距離拉近，挑起一道眉問：「我有什麼好困擾的？」

「你不怕大家會亂傳說我喜歡你嗎？」我看著近在咫尺的俊顏，吞了吞口水。

「為什麼要怕？」他笑容變深，「我覺得這樣很好啊。」

「好什麼好？」我瞪圓眼，搞不懂他在想什麼。

察覺有人經過，博奕琛望著我的視線先是一偏，接著一把將我攬入懷中。

霎時，洗衣精清香混著衣物曬過太陽後的好聞氣味撲入鼻息，等回過神來，才發現自己的臉正倚在他胸前。

我驚嚇的抬頭想要掙脫，卻被他的手壓制住後背，動彈不得。

半晌，博奕琛鬆開對我的箝制，如果我以為他剛剛的行為已經夠超出預期，那麼他接下來說的話，則是讓我猶如晴天霹靂般合不攏嘴——

「要不要……跟我交往？」

♥

昨日，我問博奕琛為什麼突然抱我，他說有人路過。

有人路過到底跟他抱我有啥關係？

他說在施好穎的認知裡，我跟他告白了，總不會告白之後什麼事情都沒發生吧？

既然他沒有打算拒絕我，而我也沒打算跟他交往，那至少得發生點什麼，才符合常理。離去前，他還搶走了我手裡的情書，大言不慚的說：「這個現在是我的了。」

我無法認同博奕琛的話。

因為最合理的，是他應該要拒絕我，然後就當我失戀了，這件事情也可以圓滿落幕，不應該像現在這樣，越搞越複雜。

昨晚，班上的 LINE 群組，已經在傳我和博奕琛的緋聞，整件事鬧得沸沸揚揚，而且證據就是一張博奕琛抱著我被偷拍的照片。

早上施妤穎到校看見我的第一聲居然是「恭喜」，還喜孜孜雙手捧著臉頰，追問我詳情，以為會聽到我成功脫單的消息，結果聽我說完，她怪叫了一聲：「為什麼！」

楊悅嗑著早餐擠過來，怎麼分析都無解，「博奕琛沒有拒絕妳吧？否則怎麼會抱住妳？可是你們也沒有在一起，這……不符合邏輯啊！」

我覺得博奕琛沒有拒絕我，才不符合邏輯咧！

施妤穎慣性的咬著吸管，吸了幾口奶茶後，從齒縫裡拋出疑問：「妳到底在想什麼啊？」

我想這個問題，應該是所有在偷聽的同學都想問的。

既然要回答，乾脆一次讓大家都聽得見，「我長這麼普通，跟受歡迎的博奕琛在一起太有壓力了。」

餘光瞄到有幾位女同學點頭如搗蒜，似乎很滿意我有配不上大家心目中的男神的自覺。

「重點是博奕琛沒有拒絕啊！」施妤穎美目一橫，瞪了那些偷聽的同學們一眼，「那不就表示他其實也喜歡妳嗎？」

「他沒有說他喜歡我。」我縮了縮脖子，趕緊糾正，「沒拒絕不代表喜歡吧？」

「不不不，我覺得妳如果跟他提出交往，他絕對會答應的。」施妤穎斬釘截鐵。

楊悅說句公道話：「其實我覺得……跟女同學們心目中的男神交往未必是件好事啦……」

施妤穎擰眉，「柯子燕，這麼多年妳像棵鐵樹一樣不開花，好不容易開了這麼一大朵，卻想著要把它給捏死。」

可是她不知道……我真正渴望的桃花，在她出現的那一天，已經胎死腹中了。

「那現在呢？」楊悅問：「妳跟博奕琛什麼情況？」

「就是一般同學。」

施妤穎睨著我不知道在想些什麼，片刻後才發言：「我以為子燕妳是善良無害的類型，結果發狠起來居然比誰都要毒。」

「我怎麼了？」

「人家博奕琛說想跟妳當朋友，也拿出了誠意常常來找妳培養感情，妳說妳喜歡他，可是既不想和他交往，連朋友都不想跟他當，最後還聲稱你們只是一般同學？我聽著聽著，怎麼反倒覺得博奕琛像被妳給甩了。」

呃……我該不會露餡了吧？

小心翼翼觀察施妤穎的表情，我壓抑住心慌的解釋：「我只是覺得他說要跟我做朋友很不真實，所以不敢當真……何況昨天告白，他並沒有表示想法，也沒有說喜歡我，面對那樣出色的男生，我沒有自信開口問他願不願意和我交往啊……」

說謊的第二天，我已經徹底感受到謊言像滾雪球一樣越滾越大，一發不可收拾了。

「妳唷！」施妤穎接受了我的說詞，伸出手指戳了戳我的額頭，「老是這麼沒自信。」

我勉強的擠出笑容，整顆心仍然懸著，一刻都不敢鬆懈。

上課時，齊敏傳訊息問我：「妳跟博奕琛怎麼回事？」

我丟出了一張攤手嘆氣的貼圖，「說來話長，但絕對不是妳想的那樣。」

「那妳要跟博奕琛交往嗎？」她單刀直入。

「妳覺得像博奕琛那樣的男生有可能喜歡我嗎？」

齊敏沒再回我訊息，架起課本，趴在桌上偷偷補眠，昨晚不知道又做夜貓子到幾點了。

我心不在焉的上著課，無奈的轉動著手裡的自動鉛筆。

這場鬧劇，到底該怎麼收尾才好？

第三章　女配角華麗升等

「柯子燕最近好像在躲著博奕琛。」

「對啊，我看她下課不是去廁所，就是去找老師問功課，再不然就是跑去圖書館借書，每次博奕琛來找她的時候，她都剛好不在。」

「妳們覺得，那張博奕琛抱著柯子燕的照片，有沒有可能是因為她差點跌倒，而博奕琛只是好心扶住她而已啊？」

「是有這種可能，畢竟照片是偷拍的，有點模糊，角度也沒抓好。」

「如果是這樣的話，難怪柯子燕要躲著博奕琛了，告白完怕尷尬嘛！」

「真的！不過，既然他們沒有交往，那應該代表博奕琛並不喜歡柯子燕，只是人太好了沒有直接拒絕而已吧？」

「是嗎？博奕琛雖然滿平易近人的，但不至於會好到不懂得拒絕女生吧？」

「就是說啊！而且如果不喜歡，幹麼還一直到班上找柯子燕？這樣不交往又曖昧的關係到底算什麼？真是霧裡看花，越看越花。」

「所以博奕琛接近柯子燕，不是因為想藉機認識施妤穎嗎？」

「唉，不知道啦！總之，拉板凳坐在一旁繼續看下去吧！」

「好希望博奕琛一直單身唷……」

等到那群女同學離開廁所，我才從其中一間走出來。

如果時間可以倒轉，我絕對會隨便報一個同班同學的名字，也不會拖博奕琛下水。

但一切都太遲了。

看著鏡子裡的自己，我深深嘆了口氣。

扭開水龍頭洗好手後，才剛走出女廁，就被一道驀然出現的人影給嚇到。

博奕琛一把抓住我的手腕將我帶到樓梯間，我被困在他和一堵牆之間。

我驚恐的左右張望，擔心會被其他同學發現，心驚道：「你怎麼還不回教室？快上課了耶！」

「妳為什麼躲著我？」

「我……我哪有躲著你？」睜眼說瞎話就像我這樣。

他揭穿我，「妳滿臉心虛。」

「回、回教室上課吧！」我彎身，想從一旁的縫隙溜走，卻又被他給拉了回來。

「子燕。」

直呼名字太親暱了！我在心底哆嗦。

「有什麼事嗎？」

「妳不可以利用完我，就拍拍屁股走人，這是不責任的行為。」他指控。

「我什麼時候利用你——」不對，我確實利用了他，「我什麼時候拍拍屁股走人了？」

「那妳這幾天都在忙什麼？」確定我不會逃跑，他鬆開握住我的手。

說不出個所以然來，我弱弱的回話：「忙很多啊。」

「比如說？」博奕琛好看的臉上寫明了「不相信」。

比如說忙著躲你。但說出口，就真的變成過河拆橋了。

「比如說快期中考了，要讀書。」

「讀書是在座位上讀，但我每次找妳，妳都不在。」

我傻笑，「那還真是不巧。」

「子燕，妳不可以這樣躲我，我可是知道妳祕密的人耶！」

這人現在是在威脅我嗎？

「博奕琛，我們應該要整理一下彼此目前的狀態吧？」

想不到他二話不說，「好啊，那就交往吧。」

我差點被口水給嗆到，「咳咳！不、不對啦……我想說的是，你要不要直接拒絕我，說你只是跟我鬧著玩的，或是你只把我當成一般朋友？」雖然跟像他這樣受歡迎的人套上朋友關係也十分招人眼紅，但總比現在的曖昧關係要安全得多。

畢竟當朋友跟沒機會，在某種程度上是可以畫上等號的，就像我和薛育成一樣。

「為什麼？」

「什麼為什麼？」

「我不想做違心之事。」

「我不太懂你的意思。」說中文可以嗎？

博奕琛瞇眼一笑，「我喜歡妳，為什麼要拒絕？」

「你、你你你你——說什麼！」

他沒再重複剛才的話，只說：「我覺得妳應該認真考慮跟我交往的事。」

這傢伙絕對是開玩笑的。

起初，因為一顆籃球就突然說想認識我、跟我交朋友已經夠荒謬了，現在還拿喜歡來鬧？

我正色道：「你知道我喜歡薛育成。」

「嗯哼。」他頷首，「這跟我喜歡妳有什麼關係？」

我瞠目無語。

短短幾天，我們怎麼會突然升級成這個版本？

「你不要隨便亂說。」

博奕琛摸著自己的左胸，「天地良心。」只差沒有立三指發誓了。

我困窘的說：「我要回去上課了。」趁上課鐘響脫困。

他悠悠哉哉的跟在我身後，未再開口。

我暗自決定要把方才他說的話通通忘光，當作什麼也沒聽到。

直到走至二仁教室門口，「子燕。」他這一喊，座位靠窗的同學們全都豎起耳朵。

「妳考慮一下吧。」丟下這句引人猜想的話，那位先生便頭也不回的往二忠的方向走了。

我怎麼覺得博奕琛越來越不像草食系的，反而有點陰險狡詐……

很好，現在同學們都在猜，他到底要我考慮什麼了。

晚上，施妤穎跟我通電話討論完英文習題後，突然提及：「好險那封情書不是給育成的。」

我握著手機的手抖了一下，慶幸她不是當面講，否則我現在的表情，肯定會惹人懷疑。

沒等我作聲，她接著說：「雖然我是相信你們的，但那天我有跟他說，如果那封情書是給他的，我一定會很生氣，而且會不知道該怎麼辦才好。」

「為什麼？」

「因為你們對我而言都很重要啊！」她坦然，「我很喜歡我們三個人現在的相處模式，有我喜歡的人，跟喜歡的朋友在身邊。」

擔心若一直沉默，會讓她察覺有異，我連忙附和，「嗯，我也是。」

「如果妳也喜歡育成，那我們就一定不能像現在相處得這麼好了。」施妤穎毫無隱藏的表示，「雖然我相信妳也不會跟我搶，不會破壞我跟育成之間的感情，但我的心裡難免還是會介意，而且會容易胡思亂想。」

她的想法，我理解，這就是為什麼，在他們交往後，我一直沒有說出口……

「現在這樣真是太好了，妳有了喜歡的人，而且感覺進展得很順利，希望過不久我們就可以四個人一起出去雙人約會。」她愉快的期待著，「不知道和博奕琛交往會是什麼感覺，他應該也是對女朋友很好的類型吧？」

後來施妤穎說了什麼，我完全沒有仔細聽，她發現我心不在焉，以為我只是想睡覺了，就催我趕快休息，明天見。

切斷電話後，我才發現齊敏的訊息：「**好好面對自己的心意，千萬不要做出勉強的事情。**」

我看著，鼻頭一陣發酸。

我何嘗不希望可以好好面對自己的感情，可是夾在友情和愛情之間，我終究還是變得裡外不是人了。

現在多了一個博奕琛，對我而言，他有點像是漂流在汪洋大海中僅存的浮木。但矛盾在於，他讓我抓著也不是，向下沉也不是。

為了能考取好大學，應該要努力讀書，心無旁騖的年紀，我卻陷在複雜難解的三角習題裡……

♥

「妳真的喜歡博奕琛嗎？」

從學生餐廳買好便當回教室的途中，薛育成打破沉默。

我手裡拿著特地幫施妤穎買的珍珠奶茶，馬上點頭：「喜歡。」怕多猶豫個幾秒，就會被懷疑。

薛育成看了我一眼，沒再多說，卻眉頭緊擰，似乎在思索什麼。

擔心他多想，我轉移話題，「你的英文念得怎麼樣了？」

「不錯啊，妳的參考書挺實用的。」回答完，他卻又續道：「我聽妤穎說，妳那天的告白後來不了了之。」

看樣子是逃不過了，我乾脆一次交代清楚，「我那天只是把自己的心意告訴博奕琛，並沒有要求他答覆我。」

「為什麼？」

「喜歡一個人，本來就不一定要在一起。」這句話是真的，至少對此刻的我來說是如此。

「幹麼要喜歡一個無法在一起的人？」

「你這樣說不對。」我舉例，「有很多人互相喜歡而在一起，也不知道有一天會分開啊。」

薛育成搖頭，「那不一樣。」

「哪裡不一樣？」我嘆氣，「再說了，博奕琛是學校的風雲人物，我跟他在一起，會被很多女生視為眼中釘。」

「坦白說……」眼看教室就要到了，薛育成停下步伐，「我不相信妳喜歡博奕琛。」

我可以裝作沒聽見嗎？

回望，我問：「為什麼？」

他似乎一時半刻回答不了我的問題，楊悅遠遠看見我們，急著招手：「子燕，博奕琛來了！」

薛育成眉頭蹙得更緊，倏地加快腳步往教室前進，我小跑步跟在後頭，當我們抵達教室門口時，看見博奕琛坐在我的位子，周圍聚集了不少人，有些還站在走廊上透過窗戶往裡面探看。

一見到我，博奕琛起身展顏，「妳回來啦。」

施妤穎興高采烈的從我手中接過飲料，插下吸管喝了幾口，看好戲似的，一雙骨碌碌的大眼轉著。

「你怎麼會在這裡？」我好不容易找回自己的聲音。

「要不要一起吃午餐？」

「她不行！」

「我不要！」

薛育成和我同時開口。

訝異之餘，我根本無暇去想他為什麼不准我和博奕琛吃午餐，只是反射性的看向施妤穎，擔心她會起疑。

我知道自己這樣小心翼翼，像心裡有鬼，但那天施妤穎和我通電話時說的話，不曾從我腦海淡忘。

「人家想一起吃午餐培養感情，你憑什麼說不行？」施妤穎眉頭一皺。

看見她的表情，我心驚膽跳，強迫自己緩下口吻：「我不要……我會害羞……」

「害羞什麼？」博奕琛溫柔的語氣和眼神，從旁人眼裡看起來就像在深情望著喜歡的人。

我為難的向楊悅拋出求救訊號，偏偏她少根筋沒接收到。

「我……我們……」我們現在是「告白無果」的關係，我真正想說的不是會「害羞」，而是會「尷尬」。

突然，薛育成不顧施妤穎的臉色，沉下聲開口：「博奕琛，你適可而止吧！」

我在心底倒抽一口涼氣。

「博奕琛又沒有怎麼樣。」施妤穎面露不悅，「他只是想跟子燕一起吃午餐而已。」

隨時有可能擦槍走火的現況，令我緊張到手心冒汗，「對啊，其實我……」

可是薛育成打斷我的解釋，又道：「子燕跟你告白，你沒有答覆，就不應該一直來纏著她，你到底是什麼意思？覺得逗弄一個女生很好玩？」

「誰說的？」博奕琛收起笑容，「誰說我沒有表示？」

薛育成站在他面前，態度依舊強硬，「你有嗎？」

博奕琛轉過頭來，「子燕，妳跟他們說，我沒有任何表示嗎？」他的眼神柔和了幾分，無比認真的問。

「我只是……」

他沒有給我解釋的機會，「妳怎麼沒跟他們說，我有問妳要不要交往？」

現場一陣譁然，吵雜的議論聲，瞬間轟炸我的耳朵。

施妤穎的表情，就像自己跟喜歡的人告白得到了正面回覆一樣開心，從位子上跳起來拍手叫好，「太棒了！」

楊悅雖然吃驚，但那聲「天啊！」聽起來也是祝福成分居多。

薛育成猶如吃了一記悶虧，就算超級不爽，也無法再多說什麼。

「對……我沒說……」早知道事情會演變成這樣，還不如一開始就答應和他一起吃午餐，「因為我覺得太難以置信了……」

博奕琛迎向薛育成難看的表情，誠懇道：「我知道妳是子燕的青梅竹馬，多年友誼，擔心好朋友會被隨便的男生玩弄感情，所以難免對我有敵意，但我希望你能明白，我是很認真在看待這件事情的。如果子燕願意跟我在一起，我會很開心。」

薛育成的臉色因為他一席話變得更加陰沉。

博奕琛不愧是辯論社的，那段話聽起來雖然像在表明立場，其實一邊拐彎抹角限制了薛育成的身分，一邊又讓我無法再對交往一事置若罔聞。

但他還是有顧及我的感受，又說：「子燕，我會給妳時間考慮，妳那天向我告白時說的話，我都能理解；雖然喜歡我，但不敢奢望能跟我在一起，害怕眾人的眼光及反對，這些攸關些心理層面的因素，都需要有勇氣去克服，急不來的，所以我願意等妳。」

我到底招惹了一個怎樣的男生……他居然能把假的事情說得如此真實自然！

淡淡眸光，掃過眾人吃驚的臉，博奕琛再度揚起慣性的微笑，「看來，我還是問得晚了，你們已經買好便當，那我們明天再一起吃午餐好了。」話落，他從容離開二仁，剩下我得把這件事情收尾。

「我知道你會擔心子燕。」施妤穎鬆口：「可是也不用這麼衝吧？如果博奕琛是個玩咖，我也不會把子燕送入虎口的，但我的第六感很準，我就知道他是喜歡子燕的！現在好了，他們互相喜歡，你可以樂見其成了吧？」

薛育成深深瞅我一眼，半晌後才「嗯」一聲，動手分配買回來的便當，拆開橡皮筋、埋頭用餐，沒再說話。

我用筷子從施妤穎的便當裡夾出她不喜歡的高麗菜，換上我便當裡的豆芽菜時，她視線瞟來，滿臉期待，「子燕，妳會跟博奕琛交往嗎？」她是沒有得到答案，不會死心的類型。

「我不知道……」

「妳也太不夠意思了。」施妤穎嘟起嘴，「博奕琛有問妳要不要交往這件事，為什麼都沒說？還說他沒有表示。」

我猶如走在鋼索上，隨時都有可能摔下去。對於她的質疑，我只能一次又一次的絞盡腦汁給予說法：「其實我也嚇到了……以為他只是覺得好玩才會那樣說……」

楊悅點點頭，可能同為普通人，比較能體會我的感受，「也難怪薛育成會擔心啦，確實一切都很出乎意料之外，如果不是剛剛看到博奕琛那麼認真，就算子燕說實話，我也有點難相信。」

「妳真是的。」施妤穎白了楊悅一眼，「就只有我一直都對子燕很有信心嗎？」放下筷子，她伸出雙手捧住我的臉，左看看、右看看，笑咪咪道：「越來越可愛。」

胸口一股悶氣堵得慌，令我無法回視她熱切的目光。

雖然施妤穎嬌氣，有時連稱讚人聽起來都有點沒誠意，但我知道她是真心的，真心把我視為重要的朋友，真心喜歡我。

所以每次……每次當我意識到自己還喜歡著薛育成的時候，愧疚感都會在心窩深耕。

現在我唯一能做的，就是絕對不能讓自己，介入她和薛育成之間的感情。

晚間，複習完課業進度，齊敏坐在客廳的沙發椅，吃著剛削好的蘋果，見我端了兩杯花茶走出來，省略開場白直接問：「柯子燕，妳不會真的要跟博奕琛交往吧？」

她大概是聽到傳聞了，我將其中一杯遞給她，淡淡表示：「如果有必要的話，我會的。」

「什麼意思？」她睨我。

握著手裡的杯子，我猶豫著該不該把所有事情都告訴她。

「妳知道，無論是什麼，我都會替妳保密的。」

齊敏是個說到做到、有義氣的女生，值得信賴，而此刻的我，就像一顆被撐到極限的氣球，幾乎快爆炸，如果再不洩氣的話……

低吁口氣，我徐徐道出這些年來對薛育成的心意，和這陣子發生的所有事情，她靜靜聆聽，任由我發洩心中累積的抑鬱，直到我說完，都沒有打斷我。

「我知道自己這樣很不應該……」

「有什麼不應該的？」她揚眉，「那天我們在討論電視劇劇情的時候，我就說過了，如果是我身陷在那樣的情況之中，我還是會選擇告白的。」

「可是，妳知道我不能……」

「已經發生的事情，就不用想著回到過去了，現在只能想辦法解決。」

「那妳覺得，我該怎麼做？」

齊敏沉思半晌，問：「妳想跟博奕琛交往嗎？」

「如果可以，我真的不想和博奕琛那樣的人有牽扯。」

「為什麼？」

我一時被問愣了，「什麼為什麼？」

「博奕琛沒有不好啊。」齊敏挑眉。

「他很好……但就是太好了。」

「撇開喜不喜歡他這個問題，妳覺得自己配不上他？」

「我要是真的跟他在一起，大概會被他的後援會粉絲們追殺到天涯海角，從此在學校的日子會過得非常精彩。」

「保護女朋友也是他的責任。」

「妳講得好像我已經跟他交往了一樣。」

齊敏放下花茶，調整坐姿，與我面對面，「柯子燕，妳知道妳的問題是什麼嗎？」

「沒自信？」這個缺點我聽到都快爛了。

她不置可否，「我覺得，妳應該和別的女生一樣，擁有精彩的學校生活，大膽去嘗試，大膽追求自己想要的。」

「但薛育成這件事情是沒得談的。」就算想過精彩生活，也不能拿好朋友的感情開玩笑。

「我有說薛育成嗎？」

我腦筋轉不過來，「不然？」

「不是還有博奕琛嗎?」

「妳知道,我對博奕琛真的……」

齊敏斂眸,打斷我的話,「總之,無論妳想怎麼做,我都支持妳。」向來酷酷的她,難得握住我的手,「無論發生什麼事情,我都會挺妳的。」

「謝謝妳。」突如其來的感動,令我胸口一暖。

「是我要謝謝妳。」她難得感性了起來,「當沒有人想靠近我的時候,只有妳對我釋出善意,只有妳不顧眾人的閒言閒語,願意和我說話,所以沒有人可以欺負妳,要是被我知道誰惹妳傷心,我一定不會坐視不管。」

我看見她眼裡的真誠,想起和她建立起友誼的那日。

那時,齊敏被同學們誤傳介入別人的感情,正牌女友找到教室潑她飲料,我獨自跟著前往女廁清潔髒汙的她,並遞出了一包衛生紙,就此成為她在班上唯一來往的朋友。

這是齊敏第一次,讓我知道自己在她心中的分量。

能聽她親口說出來,我感動也感謝。

♥

已經不記得,自己是從什麼時候開始喜歡薛育成的。

初次見面,其實鬧得非常尷尬,儘管當時的我們,對於「尷尬」這個形容詞還不熟悉。

我們雖然是彼此「指腹為婚」的對象,但坦白說我們最常見面的時期,是在兩位媽媽的肚子裡,跟還是襁褓中嬰兒的時候。後來兩家人都忙，偶爾媽媽們出去喝貴婦下午茶聊天，也不見得會帶上我們，因此再見面，已經是我們學會走路、認得男女性別、準備上幼稚園的時候了。

媽媽們說好要讓我們上同一間幼稚園的那天，薛媽媽帶著儼然是小霸王的薛育成到家中拜訪，本來一切都沒什麼不對勁，直到薛育成撲倒在我身上，說要玩摔角遊戲的那一刻，我才意識到自己被當成了男生。

「育成！你怎麼趴在人家女孩子身上！」薛媽媽的訓斥，讓薛育成瞬間漲紅了臉，像煮熟的蝦子。他從我身上驚恐的彈開，指著我大叫：「妳妳妳妳——是女生！」

「唉呀，阿姨沒有跟育成說子燕是女孩子嗎？」我媽笑到前俯後仰，「子燕的『燕』是燕子的燕唷！」

當時，留著短髮的我竟被誤認為男生，現在想想，那時似乎就已經預言了我的愛情，注定要走向失戀的命運。

後來，即使薛育成知道我是女生，我們之間的互動依舊沒有多大的改變。

幼稚園小中大班，他每天在學校裡都跟我玩得全身髒兮兮，女孩子喜歡芭比娃娃，他卻硬要塞金剛戰士給我；女生喜歡吃跟草莓口味相關的東西，他就偏要勉強我吃巧克力；小女生喜歡粉紅色，他每次叫薛媽媽買給我的東西都是藍色。

我不得不承認，自己是一個非常沒有個性的人，從一開始的小小掙扎，到最後任由他將我身上使用的東西改得越來越偏中性。

上了小學以後，薛育成雖然不再那麼專制，卻也常會把我當成好兄弟似的勾肩搭背，大家童言童語在說男女授受不親的時候，他總是用一副痞痞欠揍的模樣說：我不是女的，我是他的好哥兒們。

但偶爾，我被頑皮的同學們嘲笑：「好哥兒們不會全身上下都是卡娜赫拉的東西啦！柯子燕該不會是假扮女生吧？」作勢要掀我裙子，薛育成就會氣到揮舞拳頭想揍人，薛媽媽還因此被導師找去學校好幾次，我怪不好意思的。

國小那段情竇初開、兩小無猜的年紀，我卻活得像薛育成的小跟班。直到我知道他喜歡女生留長頭髮，開始堅持要蓄髮時，他還曾經跟我鬧過彆扭，說我留長頭髮看起來會像偽娘，那時候我氣得差點跟他斷交。

現在回想起來，過往的種種，我們爭吵的時候也很多，為什麼我還會喜歡上薛育成呢……也許，是我明白他嘴巴壞的背後，有顆正直又柔軟的心吧。

薛育成雖然看起來總是滿不在乎的模樣，但他很有義氣，也十分看重承諾，答應我的事情，從來不會令我失望。

我猜想，自己對薛育成而言，應該也是重要的吧？

否則國小有一次我被其他班的男同學欺負，他也不會為了替我出頭和人家打得鼻青臉腫，自己掛彩到制服都破了。回家後，即便被薛媽媽責罵，也絕口不提他打架的原因。

那時候，我覺得薛育成是我的英雄。

從小到大，他都是如此，縱使經常狗嘴吐不出象牙，一副欠揍的模樣，但他總是毫不猶豫的為我出頭，見不得我被別人欺負。

從薛育成嘴裡，我聽過最甜蜜的一句話就是：「只有我可以欺負柯子燕，其他人都不行。」

當他這麼說，我就能感受到自己對他而言是與眾不同的，即使……這和我想要的感情不同，但我也滿足了，因為在他的心裡，我是有分量的。

所以在愛情裡，我始終不願意讓他為難。

只希望當我心情低落的時候，偶爾能有薛育成的陪伴就好了。

還記得國中有一年生日，爸媽原本答應要帶我去日本旅行慶生，期待了一個多月後，他們因為工作臨時取消訂好的行程，連生日當天，都無法陪伴在我左右。

薛育成假裝忘記我的生日，還整天捉弄我、對我開玩笑，在我大發脾氣，並怒沖沖的說出這輩子都不想和他說話的傍晚，他在放學後端著蛋糕，點著和我年齡相同數量的蠟燭來按門鈴。

「生日快樂！子燕。」

那時，我的眼淚「啪」的一聲就落下了，我嚎啕大哭，還放肆的把淚水和鼻涕通通抹在薛媽媽幫他洗得白亮亮的學校制服上。

從前，他可以在我生日當天陪伴我一整晚，直到過午夜十二點；從前，他可以在我心情不好的時候，拒絕和好兄弟去打籃球，陪我坐在公園的盪鞦韆聊天說話；從前，他可以和我共喝一罐礦泉水，共吃一塊麵包，從前……那些我們可以一起做的事，自從施妤穎出現，變成了避嫌而必須保持的距離。

本來，如果只是為了薛育成，我遭遇的困難還算單純，偏偏他將施妤穎帶進了我的生活裡，面對兩人，我得更努力的維持平衡……

那天，齊敏要離開我家前，最後一問：「妳究竟要為了這兩個人，失去自我到什麼程度？」

我沒有回答，她也知道自己說的話太過了，安撫我別想太多後便離開。

齊敏的那個問題我想過，也問過自己，後來我只得出一個結論——

人生本來就有得必有失，我是失去了愛情，但比起得到愛情，現在的我更希望薛育成和施妤穎都可以留在我身邊。

這樣想的話，那些偶爾從心底冒出的委屈，似乎也變得可以忍受了。

♥

博奕琛連著好幾日中午都找我一起吃飯，我沒有再拒絕，只有照著他的話做，才不會再發生不必要的衝突和讓施妤穎或薛育成起疑。

不過，這傢伙是越來越得寸進尺了。

「放學後我們一起去吃豆花吧！」

「我覺得這樣不妥。」

「為什麼？」博奕琛一臉失望。

「快考試了，我要回家複習進度。」

他不死心，露出燦笑，「那我們找個地方一起讀書。」

我該怎麼告訴他，我應該已經被他的粉絲後援會列為黑名單，只差沒有開始追殺而已。

「這樣我無法專心。」

「也是，看著我這張臉確實會無法專心。」他搓了搓下巴。

一般人講這種話，可能會被白眼，但他是博奕琛，他很有本錢自戀。

「對，所以我們還是不要一起讀書比較好。」

我們在二仁門口分開，楊悅一看到我就撲過來，嚷嚷：「唉唷！妳跟施妤穎中午都一對一對的去吃飯，我一個人好寂寞喔！」

「那明天陪妳一起吃。」我求之不得。

「不了，我可不想棒打鴛鴦。」

「這成語是這樣用的嗎？」我失笑。

施妤穎和薛育成還沒有回教室，我卻收到薛育成的訊息：**「快午休的時候，可以來一下頂樓的樓梯間嗎？」**

有過上次的經驗，我心中的警鈴大響，想了想後回覆：「嗯……**我等等可能要和楊悅討論功課，怕會耽誤時間。」**

「我只是想問妳一點事情，不然妳現在過來吧。」

「什麼事情啊？」

「我等妳來。」薛育成完全不給我拒絕的機會，我試圖繼續推託，可是他就沒讀沒回了。

我迅速做完打掃工作，前往他和我約定的地點。

以前覺得朋友見面聊天是很自然的一件事，現在卻讓我感到不安。

「薛育成。」我輕喊。

他轉過頭來，看見我劈頭便道：「我不相信妳喜歡博奕琛。」

我緊張的往樓梯間看，深怕會有人聽到接下來的對話。

「子燕，妳是不是被博奕琛抓到了什麼把柄？」薛育成先問，爾後又低喃：「但妳應該不會有什麼事情是我不知道的才對……」

「不是你想的那樣……」

他走近，與我平視，眼神中充滿懷疑，「那是什麼？」

「我們只是——」我暗暗嚥了口口水，「在培養感情。」

薛育成瞇起眼，「我不相信。」

「不然呢？」

「那封情書真的是寫給博奕琛的嗎？」

這個問題，這幾天來他問過幾次了？

「那封情書，不是寫給博奕琛的話，難不成是寫給你嗎？」施妤穎的聲音，突然從我身後傳來。

我迅速回頭，看見她臉上不諒解的神情。

剛剛看樓梯間明明沒人，施妤穎究竟是什麼時候上來的？

「薛育成，你到底怎麼回事？」她走到我身畔，瞥了我一眼，我瞬間脊背發涼，「你把我支開，就是為了找子燕說這件事嗎？」

「好穎……」我開口想說點什麼，卻一個字都擠不出來，只能慘白著臉，表情僵硬的看著她。

然而她的不滿並非衝著我，而是針對薛育成，「你現在是用什麼心態在質問子燕？」

我藏在身後的右手，不安的扭著手指。

「我真心無法理解耶！你對博奕琛究竟有什麼好不放心的？」

「我只是覺得這整件事情都很奇怪。」薛育成稍微提高了說話音量，顯然也不高興了，「子燕是我從小到大的好朋友，難道我不能關心嗎？難道我怕她受傷害不對嗎？」

這件事情如果不趕快解決，施妤穎遲早會發現什麼的，我很清楚，薛育成也清楚，他應該是擔心她會起疑或多心，所以才不敢直接在她面前問我。

他們從來不曾為了我的事情起爭執，我也怕成為他們之間的疙瘩，所以盡可能讓自己當個小透明，只是終究，還是無法避免的被我給搞砸了嗎？

「我沒有說不對，我也會擔心子燕受傷，但我之前說過了，我覺得他們互相喜歡，沒有問題啊！」

「博奕琛那樣的人，如果跟一個像妳一樣的女生互相喜歡是合情合理，但他卻說喜歡子燕，妳覺得這合理嗎？」

我知道薛育成是一時情急，無心的，可他的話，還是重重傷害到我……

「博奕琛這麼優秀的男生喜歡我，真的很奇怪嗎？」我苦笑望向他，想哭的心情，在胸臆氾濫。

難道就因為普通、平凡，所以沒資格、也不可能擁有一段燦爛的愛情嗎？

灰姑娘也是認識了王子後，才變成公主的啊！

喔……我忘了，灰姑娘本身，也是個閃亮美麗的存在……

「子燕，抱歉，我不是那個意思──」

「不然是什麼意思？」我紅著眼眶，想要笑卻笑不出來。

看著施妤穎美麗的臉龐，和薛育成懊惱的神情，我真的很想讓自己一秒消失。

「子燕。」

正這麼想時，忽然傳來一道溫柔的呼喚聲，差點逼出我的淚水。

我轉頭看見站在樓梯上的博奕琛，鼻頭發酸。

我的為難，現在應該只有被我拖下水的他可以理解了。

「妳中午買便當刷完學生證付錢後，請我暫時幫妳收好，結果我忘記還妳了。」他拿著學生證，走到我面前。

以往他的笑容，都會讓我覺得很有壓力，因為不知道他在想些什麼，可現在，竟讓我莫名的感到放心。

「你怎麼知道我在這裡？」

「我剛剛想把學生證拿去二仁還妳，但妳的同學說妳出去了，有人看到妳往樓上走，所以我就來碰碰運氣。」

我從博奕琛手中接過證件，低頭說了聲：「謝謝。」

「妳還好嗎？」他看了站在一旁的薛育成和施妤穎一眼，又將目光移回我身上，「發生什麼事？」

我輕蹙眉頭瞅住博奕琛，有口難言。

他開玩笑：「這什麼表情？看見鬼了？」

謊言像滾雪球一樣，越滾越大，既然已經選擇一條錯誤的道路，就沒有回頭或是不願意繼續走下去的權利，非走到底不可了，對吧？

如果我的決定，可以結束這場荒謬的鬧劇……

「我喜歡博奕琛。」我轉頭，望向薛育成鄭重的說：「謝謝你和妤穎對我的關心，但我是真的喜歡博奕琛。」又回過頭看著博奕琛。

被我告白的當事人，並不訝異我正在說的話，似乎早就知道，事情會往這個方向發展。

「博奕琛，你願不願意跟我交往？」我想我一定是頭被門夾到了，嘴巴停不下來，開始說一些無法控制的話，「我不會再沒自信了，不會因為沒自信而拒絕你，我想跟你在一起。」

這段比當初和薛育成表白，聽起來更像告白的話，真的很肉麻，可是如果不說點平常不會說的話，似乎又不夠有說服力。

所以，我不管了！

博奕琛的目光停在我臉上，嘴角上揚，當我以為他會大笑出聲，打破我刻意營造出的感人肺腑的告白情節時，他伸手握住我的手，收起笑容，十分慎重的回應我：「好，我們交往吧。」

「太好了！」施妤穎拍掌歡呼，去拉著薛育成的手臂猛烈搖晃，「這下你不用再擔心了吧？」

我不敢去看薛育成此刻的表情，午休的鐘響解救了我，快步回教室的途中，薛育成一路沉默，可是為我成功脫單而興奮不已的施妤穎卻完全沒有發現。

進教室前，我千叮嚀萬囑咐施妤穎要替我保密，因為我一點也不想激怒博奕琛粉絲後援會的成員，她雖然嘟囔著大家遲早都會知道的，但仍然照我的意思沒有大肆宣揚。

結果這個交往的祕密，並沒有維持多久，就在放學時，從出現在二仁外的博奕琛嘴裡被傳開了。

「喲！博奕琛你來了？又是找柯子燕？」男同學的揶揄，大聲到全班都聽得見，引來不少竊笑聲。

原以為他會像往常一樣笑笑的不發一語，殊不知——

「對啊，我找我女朋友。」

「你的女朋友？」男同學瞪大眼，嘴巴像含了滷蛋一樣吃驚，「誰啊？該不會是柯子燕吧？」

博奕琛面不改色，「對。」

我在震耳欲聾的尖叫聲中，衝出教室，連招呼都沒打，就急忙拖著博奕琛離開現場，用其他人聽不見的音量，焦躁的抱怨：「你為什麼要這樣，我會被你害死，我真的會被你害死……」

他老神在在的任由我拖著前行，嘴角漾著微笑，「我怎麼了？」

「我們不能把交往的事情當作祕密嗎？」

「妳希望這是個祕密嗎？」他一副恍然大悟的模樣，我卻看得見他眼底的狡詐，他接著又道：「可是，我剛剛已經那樣說了，現在大家應該把交往的消息傳遍了吧？」

「我知道。」緩下步伐，我真的拿這傢伙沒辦法。

「看樣子，只能這樣了。」

「哪樣？」

還來不及反應，他就已經化被動為主動的將我的手穩穩握進掌心裡。

「博奕琛！」我低呼，瞬間漲紅了臉。

背著書包的同學們行經我們身邊時，都向我們投以驚訝的目光。

「嗯？」他牽著我走出學校大門，再度提起中午已經被我拒絕的邀約：「我們去吃豆花吧！」

我現在還有說不的權利嗎？

「好吧……但我還是要早點回家讀書。」

「不會吃到晚上啦。」

「春嬌の豆花店」距離學校約十分鐘左右的路程，位在不起眼的巷弄內，斑駁老舊的鐵板招牌，隨著微風輕輕搖晃，有種復古的味道，店內客人不多，陸續有零星的人前來光顧，因此老闆娘始終忙碌著。

她叫春嬌，從高中畢業就接下家裡的豆花店，因為製作豆花不需要文憑，只要用心就能做，所以在家人的同意之下，她沒有讀大學，開始學做豆花，從一開始連豆花是黃豆做成的都不曉得，到後來對豆花體的綿、細、柔、Q彈的口感都十分講究，還曾受邀出書、開班授課，教人怎麼製作傳統豆花，至今已經過了三十個年頭。

這些，都是博奕琛在途中，滔滔不絕和我分享的。

而他會知道這麼多，是因為：「老闆娘覺得我很帥，第一次光顧，她就跟我說了，剛好那時候店裡也不忙，我們聊了滿多。」

「欸？小帥哥，你來啦！」透明的玻璃餡料櫃後，老闆娘正彎著身子補料，看見我們走進店裡，熱情的招呼，「隨便坐啊。」

博奕琛找了店內最裡面的位子坐下，拉開鐵板凳，熟稔的從黏在牆上的塑膠面紙盒裡抽出幾張衛生紙，邊擦拭桌面邊道：「老闆娘，來兩碗綜合古早味豆花！」

「好咧！」老闆娘笑吟吟的轉過身來，對我點了下頭。

「你為什麼都不問我要吃什麼？」居然擅自幫我做決定。

博奕琛很誇張的瞪大眼珠，「來這裡不吃綜合古早味豆花，妳會終身遺憾的。」

我失笑，放棄跟他爭辯。

過不久，老闆娘端了兩碗餡料多到快滿出碗的豆花到我們桌上，她的個子嬌小，皮膚白皙有光澤，臉上沒什麼皺紋，不過可能因為愛笑，所以魚尾紋比較深，聽說她已經五十幾歲了，看起來還是很年輕，多喝豆漿也可以達到保養效果嗎？

博奕琛喜孜孜的介紹，「老闆娘妳看，我女朋友漂亮吧。」離開了學校，他不知怎地心情似乎比在校內時更好，不僅說話的聲音輕快，臉上的笑容也更加明亮飛揚。

「漂亮！是個清秀的小美女呢！」老闆娘看著我，眼神溫柔慈愛，不願多打擾的擺擺手說：「你們慢慢吃啊，如果想要加料再跟我說。」

他這假男朋友真是當得一點都不尷尬，逢人就大方介紹，但剛剛在學校都已經那樣了，我想再多的顧慮也於事無補。

等她離開，我問博奕琛：「一碗四十塊錢的豆花，還可以免費加料？」已經有這麼多餡料了耶！

「對啊。」他指了指另一面牆面貼著的牌子，上頭寫著「可免費加料」五個字。

我用湯匙舀起豆花的手頓了頓，這種分量跟價格還可以免費加料，也太佛心了吧？

博奕琛不疾不徐的品嘗著，半晌後突然開口：「妳現在可以把手機號碼給我了吧？」

「為什麼？」

「因為我們是男女朋友啊。」

「是假的男女朋友。」我小聲糾正。

「假的男女朋友也應該要有對方的聯絡電話。」

我深呼吸，看著他，把多餘的話吞進肚子裡，因為他也沒說錯。

我拿出手機，跟他交換了彼此的號碼和互相加通訊軟體的好友。

博奕琛將我的手機號碼稱謂打上「女朋友」三個字，還命令我也得照做。

「不用吧，又不會有人看我手機。」

「凡事都要以防萬一。」他看著我，下巴揚了揚，要我改稱謂，完全沒得商量。「而且，妳不可以再什麼都拒絕我，又對我冷淡，否則，他們會懷疑我們是假交往。這樣的話，薛育成不相信，就會繼續問妳，而施妤穎也會因為這樣產生懷疑。」他說得理直氣壯。

「那我要怎麼做——」

這傢伙在幹什麼？拿著手機對著我拍照？

「笑一個。」無視我擰緊的眉，博奕琛引導我的動作，「一隻手托腮，然後對著鏡頭笑一笑。」

「你現在是在……」

「幫女朋友拍照啊。」他回答，說明用意：「我想要設成螢幕鎖屏。」

我摀住臉，低吼：「天啊，你在跟我開玩笑吧！」

他挑眉，「沒有，我很認真。」

「你這樣做得太過了！」

「我談戀愛就是這樣。」博奕琛拉下我的手，認真道：「演戲要演全套，妳專業點。」

「這樣很危險，要是最後弄假成真怎麼辦？」

「弄假成真就是指我真的喜歡上妳，或是妳真的喜歡上我，那更好，我們是男女朋友啊，真的互相喜歡的話也是應該的。」

「重點是，你怎麼可能真的喜歡上我？」我……我比較有可能會真的喜歡上他吧！

「怎麼不會？如果妳也真的喜歡上我，我也會對妳的感情負責的。」他挺起胸膛，一副有責任心好男人的模樣。

這一切都好不真實。

博奕琛沒有給我更多思考的時間，又道：「反正我會把妳的照片設成手機鎖屏，所以，如果妳想要五官全皺在一起出現在我的手機畫面，讓我每次用手機的時候都看到的話，我也不介意唷。」

「不要！」我急喊，「我不常自拍，也不知道自己哪個角度比較好看……」

聞言，他咧開笑臉，「這有什麼問題，妳現在不要看鏡頭，自然的活動，我會去捕捉妳最美的一面。」

半信半疑的點頭，我彆扭了下，開始自顧自的吃起豆花，然後觀察周圍客人們都點了什麼，真的多半都點綜合的。

不久，博奕琛似乎拍到了滿意的照片，將螢幕轉過來秀給我看。

照片裡的我，雙肩自然垂落，一邊短髮勾在耳後，白淨的側面，掛著一抹淺淺微笑。

好……不一樣，這就是他眼裡的我嗎？

「我覺得很美。」他愉快的點頭，馬上設成了鎖屏畫面。

姿勢一百分，但我覺得自己長的很普通……我難為情的低下臉。

「把手機拿出來。」博奕琛嘴角的笑痕漸深，「換妳拍我了。」

我瞠眸，「啊？」

「妳也要拍我的照片設成手機桌布啊。」

「不、不用吧……」

「妳不是『應該』很喜歡我嗎？」

「呃……」

他彎著燦亮的黑色瞳眸，「我長得很帥，應該很好拍才對。」

博奕琛那股由不得人拒絕的霸氣又外露了。

我輕嘆，拿出手機隨意拍了幾張，最後選了一張他在吃豆花的照片設成桌布。

「很好。」

看著他清俊的臉龐，我忍不住問：「博奕琛，你為什麼要幫我？」像我這樣不起眼的女生，為什麼會入得了他的眼，又為什麼能夠得到他的幫助？

「因為我喜歡妳啊。」

差點被豆花嗆到，「哪、哪種喜歡？」喜歡捉弄我，也是一種喜歡啊……

「無論是哪種喜歡。」他溫柔的視線望來，「妳都要有信心，妳比自己想像的還要好，還要值得人喜歡。」

第四章　女主角養成計劃

班上的聊天群組鬧哄哄的，訊息紅點從十破百，才短短幾秒鐘，大家都在討論我是怎麼拐到博奕琛的，說我惦惦吃三碗公，看起來一副膽小的模樣，想不到這麼有手段，當初不過就是被博奕琛的好哥兒們徐瑞德用籃球不小心打到臉。

多數人還是無法相信，先前居然猜測錯誤，本來認為博奕琛的目標是施妤穎才會刻意接近我，不料，他的對象居然真的是我。

還有女同學說，希望自己也可以被籃球打到臉，如果這樣就能得到一個男神男朋友的話。簡直太扯。

即使我在群組裡選擇當一隻縮頭烏龜已讀不回，但到了學校，如豺狼虎豹的同學仍然沒打算放過我。

上學途中，薛育成整路都悶悶的沒說話，似乎還無法從我跟博奕琛交往的事情平復過來。適時的沉默，偶爾也是好的。

只是我沒想到，博奕琛會在校門口等我。

薛育成看到他的時候，表情像腳踩到大便一樣難看。

「早安，子燕。」

原來他昨天晚上傳訊息問我平時都幾點到學校，就是為了這個。

我勉強扯開不自然的微笑，「早安。」不可以躲著他，也不可以對他冷淡，否則薛育成會起疑心。

博奕琛走在我旁邊，路人的回頭率百分百，同學們各種目光掃射，透露出不同的心情，我選擇關起耳朵和眼睛，逼自己不要去在意，可是前往二仁的途中，施妤穎也出現了，校園男神、校花同框，就像在拍偶像劇的場景，而我就是壁花朋友。

昨天齊敏和我通電話的時候，聽起來心情不太好，雖然大部分是因為和就讀大二的男朋友吵架，但當我提及和博奕琛交往的事情，她靜默了很長一段時間，久到我以為電話斷線了。

結束通話前，她語重心長的提醒我：「不要受傷。」

不過這段時間以來，我已經背上都是劍，快要變成劍龍了，還有差嗎？

「想不到校草博奕琛，談起戀愛來會是這個樣子。」施妤穎揶揄。

被點到名，他微微勾起一笑，「什麼樣子？」

「在校門口等女朋友來學校。」

「我也是平凡人。」博奕琛聳肩。

你哪裡平凡了？我在心裡吐槽。

「我們子燕是母胎單身，從來沒談過戀愛，還好你戀愛經驗應該比較豐富，交往時可以多帶領她。」

「我也是母胎單身。」博奕琛語出驚人，「子燕是我的初戀。」

「少來！」施妤穎不相信。

「真心不騙。」他一手捂著胸口，再次聲明，「童叟無欺！」

「天啊……」她的嘴巴差點合不攏，「怎麼可能？」

抵達二仁教室門口，博奕琛笑著用溫柔的口吻對我說：「我們一起吃午餐喔。」話落，他眼中只有我的摸了摸我的髮頂後便離開了。

「還說要保密呢！這麼高調。」施妤穎睨著博奕琛離去的背影咕噥。

「進去吧。」薛育成伸手攬住她的後腰，往教室內輕推。

同學們像看到什麼奇人異士，眼光緊緊跟隨，多數都一副欲言又止的模樣，直到楊悅道出他們心中的疑惑：「跟校草交往的感覺怎麼樣啊？」

我輕聲回答：「很沒有真實感。」

「博奕琛有說為什麼喜歡妳嗎？」她八卦的問。

我聳聳肩：「大概是覺得我流鼻血的模樣很可愛吧。」

聞言，楊悅捧腹大笑，連施妤穎也跟著笑出聲。

薛育成的聲音卻有點冷：「我都不知道原來妳這麼幽默。」

「你不知道的可多了。」你連我不喜歡柳橙汁都不知道。

離早自習開始還有些時間，我們有一句沒一句的聊著天。齊敏在遲到前一分鐘抵達教室，她的臉色看起來不太好。

我傳了封訊息關心她的狀況，她卻只簡短的回覆說昨晚沒睡好。

早自習的英文小考，我看她考卷寫得很快，大概有不少題目都是用猜的，開考不到二十分鐘，就趴下睡覺了。

薛育成倒是很認真在寫，交卷前一秒都沒有放棄，不斷在檢查考卷。

早自習下課鐘一響，我原本想找齊敏關心一下她的狀況，但整個人卻被團團包圍——

「子燕，妳到底是怎麼吸引博奕琛喜歡妳的啊？」

「子燕，博奕琛是不是對女朋友很好啊？」

「你們到什麼程度了？」

「好好唷！我也好想跟男神交往。」

而這些都還不是最惱人的。

第二堂數學課下課，一個不知道是幾班的女同學突然闖進二仁教室，對著我用保溫瓶潑了一臉水，接著大吼：「柯子燕，妳這個醜女！根本沒資格跟博奕琛在一起，不要臉！你們很快就會分手的！」就跑掉了。

所有人都反應不及。

我想她應該是代表博奕琛粉絲後援會來說出心聲的，我本來就知道，自己這種平凡的類型，跟博奕琛交往肯定會引起反彈。

沒想到，我真的親身遭遇了這麼不理性的行為……

「妳還好吧？」楊悅皺眉，從書包裡抽出一整把衛生紙在我身上擦拭著，「那瘋婆子是誰啊？莫名其妙耶！」

我邊整理，邊瞄了一眼周圍竊竊私語的同學，這種被看好戲的感覺真不好受。

「沒關係。」我該做好面對這種事情的心理準備。

「妳要跟博奕琛講，他身為男朋友，有義務好好保護女朋友啊！」施妤穎不開心的看著我一身狼狽，漂亮的雙眉緊蹙。「剛剛太扯了，有夠誇張的！」

剛從外面回到教室的薛育成看見我一身落湯雞的模樣，筆直走來劈頭就問：「這誰幹的？」

「不知道。」我無奈的搖頭。

「應該是博奕琛粉絲後援會的。」楊悅說，「我知道博奕琛有一個後援會，只是不知道裡面的成員這麼激進。」

「妳會感冒，要不要去保健室問問看可不可以借吹風機？」施妤穎伸手幫我撥了撥溼掉的幾綹頭髮。

薛育成突然又掉頭走了出去。

「欸，你去哪裡啊？快上課了耶！」施妤穎朝他的背影喊。

楊悅靠近我耳邊，小聲問：「妳不覺得薛育成最近怪怪的嗎？」

我當然覺得，而且可能是因為我，他才會變得怪怪的，如果一切都沒有變，我也不用跟博奕琛假交往。

扯了扯嘴角，我沒有作聲。

不久，薛育成回來，手裡帶著一把吹風機，二話不說塞進我懷裡，命令道：「拿去吹乾。」

施妤穎的眼中閃過一抹異色，我趕緊道：「你什麼時候變得這麼好心了？還去幫我借吹風機。」

「走吧，我陪妳去女廁吹乾衣服和頭髮。」楊悅起身，帶著我離開教室。

站在女廁所的鏡子前，我插上吹風機插頭，開始吹頭髮。

楊悅瞅著我，不知道在想些什麼，面露猶豫，許久後才出聲：「子燕，妳是喜歡博奕琛的，沒錯吧？」

吹頭髮的手抖了一下，我不動聲色的點頭：「當然，不然怎麼會告白？」

她捧著雙頰，兩顆眼睛轉了轉，喃喃道：「我只是覺得好不可思議喔，我的朋友和校草在交往。我一直以為，子燕妳可能會跟一個忠厚老實的男孩子交往，談一場平凡的戀愛。」

我關掉吹風機，「因為對象是博奕琛，所以就無法平凡了嗎？」

突然，心裡覺得有點感傷。

不管做什麼事情都會受到注目，都會變得不平凡，會受到比平常人更嚴苛的檢視，如果是博奕琛的話，他喜歡這樣嗎？還是他也希望自己可以像個普通的男孩子呢？

「我不是這個意思。」楊悅從我手中抽走吹風機，再度打開電源為我吹頭髮和溼答答的制服領口，「只是忍不住會擔心，跟博奕琛交往後的生活，是妳喜歡的嗎？」

就算不喜歡，我也已經走到了這裡，沒有退路了。

不是毀了我原本的生活，就是有可能毀了我想維繫的友誼，對我而言，重要的不是自己的生活過得如何，而是我身邊的朋友們。

所以，就算會被很多人討厭、被閒言閒語，只要薛育成、施妤穎和我可以像之前一樣，我沒關係。

我不想失去薛育成，更不想失去任何一位好朋友，身為女配角的我，不想變得孤單寂寞。

關於我和博奕琛的事，消息總是傳得很快。

原以為潑水事件，在我把身體吹乾後就算結束了，沒想到，博奕琛居然在下課時間，帶著想湊熱鬧的徐瑞德和潑我水的女同學，到二仁來向我道歉。

「道歉吧。」博奕琛雖然一雙眼睛彎著弧度，看起來笑笑的，但說出這三個字時，嗓音裡一點溫度也沒有。

他對這件事情感到不快。

而且我想，這並不是我的錯覺，否則這位女同學，應該也不會乖乖的跟他來向我認錯。

「對不起，學姊，我不應該拿水潑妳。」她頭垂得低低的，沒有抬眼看我，道歉的時候，還加上鞠躬的動作。

陪在我身旁的施妤穎雙手環胸，為我抱不平，不客氣的開口：「衝著妳這聲『學姊』，身為學妹，還敢這麼嗆的跑到二年級來撒潑？」

「學姊對不起，這個請妳喝。」學妹將手中握著的芭樂綠茶遞過來。

我感到訝異，愣愣的接下。她怎麼會知道……

「妳怎麼——」

偷覷博奕琛的視線不敢多做停留，學妹解釋：「學長說妳喜歡喝這個。」接著她又欠了欠身，再瞄向博奕琛一眼，像終於獲得許可似的鬆了口氣，便頭也不回的轉身離開了。

「你怎麼知道我喜歡喝芭樂綠茶？」很少有人知道我喜歡喝這個，我也不過在他面前買過一次。

他聳肩，「我不知道，我隨口說的。」

還真夠隨便，居然也誤打誤撞對了。

施妤穎問：「博奕琛，你怎麼知道潑子燕水的是她？」

「這不難查。」

「她是你粉絲後援會的嗎？」

支著下頷的手搓了搓，博奕琛反問：「我有粉絲後援會嗎？」

這傢伙裝傻得有點太過明顯。

徐瑞德哈哈大笑，「其實，我們博班長一聽到自己的女友被潑水，馬上就聯絡他的頭號粉絲去查這件事了。」

「頭號粉絲是……」

「邱大泉啊！」

眾人聞此名字，倏地安靜，面面相覷後爆出驚呼。

二忠的學藝股長邱大泉，外界傳得沸沸揚揚說他有同性傾向，博奕琛轉來後，關於他愛慕博奕琛的謠言未曾停止過，現在從同班的徐瑞德嘴裡得知這個大八卦，不就間接證明邱大泉真的喜歡男生嗎？

「邱大泉是粉絲後援會的會長？」施妤穎聯想的功力簡直一流。

「Bingo！」徐瑞德彈指。

我露出一記尷尬不已的笑容，話題怎麼會有種變調的感覺。

「不過子燕不用擔心，邱大泉雖然是頭號粉絲，但他是真心希望我們博班長能幸福的，真心祝福你們，絕對不會來找碴，妳放心。」徐瑞德雙手插口袋，脣角飛揚，「話又說回來，奕琛也不會允許那種事情發生啦！」

「哪種事情？」我乾笑。

「被欺負這種事情啊。」徐瑞德回答得理所當然。

博奕琛綻放燦爛笑容，「我女朋友怎麼可以被欺負。」大掌按上我的髮頂揉了揉。

附近女同學們羨慕的驚呼聲四起。

快上課了，和朋友出去溜達的薛育成正從走廊另一頭往教室的方向走來，臉色在看見博奕琛後不變，我擔心他們見面又會擦出無法預料的危險火花，趕緊打發博奕琛離開。

「時間差不多了，你們快回去吧！」

博奕琛望著我幾秒，又側首瞥了一眼，似讀懂了我的心思，「好，放學再來接妳。」

睨著他們離去的背影，施妤穎沉吟了好長一聲，我關心的問：「怎麼了？」

她搖了搖頭，小聲開口，「熱戀真好。」

明明薛育成就快走到了，她卻沒有等他，逕自轉身進教室回座。

我站在教室前，薛育成和哥兒們越過門口時，獨自停下了腳步，「剛剛博奕琛來找妳？」

他果然有看到。

將嘆息抿在脣邊，我點頭，「嗯，他帶了上午朝我潑水的學妹來道歉。」

「早就該預防這種事情了，事後才帶人來道歉算什麼？」

我沉默的跟在他身後進教室，最後兩節課，我根本無法專心，怎麼都想不透，薛育成是從什麼時候開始這麼討厭博奕琛的？

♥

本來說好今天晚上要來我家讀書的，但我卻聯絡不上齊敏。

打電話沒接、傳訊息也沒回，我很擔心，獨自在房間複習功課的時候心神不寧。

「寶貝，妳睡了嗎？」幾下敲門聲後，媽媽的聲音隔著木門板傳了進來。

「還沒。」我闔上參考書，將旋轉椅面向門口。

她端著一盤水果和一杯熱可可走進來，「又要熬夜讀書嗎？」

我迎上前，從她手中一一接過，拿到書桌擺好，「嗯，最近小考有點多。」

「那太好了，這些當宵夜。」媽媽的笑容，在房間鵝黃色燈光下，顯得特別溫暖。

「爸爸今天在餐桌上說的話，妳別往心裡去。」她坐在床緣，似乎打算和我聊聊。

晚餐時光，一家人圍聚餐桌吃飯，爸爸開口便關心我最近的學業狀況，還說希望我能夠更認真念書，成績可以再考好一些，畢業後順利進他們希望我就讀的學校，當他們的學妹。

爸爸的期許，讓我倍感壓力。

畢竟，爸媽就讀的大學可是第一學府，要想申請得上，以我現在的成績和排名，是有難度的，要加油的不只是一點點，而是閒暇時間幾乎都要泡在學習裡，才有可能了。

「妳爸爸只是最近在跟朋友嘔氣啦！他那朋友的女兒啊，聽說成績一直都是班上的前三名，英文程度也很優異，畢業後還要申請國外大學。」媽媽溫柔的睇眼，「妳要不要也出國念書？」

「我不要。」我搖頭。雖然我和薛育成現在關係有點僵，但和他讀同間學校到大學畢業，一直是我的目標。

不過以他現在的成績，要當我爸媽的學弟根本不可能，而且，他應該比較在乎能不能和施妤穎念同一所大學……

「我有開玩笑跟妳爸說，育成那孩子在這裡呢，妳哪會想要出國。」

我笑了笑，低嘆，「講這麼直接，老爸沒有氣死？」他肯定覺得女兒為了一個不喜歡自己的男生，這般沒出息。

「妳不願意出國，他也不會勉強，只是那天被朋友給氣到，還上網查了一下那位朋友女兒想申請的大學世界排名，比我們母校排名後面，所以才會希望妳當我們的學妹。」媽媽笑說，「老孩子啊！真是幼稚。」

我用叉子叉了一片蘋果咬著，不置可否。

「妳跟育成最近好嗎？」

「嗯……」我含糊道：「就一樣啊。」

媽媽八卦的眨眨眼，「他還跟妤穎在一起？」

「當然。」

「妳呀……」媽媽搖頭，「雖然育成是我好朋友的兒子，你們能在一起當然好，但妳也單戀太久了，真是死腦筋。」

「妳為什麼希望我們在一起？」以前覺得兩位媽媽樂見其成是好事，但後來想想，要是我跟薛育成真的在一起，她們就不擔心——「萬一我們分手了，妳們不會尷尬嗎？」

「哈哈哈哈！」媽媽爽朗的笑聲，瞬間充斥整個房間，「我們好姊妹多年的情誼，哪是你們兩個小毛頭可以破壞的。」

「喔，所以萬一妳女兒，被妳好姊妹的兒子給傷透了心，妳也一點都不心疼就是了。」難怪放任我單戀薛育成多年，也不勸勸。

「每個人的一生中，都有可能遇到不對的對象，如果育成傷了妳的心，那表示他不是對的人，其實遇到了也很正常，只不過剛好是好姊妹的兒子罷了。」

我嘆氣，「我真的是妳女兒嗎？不是偷抱回來的？」

媽媽瞅著我，嘴角多了一抹恬靜溫柔，半晌後徐徐說道：「暗戀久了，有一天也得結束的，無論是以什麼方式。」

那麼，似乎就是現在了，得結束。

最近發生了這麼多事，讓我不禁開始懷疑，自己的這份執著，根本從一開始就是錯的，儘管我並沒有期待得到一個圓滿的結局，但始終將薛育成放在心裡，或許也是對他和施妤穎交往關係的一種傷害……

媽媽拍拍我的肩膀，見我沉默不語，逕自笑道：「青春不就是這樣嗎？總願意義無反顧的花掉大把時光，做些沒有結果的事情，但是長大後回想起來，也不會抱怨自己浪費掉的歲月。酸甜苦澀，沒有所謂的對錯，有遺憾、有問心無愧，這才是回憶啊！」

我斂眸，點點頭。

「妳是我女兒，我當然希望妳能夠得到幸福，雖然那個人若不是育成的話有點可惜，畢竟妳如果嫁過去，我對婆家會比較放心。」

「妳也想得太遠了吧？」我翻了個白眼。

「但是，我相信就算不是育成，我的女兒也一定會找到更好的。」媽媽伸手揉了揉我的頭頂，起身，「好啦，不打擾妳讀書了。」

「媽……」我看著她準備離去的背影，心中百感交集。

停下腳步，她回過頭來，「嗯？」

雖然媽媽經常跟爸爸一起出差不在家，但我們母女感情很好，幾乎沒有祕密，我也知道，是因為媽媽的開明，讓我想說什麼都不需要顧慮太多，可以很自然的像和朋友一樣，但……該怎麼開口跟她說，最近我平白無故多了一個假的男朋友。

而且這齣荒唐的鬧劇，還不知道何時會結束……

「怎麼啦？」

算了，既然是假的就別說了，反正可能再過不久，這一切就會猶如船過水無痕，消失無蹤了。

「妳今天又削水果、又送熱可可，這麼殷勤——你們明天又要出差啦？」

「居然被發現了。」媽媽賊賊的轉動眼珠。

果然，每次爸媽如果隔天要出差，就會對我特別的好，彷彿擔心我會以為他們不愛我似的。

我扯起一抹笑，「路上小心。」轉回椅子，我繼續把要複習的科目讀完。

媽媽離開房間並將門給帶上後，我拿起手機一看，才發現齊敏回了訊息：「**我剛和男友分手了。這幾天我想靜一靜。**」

齊敏為了前男友已經好一陣子都悶悶不樂，聽她說他們三天兩頭就吵架，如今走到這個結果，我其實沒有很意外。

「**需要找人聊聊的話，妳知道，我都在。**」

我想，此刻的齊敏最需要的，不是任何人安慰的言詞，而是能放心倚靠的陪伴。

她若不願意主動開口，我也不會逼她。

剛放下手機沒多久，一陣陣急迫的震動，再次將我抽離參考書，看著來電顯示，我滿腹無奈的長嘆了口氣。

我不會這麼害怕接到施妤穎的電話，但她的急切，反映在連續兩通的未接來電上，打到第三通時，我無法再說服自己裝作沒有發現。

這也不像是我平常會做的事。

因為我不會在她最需要我的時候，讓她失望。

「怎麼啦？」我接起電話，柔聲開口。

「妳剛剛在忙嗎？怎麼都沒接？」非常施妤穎的調調，口氣充滿不安、急切，她不喜歡被漏接電話。

「我剛剛在跟我媽媽說話，不好意思。」

她接受了我的說詞，然後焦急的對我傾訴：「子燕，我和育成最近常常吵架，都快要瘋了！」

「你們怎麼啦？」最近圍繞在他們身邊的低氣壓，我也感受到了，可是……

「子燕，妳可不可以找個時間幫我問問育成，是不是有什麼心事？」

我就是不想介入他們之間，所以一直裝聾作啞，結果還是無法置身事外，唉。

施妤穎繼續說：「妳也知道，男生偶爾有些話無法跟自己的女友講，因為怕承受不了來自女友的反應，久而久之，也會變成一種壓力，但是跟朋友就比較能自在開口。妳是我最信任的人，妳幫我問問育成吧，好不好？」

「好穎，我很想幫忙，但我覺得你們之間真的需要坐下來好好溝通……」

她打斷我，「我不想再吵架了。」

那瞬間，我明白了，其實我要說的，她都知道，卻不願意那麼做，因為想逃避。

「吵架，只會讓感情越來越淡。」施妤穎的聲音，突然哽咽，「我總覺得我和育成之間最近少了點什麼，不知道是倦怠期到了，熱情淡了，還是因為他有什麼煩心的事情，讓我們開始有了距離。子燕，我真的很喜歡育成啊！我還是很喜歡他……」

受到那麼多人喜歡、愛慕的女孩，她天生是光鮮亮麗的主角，卻一樣在愛情裡患得患失，變得沒有自信。

我掙扎著想要拒絕她的請求，但……她是妤穎，是我沒有辦法說「不」的好朋友……

我甚至見不得她掉眼淚，如果她哭了的話，或許都是因為我……

「子燕，拜託啦！」

第六感告訴我，薛育成最近的反常與我有關，它通常很準，可這次，我真的希望是我想錯了。

「妳不要拜託我啦……」電話這頭，我無聲嘆息，「我什麼時候拒絕過妳？」

她的語氣，讓我想像得出此刻綻放在那張美麗臉龐上的笑容，「耶！我最愛妳了！」

施妤穎的歡呼聲，成了我心頭上的一把刀，割下去時麻麻的，雖然我疼痛慣了，但還是會流血的，沒有痛覺，不代表不會傷心。

多年來放不下的感情，終究讓我成為好朋友和暗戀對象之間，一塊被壓扁的夾心餅乾。

♥

我答應施妤穎會找時間了解薛育成的狀況，但以往兩個人閒來無事、輕鬆自在的交談，最近對我來說，變得有點困難。

上學途中，我甚至無法正眼看他，頭低低的，還差點被路坑給絆倒。

「小心！」薛育成眼明手快扶住我，單手環抱我的腰，另一手抓住因為晃動而從我肩膀甩下的書包。

「謝、謝謝！」我抬首，發現和他的臉靠得好近，那噴吐的鼻息，瞬間讓我心跳紊亂、雙頰漲紅，掙脫他的環抱，我緊張的退開，深怕自己的異樣會被發現。

「妳幹麼離這麼遠？」薛育成再次縮短我們之間的距離，露出一抹陽光燦笑，「居然還臉紅了？我還以為我們從小一起長大，妳感受不到我的魅力。」

「你、你別開這種玩笑，會讓人誤會。」我小聲制止。

「也是。」雙手撐在後腦勺，薛育成痞痞的繼續前進，「自己的女朋友對著別的男生臉紅，是我也會不爽。」

我毫無說服力的辯解，「我剛剛那是困窘，不是臉紅。」那是臉紅，根本不是困窘……我已經很久，沒有靠他那麼近了。

「喔？是嗎？」他不以為然，爾後更加令人難以招架的說：「但我剛剛有點心跳加速，突然意識到妳真的變成一個有魅力的女孩子。」

我瞠目咋舌的瞪向幾步路之遙的背影，腦袋反覆播送他方才說的那段話。

發現我沒跟上，薛育成停下步伐，回頭看我，「怎麼了？」

「你為什麼……」他從來不會對我說那樣的話，而且，萬一被施妤穎聽到，後果不堪設想。

斂眸，薛育成微低頭，我看不清楚他的表情，原本以為很了解他的我，也開始讀不懂他的心思。

靜默片刻，他輕喚了我的名字：「子燕。」久久沒有後續，如果他是在掙扎有些話應不應該繼續說下去，那麼我想，最好讓他未盡的話語就停在這裡。

「我們走吧。」我逕自向前，越過他走在前頭。

薛育成三步併兩步追上來，突然以迅雷不及掩耳的速度握住我的手腕。

我不解的看向他，他支支吾吾的說：「妳可不可以不要……」

「不要……什麼？」問出口後，我是後悔的，因為不該讓他把話說完，我會害怕。

「子燕！」博奕琛從校門口的方向越過馬路走來，他的出現，讓我鬆了一口氣。

「你怎麼……」

「我看你們今天比平常到校的時間還要晚。」他從容的牽起我的手，而薛育成也同時放開對我的箝握。「打給妳，妳也沒有接，所以我就沿路走走，賭賭看可不可以遇到妳。」

「我剛剛差點跌倒。」我看向他，眼中寫滿求救。

博奕琛將我從頭到腳審視一遍，「有沒有哪裡受傷了？」

「沒有，幸好薛育成有扶住我。」

他向薛育成點頭致謝：「謝謝你，沒有讓我女朋友跌倒毀容。」

白眼一翻，我咕噥：「跌倒哪會毀容。」真是無言。

「正面朝下就會啊！」

薛育成望向我們的眼神轉為深沉。我不是故意在他面前和博奕琛打情罵俏，可是，彷彿唯有這樣，才能不去多想剛才他看著我的表情，就好像——過去的我，在看著他和施妤穎一樣。

因為太清楚那種感覺了，所以恐懼。

那是一種嫉妒卻又必須壓抑的無奈心情。

如果薛育成能夠早點體會我的感覺，會不會我對他的暗戀，就不至於走向悲傷的結局？

可是，當我因為把他和施妤穎都看得太重，而決定拖著博奕琛一起演這場戲的時候，就已經沒有挽回的餘地了。

抵達二仁門口，因為離早自習開始還有點時間，所以博奕琛毫不客氣，像走進自己教室般跟在我身後。

經過這陣子我們公開交往的大方互動，同學們早已見怪不怪，本來久久才能近距離接觸到的男神，現在每天看，倒也賞心悅目當作顧眼睛。

坐在我前面的男同學總是在遲到前一刻才會抵達學校，最晚進教室，所以博奕琛習慣坐在他的位子上跟我聊天。

我邊和他說話，邊把幫施妤穎買好的早餐遞給她，然後一雙眼睛也沒閒著的偷偷關心齊敏的狀況。

她和男朋友已經分手幾天了，但對於那段感情結束後的心情，卻隻字不提，她不肯主動開口，我也不敢多問，怕會令她傷心，只是這一兩天她的狀況似乎越來越差，時常趴在桌上睡覺，精神看起來不太好。就連我傳訊息給她，都久久才回，對於我的關心，她說她知道，只是還沒準備好告訴我。

所以我也只能把擔憂默默放在心裡。

「哇哇哇！我現在才發現——」施妤穎的驚呼聲，將我拉回神，「博奕琛的手機鎖屏，居然放著子燕的照片耶！」她眼睛發亮，從博奕琛那兒抽走手機，將螢幕翻過來給我看。

楊悅用手肘輕撞了我一下，小聲在我耳邊道：「看來，他是真的很喜歡妳耶。」

「子燕的手機鎖屏也是我啊。」博奕琛驕傲的開口，朝我伸手，抬了抬下巴，示意我交出手機。

我僵硬的扯起一抹微笑，從書包裡拿出來遞給他。

「你們看。」博奕琛像獻寶似的，把我鎖屏上的照片秀給大家看。

女同學們羨慕的低呼聲此起彼落，接著開始跟我商量，「子燕，妳一定有拍很多博奕琛的照片吧？可以發到班級的群組給我們嗎？我們也好想要喔！」

「她為什麼要發自己男朋友的照片給妳們啊？」施妤穎立刻阻止，犀利的眼神一掃，周遭立刻安靜了下來。

「抱歉。」男主角展露出迷人笑靨，「我不是大家的，我是子燕的。」

他是不是肉麻當有趣啊？

我差點暈倒。

但帥哥跟普男的差別，就在於一般男生說這種話會被噓，他說則會被視為幽默。

「子燕學妹！」

聞聲，我轉頭望去，看見一位嬌小的學姊站在教室門口跳呀跳的朝我招手。

博奕琛瞄眼黑板上的壁鐘，發現時間差不多了，拎起書包陪我一起走出去。

學姊一看見我，馬上激動的握住我的雙手，「子燕學妹，妳沒有忘記吧？」

「忘記什麼？」我一時摸不著頭緒。

「忘記妳學期初答應過我的事情啊！」她臉上燦爛的表情，讓我內心一股不祥的預感油然而生。

陪著笑臉，我尷尬的問：「我學期初答應過妳什麼？」

「妳不是答應我，戲劇社期末的公演，願意來幫忙飾演配角嗎？」

喔，我想起來了，確有此事。

「嗯對，但那不是要看你們戲劇社今年招收的狀況嗎？」

「是啊，雖然人數還可以，但有一個角色，都沒有人願意演啊……」

「妳說什麼？」我閃了神，有點不確定她的意思。

學姊瞅向我，態度誠懇，「沒有啦，我是說這個角色，真的很適合子燕學妹，所以希望妳可以幫忙出演。」

「可是……」答應歸答應，但都要學期末了，我課業壓力也很重，如果還要撥時間去排演，可能會耽誤到讀書時間。

「聽起來很有趣啊，妳不去試看看嗎？」博奕琛幫腔。

「對啊、對啊！子燕學妹，來試試嘛！」

我為難的看著他們，最後還是拗不過學姊懇切的眼神，只好鬆口：「好、好吧，妳希望我演什麼角色？」

♥

林正和方麗媛是一對身處戰亂時期的筆友，來往通信五年，卻從未曾見過面，就在他們終於鼓起勇氣決定見面，互相交換照片並約定好的前一日，由於軍事告急，林正受到國家強制徵召，不得已隔日便要入伍前往戰地支援。

出發當日，他寄出一封信給方麗媛，說明無法赴約的原因，並請求她的原諒，希望她能夠保持聯絡，等他戰勝歸來。但不幸的是，約定好的那日，方麗媛因為突然昏迷被送進了醫院，幾日後醒來，她才錯愕的得知自己罹患癌症，已經病情惡化至末期，諷刺的是，林正的信也在同一日送達她手裡。

方麗媛選擇安靜離開林正的世界，至死都不曾再提筆寫信給他；過世那日，她一身潔白衣裳，什麼也不留戀，唯獨帶著五年間往返的信件和唯一一張林正的照片。她請求家人，將她埋在林正經常於信中和她提起的老樹下，期待有一日，能夠等到林正戰勝歸來。

而另一方面，林正在當兵打仗的幾年，支撐他活下去回家的動力，是方麗媛的照片，他始終思念著她，儘管不再收到她的來信，甚至不曉得她是否已經嫁人。

幾年後，國家戰勝，林正光榮返家，遇到了一位和照片裡的方麗媛長得極為相似的女子，兩人相知相惜，沒多久就結婚了。婚後的某一日，林正偶然間去到了那棵老樹下，輕撫著樹幹，懷念故人，不曉得麗媛過得好嗎？是否嫁到了好人家？過得還幸福嗎？良久、良久後，他看見抱著剛出生不久嬰兒的髮妻。

離去前，他對老樹低聲呢喃：「謝謝妳，如果沒有妳，我該如何能回得了家……」

「唔……」博奕琛修長的指掌半捂著唇，沉吟半晌後道：「戰爭時代下的悲戀啊，還真是遺憾呢！」

我扯了扯嘴角，「嗯。」

「所以妳演什麼角色？」博奕琛偷夾走我便當盒裡的蛋捲塞進嘴裡，在我的抱怨聲中滿臉得意。

「那是我的蛋捲耶！」我不滿的橫目，他卻將自己便當盒裡的糖醋魚夾了一塊給我。

笑咪咪開口：「妳喜歡吃這個。」

「你怎麼知道？」

「上次妳不是抱怨，學生餐廳自助餐的糖醋魚每次都很快就賣光嗎？」

我皺了下眉，「可是我今天不想吃糖醋魚。」

「妳想吃的，相信我。」

根本就是強迫中獎，我夾起魚肉塞進嘴裡。

邊咀嚼邊聽見博奕琛追問：「所以妳到底演什麼角色？林正後來娶的妻子？那個應該算是配角吧？」靜默幾秒，他突然朗聲大笑，「哈哈哈哈——該不會是嬰兒吧？」

我悶聲搖頭，「不是。」突然更不想說了。

「快點說，我想知道。」他催促。

捏緊手中的筷子，我無奈的戳著白飯，「幹麼想知道這個？」

「這樣我才知道，到時候去看公演的時候，要抱持著什麼心態去看呀。」

「反正你不用太期待。」

「為什麼？」

「因為……」我抬起頭，哀怨的瞅了他一眼，越說越小聲，「因為我演的是那棵老樹……」

「妳什麼？」博奕琛誇張的掏了掏耳朵，「不好意思，我剛剛沒聽清楚，妳再說一次。」

我故意對著他耳朵提高音量：「我演的是那棵老樹啦！」重聽是不是？重聽是不是？我看你到底有多重聽！

博奕琛面不改色的點頭，「原來如此。」

「演方麗媛的女同學，要一人分飾兩角，因為林正後來娶的妻子，跟方麗媛樣貌相似，至於其他的女性角色，都有人主動說要演了，只剩下老樹。」我嘆氣。

「老樹就老樹，為什麼需要人演？」博奕琛挑眉。

「因為他們希望，我可以像演方麗媛的靈魂一樣，站在那棵老樹裡，感覺若隱若現的，尾幕時，學姊還誇張的要求我最好可以流下一滴眼淚。」我納悶，覺得自己非常委屈，「既然要演樹，那樹流眼淚誰看得到……」

柯子燕，妳真是沒出息，為什麼要當爛好人？

就算當初真的答應過學姊，也可以反悔啊，推說自己課業壓力太重，或是編個父母不同意之類的謊言，都好過現在要演一棵樹。

吃完便當，博奕琛邊收拾邊問：「妳如果不想演，為什麼不拒絕？」

「因為我不好意思拒絕啊。」學姊雖然沒有逼我一定得答應，但她握著我的手，一副可憐兮兮的小狗臉模樣，又打悲情牌，說戲劇社裡每個人都有該扮演的角色了，真的缺飾演老樹的人，然後還說什麼這也是很需要演技的角色，因為最後一幕，她希望我可以像方麗媛真的在看著林正一樣流下眼淚。

我覺得很荒謬，但學姊說這是演戲人的堅持，注重每個細節和呈現給觀眾的感覺。

她講得天花亂墜，我聽得腦門生疼，儘管千萬個不願意，我也控制不住自己這張沒用的嘴，老是跟心裡的意願背道而馳。

「你還好意思說！當初你也有幫學姊說話。」

向著我的俊逸臉龐突然緩緩勾起一抹微笑，「那就演吧，既然都已經答應學姊了。」他順手將我不打算再吃的便當盒一同整理好、包起來。

「可是我不會演戲……我也不知道當一棵老樹該怎麼哭啊……」

博奕琛低頭，見我因為心煩而將餐巾紙給扭成麻花捲，靜默片刻後，探手過來，揉了揉我的髮頂，這幾乎已經變成他常對我做的習慣動作了，「就算只是演一棵樹，我相信妳也會演得很好的。」

樹就是樹，哪裡有什麼演技好不好可言？

他沒有鼓勵到我，但那雙看著我的眼神，卻讓我打從心底感到溫暖，好像他無條件的相信我、信任我一樣，無論我做什麼，他都會認為我很棒，因為是我。

這讓我想起以前國小的時候，校慶時我們班表演話劇《睡美人》，薛育成聽到大家選我當其中一位魔法仙子的時候，他足足笑了大概有三分鐘之久，然後講出一句讓我想踹他好幾腳的欠揍話：「當什麼魔法仙子，妳比較適合演一開始就睡著的公主她媽媽啦！」

博奕琛和薛育成是完全不同類型的男生，根本無從比較，但為什麼我卻常常拿他對我的溫柔體貼，去和薛育成這些年與我共度的回憶點滴對比呢？

而且我怎麼會有這樣的煩惱——就算他此刻的溫柔是真的，我又能擁有多久？

我們只不過是在演一場，假裝彼此喜歡著對方的戲……

這樣說起來的話，演一棵沒有台詞，只需要一滴眼淚的老樹，對我來說，可能還比較簡單。

♥

日子飛梭前進。

每天在讀書、假談戀愛、戲劇彩排中度過，跟博奕琛假交往的好處，就是可以得到一個免費的私教老師，所有科目，無論老師們題目出得再機車，都難不倒他，有時候我真想把他的腦袋剖開來看看，到底是由什麼組成的。

而每當我這麼說，博奕琛就會用得意洋洋的表情道：「我智商有一百六耶！」

「那你怎麼不跳級？跟我們這些小屁孩混在一起幹麼？」

「這樣會少了很多樂趣，我才不要呢！」

天才的腦袋難懂，我也不想費心去了解。

齊敏偶爾會和我們一起讀書，雖然她感覺上稍微開朗了些，但對於舊情仍隻字不提，有時候我會覺得，她好像有什麼重要的事情瞞著我，那雙大眼透露著欲言又止的猶豫，可是我不愛逼問人，所以始終沒有問出口，選擇默默陪伴，只聽她想說的。

倒是施妤穎和楊悅覺得我變得不一樣了，比以前活潑幽默，笑容也多了，整個人散發著明亮的光彩。

我自己倒是沒有多大的感覺，可當不只有她們兩個說，連其他的同學，也開始說我漸漸為愛情改變了，就讓我不得不認真檢視自己，是否確實如他們所說的……

「妳在想什麼？」博奕琛用筆敲了敲我的額頭。

「喔！好痛！」我抬手捂住，埋怨的瞪了他一眼。

他笑著，卻又故意板起了臉，「我說過，我當小老師的時候，是很嚴格的。」伸出食指點了點空白的練習題，要我專心。

我故意裝作沒看見，將視線轉往別處，開口哀求，「哎唷，我們休息一下吧，拜託！」

博奕琛覺得好笑的睨著我，問：「薛育成看過妳這個樣子嗎？」

我收回四處張望的視線，頓了下，「什麼樣子？」

「可愛的樣子。」他優雅的疊起雙腿，迷人的黑眸笑彎。

「肉麻兮兮的。」現在只有我們兩個人單獨在他家，不需要這樣吧？

從座位上起身，我環顧博奕琛家偌大的客廳，非黑即白的裝潢擺設，給人一股高冷的感覺，缺乏了家的柔和與溫暖，反而像辦公大樓裡的休息室，七十吋的智慧型電視這麼大，到底是給誰看的啊？

「你跟媽媽住嗎？」我盤腿在沙發椅前的地毯上，微仰頭看向坐在沙發上的他。

博奕琛應聲：「嗯。」

「這麼大間的高樓住宅，就你跟你媽媽兩個人住嗎？」我從客廳望過去，目測至少有四間房、兩間衛浴，一個廚房加餐廳，這得有幾坪大啊？

「對，這是我爺爺買給我媽的。」

「我聽說你媽媽是外商公司的高階主管，平常工作一定很忙碌吧？」

他笑了聲，「的確很忙。」隨手拿起一本擱在玻璃桌下層的外文書，翻了翻，「經常十天半個月出差不在家。」

「那她不在的時候，就你獨自住在這裡？」

「對。」

原來，博奕琛有著跟我類似的家庭環境，只是不知怎麼的，直覺告訴我，他比我孤單得多……

「我可以問你嗎？」

「想問什麼？」

「你的……爸爸呢？」

「過世了，在我小學五年級的時候。」博奕琛的視線，依舊沒有離開書頁。

點。

「對、對不起！」我不是故意揭人傷疤的。

他抬眸，似要安撫我般，朝我勾了勾脣角，「沒關係，都過去了。」

「那你……跟你媽媽的感情好嗎？」明知道不應該再繼續探人隱私，可我卻突然想再多了解他一點。

就在我問話方落的同時，他家大門的密碼解鎖被打開，一位穿著套裝，樣貌豔麗，裝容打扮看起來十分強勢的女人快步而入。

她的出現，我完全沒有心理準備，更來不及消化，她就是博奕琛媽媽的事實。

不帶任何情緒的對話，先闖進了我慌張的腦海裡——

「喔？你在家啊？」

「很明顯不是嗎？」

博媽媽瞥了我一眼，又轉向他，「女朋友？」

「是。」博奕琛介紹：「柯子燕，同年級的同學。」

儘管腦袋一片空白，我仍然反射性的展顏，禮貌打招呼，「博媽媽，您好。」

盯著我的臉幾秒，原本犀利的目光放軟，博媽媽稱不上溫柔但還算友善的朝我點了下頭，繼續問：「你們同班嗎？」

「她是二仁的。」

「功課怎麼樣？」

「我們的功課，妳不用擔心，會顧好。」

這聽起來像是帶女朋友會家長，雙方初次見面的對話，但他們一來一往的對話方式，卻平淡得猶如在討論今天的氣候。

「奕琛，你知道爺爺對你的期望。」當她叮囑這句時，人已經從房間內拿出一份裝有文件的資料夾，要回到門口玄關換鞋子了。

「我知道。」博奕琛起身，向她走了過去，體貼的接過那夾在腋下的手拿包和資料夾，好方便她穿回那雙七吋高跟鞋。

「妳還有忘記帶的嗎？」

博媽媽看著他，頓了幾秒後搖頭，「沒有了。」

「午夜的班機飛美國？」

「對。」

「行李呢？」

「已經帶去公司了，我只是忘記這份文件。」話落，博媽媽開門，回頭最後問一句：「生活費還有嗎？」

「有。」

「好，我愛你，下週見。」

博媽媽離去的背影，消失在那扇門後，但我不確定博奕琛的臉上，是否曾短暫出現過落寞的痕跡；他總是將心事和想法藏得太深，假交往的這段時間，我從來沒讀懂他真正的想法，只有一味的接受他的溫柔、體貼和幽默，就如同現在，轉過頭來面對我的他，始終微笑著。

「妳也看到了。」博奕琛從容的走到我面前蹲下，與我平視，「妳覺得，我跟我媽媽的感情好嗎？」

有太多的不了解，也有太多的看不透，我無法擅自評斷他與母親之間的關係，但是剛剛從博媽媽說愛他時的神情去感覺的話：「我想，你媽媽是愛你的。」

俊容上的那份笑容深了，但在我眼裡，卻感覺好寂寞。

安靜了幾秒後，他點了下頭說：「我知道。」

「她只是工作太忙了。」就像我爸媽一樣，「雖然愛你，但是不太懂得該怎麼表現出來。」這點，我爸媽就做得比較好。

不過，博奕琛的感受，我能體會。

即使知道父母親有多愛我們，很多時候我們最需要的，仍然是他們實際的陪伴。

怕氣氛太沉重，博奕琛換上輕鬆的語調，「妳是我第一個帶回家的女孩子，所以，妳是我媽看過的第一個女朋友。」

「所以我到底是不是你第一個女朋友？」被逗笑的問出這句話的時候，我竟然沒有發現自己忽略了我們只是在假交往的事實。等我意識到時，問題已經收不回來了。

博奕琛滿意點頭，就像成功請君入甕，微傾身看我，他的笑容從臉上淡去了，眼底卻多了一抹柔情，就好像此刻的他，真的喜歡著我。

彷彿失了魂般挪不動身體，只能眼睜睜看著他靠近，很緩慢、很緩慢的在我的眉心，落下淺淺一吻。

等博奕琛起身走進廚房，倒了兩杯水出來，我才慌張的回過神，「你——為為為為什麼——」明明心跳加速，卻又怕被發現，還要故作鎮定的後果，就是舌頭打結，壓根不知道自己到底想表達什麼。

「嗯？」博奕琛將其中一杯水遞給我，「喝點吧，然後休息夠了，我們繼續複習今天的進度。」

他換上認真的表情，逕自拿起原子筆，對了下進度，開始解題給我聽，完全不顧我有沒有辦法進入狀況。

這傢伙，上一秒才剛親完我，下一秒就可以嚴肅的分析題目，變臉跟翻書一樣快，該不會——

偷覷他完美無瑕的側臉，我忍不住竊笑。

他是不是也害羞了？

第五章　如果喜歡是一種選擇

《再見，那一天》選在期末考前一週的禮拜五，於學校的至善堂舉行公演。

往年戲劇社都只能借到體育館的舞台進行演出，這次居然能使用專門在辦大型活動或畢業典禮才會開放的至善堂。

「這次飾演女主角的漂亮學妹可是議員的掌上明珠，聽說公演時，議員會撥空來看女兒的表演，學校怎麼能不賣面子嘛……」彩排的時候，我偶然聽到學姊和戲劇社幹部們聊到此事。

難怪，漂亮學妹一人分飾兩角，吃足了戲份。

再過半小時就要開演了，飾演一棵老樹的我，倒是沒什麼理由像大部分戲劇社的同學們一樣緊張。

反正，我這棵樹出場的次數，只有短短幾幕，坐在台下的人，幾乎看不太到我的表情，我只需要按照排演時那樣，直挺挺的站在那裡就好。

坐在後台邊，我看著熙來攘往、忙進忙出為公演做最後準備的同學們發呆。

學姊走到我身旁，一手環胸，另一手肘撐著，食指尖沒入唇瓣，她緊張的頻頻撕咬指緣死皮，喃喃自語：「外面三百席座位，都坐滿了耶……」

「不要緊張，會順利的。」我出聲安慰，打算讓位給她，卻被她壓住肩膀。

「不用了，我等等要再最後檢查過一次所有的道具。」

一晃眼，她人已經走掉了。

「子燕學妹！」另一位資深的幹部學長，突然從後台入口處揚聲喊道：「有人找妳。」

我起身，正打算移動，就見到博奕琛帶著二忠的同學們朝我走來。

「緊張嗎？」博奕琛笑咪咪伸手捏了捏我的臉頰。

跟在他身後的徐瑞德搭上他的肩膀，「哈哈哈，你誇張了，子燕只是演棵樹而已，有什麼好緊張的？」

「你笑什麼？」博奕琛僅一瞥眼，便讓他臉上的猖狂笑意瞬間收斂，「這是子燕第一次站在舞台上公開的表演，無論演什麼，都是一大突破。」

「我以前演過守護睡美人的魔法仙子啦……」

他頷首，一臉正經，「那已經是國小的時候了，我是說高中。」

「你怎麼知道？」我瞪眸。

「猜的。」博奕琛淺淺勾唇，直接轉移話題開始向我介紹他帶來的班上同學。

「久仰大名啦，博班長的女朋友長得滿可愛的嘛，以前遠遠看只覺得清秀，現在近距離一看，哇，是屬於耐看型的耶！」

徐瑞德給了說話的男同學一記拐子，「不要在奕琛面前討論他的寶貝女友啦！小心被揍。」

博奕琛這麼瘦弱，打得贏誰啊……我忍不住在心底吐槽。

看穿我的心思，徐瑞德湊過來，盯著我的眼睛賊笑：「啊，妳不知道對不對？」

「你沒跟女朋友講唷！」男同學一手勾住博奕琛的脖子，打鬧的掄拳輕擊了一下他的腹部。

「講什麼？」我滿頭問號。

「奕琛是跆拳道黑帶耶。」徐瑞德說。

我吃驚的轉頭看向博奕琛那頎長卻略顯單薄的身段。

「妳不相信？」博奕琛挑眉笑望。

「有點難相信。」我吶吶開口，「你學跆拳道是……」

他雲淡風輕的解釋：「為了防身。」

「我以為你體育不在行。」

「這傢伙只是對運動沒興趣啦！」徐瑞德伸出食指搖了搖，「唉唷，子燕，妳這樣不行，你們都交往一段時間了，還沒摸過他的腹肌嗎？」

其他幾位男同學附和：「對呀，我們博班長可是有腹肌的耶！」

這話題太超過，我捧著雙頰，覺得臉應該紅透了。

「快開演了唷！你們要不要先回位子上坐？」學姊隔著幾步之遙輕喊。

離去前，博奕琛傾下身，近距離與我平視，「公演完，來親一個好了。」

突然冒出的調戲言語，加上淺淺的噴吐氣息，瞬間讓我的情緒染上了一層曖昧的羞赧，「親什麼親……」

「加油喔！」話落，他擺了擺手，轉身跟著同學們離開後台。

看著他的背影，久久回不過神，只聽見自己逐漸紊亂的心跳，在耳邊鼓譟著，撲通、撲通、撲通……

開演五分鐘，我躲在舞台邊的幕簾後向外探看，看見施妤穎、薛育成和楊悅匆匆忙忙趕來的身影，博奕琛幫忙占了第四排靠走道的位子。

待他們一入座，我便收到施妤穎的簡訊：**「至善堂的女廁排了超多人，我和楊悅排隊等上廁所，所以晚到了，來不及去後台找妳，妳要加油唷！」**

我沒有回覆，只是默默將手機轉靜音放進書包內。

旁邊在等上戲的同學們議論著哪位穿西裝的男士是漂亮學妹的議員爸爸，我則在一旁靜靜等待。

「子燕學妹，準備啦！」學姊舉起纖細的手臂在空中擺動，低聲朝我呼喚。

我走過去，趁著換幕的空檔，走進她們用瓦楞紙盒拼裝上色製成的假樹裡。

假樹的正面開了一扇小窗，讓我露出半張臉龐，我能看見主角們演戲時的神情，也能將觀眾席一覽無疑。

排演的時候，不知道大家是不是都保留實力，沒有很認真對戲，正式開演後完全不同，可能是現場氣氛及環境的關係，讓他們都入戲了。

燈光、音效、背景音樂、演出者們的詮釋，全部到位，我突然可以深刻感受到那份濃厚的悲傷，以及男女主角因為戰亂、病故而錯過的遺憾——有緣無份。

到了後來，我已經忘記自己只是一棵樹，而是個旁觀者，看著這一切的起落，卻無能為力。

雖然跟這齣戲沒有關係，但當我看見台下薛育成專注的觀賞演出的表情，我突然想起自己已經很久沒能這麼肆無忌憚的望著他了。

依舊是我習慣的帥氣模樣，認真關注某件事情時，嘴唇會不自覺緊抿，以往總是喜歡將雙手插在口袋裡，現在因為要握著施妤穎的手，而漸漸將習慣改掉了。

他為了喜歡的人在某些地方變得不一樣了，即使如此，我也仍然……喜歡著他。

忘記是哪一天，當我這樣跟博奕琛坦白，他說——

「這是一件很悲傷的事情。」

「為什麼？」

「表示妳沒有變。」他看著我，溫柔卻有些傷人，「他或許因為喜歡的人變得更好了，妳卻沒有，沒有更糟也沒有更好，只是青春不該這麼度過。」

他年輕的外殼裡，像住著一個老靈魂。

在那個當下，卻忽然深深打動了我的心。

「找到一個妳喜歡他，而他也正好喜歡妳的人，妳就會改變的，至少，會比現在更好。」

我消極的問：「這個人要去哪裡找？」

「眼前就有一個啊。」

「誰？」

「我。」

我搖頭，「你會喜歡我？這比薛育成喜歡上我更不可思議。」

「如果薛育成發現了妳對他的重要性，那我喜歡妳，也不會不可思議了。」

「不可能的……」我的目光投至遠方，輕嘆：「他對我，從來就不是喜歡。」

我知道那只不過是一種……比友誼更深意一層的習慣。

當你曾經很喜歡一個人，你就會知道，有些喜歡，從本質就不同。

「謝謝妳，如果沒有妳，我該如何能回得了家……」飾演男主角的同學，在我面前說出最後的台詞，我看著他，居然忍不住流下了眼淚。

不是因為覺得他這句話說得讓人很感動，而是我想到，如果沒有過世的方麗媛，林正又如何知道喜歡和愛一個人，會是什麼模樣。

有些人，好像總得經歷那麼幾個親愛卻又無法相愛的對象，在自己真正喜愛的人出現時，才會知道什麼叫心動。

或許我之於薛育成，就是那樣的存在吧……

至善堂充斥著不絕於耳的鼓掌聲，我看見學姊帶著出演的同學們一字排開，站在我前方謝幕，他們彎下身的那一刻，我與博奕琛的視線在空中交會。

不知怎的，我就是知道，他在看著我。

別過眼，我逃離他的視線，心中升起一絲難堪和莫名的愧疚感。

雖然是假的男朋友，但在他面前為了另一個男生哭，總覺得有點對不住。

「子燕，妳太棒了！」學姊激動的抓著我的雙手上下跳動，滿臉欣慰，「我沒想到妳能真的流下眼淚，當我看到時，整個情緒完全都觸動了！」

我有些困窘，努力撐起微笑，可是眼眶仍然溼溼熱熱的，我知道自己並不是由衷的在為謝幕感到開心。

連博奕琛什麼時候出現在我身後的都沒發現。

「好啦，辛苦了，妳男朋友來接妳了，先走吧！」學姊放開我的手，指了指後方。

我看向那些搬著器具忙進忙出的戲劇社同學，覺得就這麼走人不太好意思，忙拉住學姊問：「真的不用我幫忙收拾嗎？」

「不用、不用！」學姊擺擺手，將我輕推向博奕琛，接著便轉身朝被群眾包圍的漂亮學妹那兒移動。

收回目光，我瞅了博奕琛一眼，「你的同學呢？」

「我讓他們先走了。」他對我微笑，「走吧，施妤穎和薛育成在外面等我們。」

「我以為他們已經離開了。」施妤穎今晚不是要趕回家和家人南下探望外公外婆嗎？

「施妤穎說她想和妳說一聲再走。」

「好，那我們快走吧。」免得耽誤她回家的時間。

博奕琛先是舉步，又忽然停下，回頭望了眼跟在身後的我，接著一語不發的伸手，自然的牽著我離開至善堂，往不遠處榕樹下等候我們的一雙人影前進。

「不會哭吧？」快到的時候，博奕琛低聲問。

我搖了搖頭。

他果然看到了，我在最後一幕流下眼淚，而且他清楚，我的傷心是為了什麼。但他知道得越多，我的愧疚感只會越深……

施妤穎一瞧見我，便熱情的跑過來給予擁抱，「子燕只演一棵樹實在太可惜了，下次至少要演個女配角什麼的。」

不知道為什麼，聽到「女配角」這個名詞，心裡就會有點敏感。

我表情略顯僵硬的瞅著她，半晌才開口問：「楊悅呢？」

「哈，她要趕去公車站堵她的心上人，這妳不是知道嗎？」施妤穎笑睨我。

頷首，我扯扯嘴角，「妳今天不是要跟家人南下嗎？」

「對呀，但我還是想跟妳打聲招呼再走嘛！」她勾著我，往校門口的方向走去。

「這樣來得及嗎？」

「沒關係啦，我已經跟我媽說了，他們會開車來接我，好像快到了。」

我完全不敢抬頭看走在我們身旁的薛育成一眼。

直到施妤穎的父母開車抵達校門口，送她坐進車裡，並禮貌的跟長輩們打過招呼後，我心中拴緊的螺絲釘才稍稍鬆了一點。

轎車駛離沒多久，薛育成突然開口：「子燕，妳可以給我一點時間嗎？」

「怎麼了？」

吐口氣，他略感喪氣的說：「只是覺得，我們很久沒有聚一聚了。」

「可是，我今天要去奕琛家讀書……」我心虛的看了博奕琛一眼，傳遞求救訊號，其實我們根本沒約。

「有什麼話就現在說吧。」博奕琛沒有順著我的話，反而出聲，「雖然我知道你們的交情比我深厚，是青梅竹馬又是好朋友，但畢竟子燕現在是我的女朋友，請你要尊重我。」

薛育成不以為然，「我想對她說的話，不希望有外人在場，你也應該尊重我吧？」

「我是外人嗎？」博奕琛看向我，不認同薛育成對他的身分定位。

假交往以來，他從來不曾令我為難，今天，那雙向來平靜無波的黑眸，卻透露出一絲不悅。

「育成……」我收回視線，為難的看向薛育成，「有什麼事情，不如現在說吧？」

橫豎這兩個傢伙是不會放過我了，至少施妤穎已經跟家人離開不在這裡，有些話現在說，也不至於鬧得太難堪。

只是我沒想到薛育成卻問：「剛剛最後一幕，妳是不是哭了？」

我感到訝異，不久前我以為只有博奕琛發現而已，沒想到……

「沒錯，她哭了，但那只不過是應演出要求。」博奕琛代替我回答。

「可是我不覺得。」薛育成瞟了他一眼，又看向我，「好，既然這裡沒有外人，那我就坦白說了，我覺得你們之間只是有祕密，並不是真的交往。」

博奕琛挑眉，「到現在你還不相信？」

「不相信。」

我們三人，站在人煙稀少的圍牆一隅，因薛育成那句話，陷入了一陣冗長的沉默。

我蠕動脣瓣，低聲打破凝結的空氣：「那你到底相信什麼？」

「子燕，如果妳因為有什麼心事不能告訴我，才把自己困在和博奕琛這層關係裡的話，我覺得——」

「我是她的男朋友，她有心事本來就應該告訴我。」

博奕琛是真的動怒了，但我因為陷入複雜的情緒之中，無力挽救越演越烈的尷尬場面。

「何況你憑什麼？」博奕琛向前站了一步，和薛育成面對面，「你已經有施妤穎了，難道就見不得子燕追求自己的幸福嗎？」

「如果她追求的是自己真正喜歡的，我可以不干涉——」

「什麼才叫真正喜歡？」終於，我忍不住開口：「這是我的選擇，如果你當我是好朋友的話，就應該尊重我的決定，而不是一味的否定！你這樣只會讓我覺得你很自私，根本就沒有為我著想。」

薛育成陷入一陣沉默。

這大概是他第一次，聽我說出如此嚴肅的話。

「還有，你跟妤穎到底怎麼了？」我瞅向他，忍住心底的憋屈，「你們兩個好好的在一起吧，為什麼要常常吵吵鬧鬧的呢？也交往幾年了不是嗎？」

薛育成斂眸，緩下語氣，「我也不知道自己怎麼了……就只是……這陣子妤穎在耍任性的時候，總是會特別想起妳，想起妳的善良和溫柔，還有不求回報的默默付出……」

「這麼久以來，子燕一直在你身邊，不是嗎？」博奕琛的聲音一沉，十分不以為然，「你怎麼會現在才想起她的好？」

「對，我是自私！」薛育成完全不否認，「自從子燕跟你在一起後，我跟她相處的時間變少了，也少了可以好好說話的機會……」

「你跟子燕有什麼話，是不能在我和施妤穎面前說的？」博奕琛冷眼掃去，「不要告訴我，你現在因為想起了子燕的好，所以想要把她從我身邊要回去，你給不起的，就是給不起，從前沒給過，以後就算給了也不會是她真的想要的。」

薛育成不甘心的瞪他，「你什麼意思？」

「真正的喜歡，不是失去後才發現。」他低聲冷笑，「失去後才懂得珍惜，這種荒謬的話，我從不相信，那只證明了，你沒有那麼喜歡對方而已。」

「我跟子燕相處的時間，比你長得多，我和她之前的情誼，怎麼會是你這種半路才殺出來的程咬金可以論斷的！」

「不要拿時間的長短來跟我比較。」博奕琛面無表情的投以清冷的視線，「就算我和子燕相處的時間比你短，但我一直都清楚自己喜歡她，而擁有這份心情的時間，絕對比你長。」

話落，博奕琛霸道的伸出手，不容拒絕地的牽著我離開。

薛育成沒有追上來，我也沒有勇氣回頭看他是否還站在原地……但這些都不是現在最重要的事情。

前往博奕琛家的途中，我想了很久，對博奕琛最後說的那段話感到萬分困惑，但思來想去，最後只能沒頭沒腦問了一句：「剛剛究竟怎麼回事？」

他變回我熟悉的笑顏，裝傻反問：「什麼怎麼回事？」

「你講得好像也認識我很久了一樣……」

停下腳步，他深深看了我一眼又轉開視線，卻閉口沉默。

「你怎麼也怪怪的了？」

站在他面前抬頭，我對上那張恬靜的俊容，卻因為他的視線而感到胸口發慌，只好挪低注目的焦點在那滾動的喉結。時間像靜止了三分鐘，又或者更久。

直到我聽見他說：「我和妳讀過同一間小學，雖然不同班，但妳見過我，大概在五年級的時候，我們曾有幾面之緣，妳甚至跟我說過幾次話，只是……妳已經不記得了。」

我完全沒有印象！不僅記憶中沒有認識姓「博」的，也不記得在小學階段裡女同學們曾風靡過哪位小帥哥，有像他如此出色的。那時，薛育成已經算是幾個班級裡面頗受女生歡迎的小男生了。

所以，博奕琛口中說的幾面之緣和幾次對話，會不會是認錯人了？

「你……認錯人了吧？」花了幾分鐘過濾腦海中的記憶後，我不確定的說。

博奕琛的目光肯定，沒有一絲猶疑，「沒有。」

他說沒有認錯人，但我卻對他沒有印象，那這件事情不就變成羅生門了嗎？

我沉吟，「你說從認識我的那時候起，就一直喜歡著我，應該只是場面話吧？」

這次博奕琛沒有回答，也不似以往會開玩笑帶過，只是看著前方的路，露出難解的神情。

這段時間，因為經常與他相處，所以才漸漸忘了，其實對我而言，真正猜不透的從來就不是薛育成，而是博奕琛。

只不過，我還沒弄清楚這件事的真相，就被另一件更重大的事分了心。

期末考結束，暑假剛開始的幾天，我突然接到齊敏母親打來的電話——

♥

即使身為朋友，齊敏也鮮少和我提起家裡的事情，偶爾聊到關於媽媽的話題，她總是輕描淡寫，只說工作很忙，經常不在家。

這是我第一次拜訪齊敏的住處，原本以為，看到的會是凌亂、欠缺打理的冰冷環境，但它比我想像的好很多。

暖色系的裝潢色調，雖然是簡單的壁紙、便宜的家具，但整體風格溫馨，比起華麗高冷卻缺少溫度的博奕琛家好多了。

甫按下電鈴，齊媽媽就來開門了。

她一身拘謹的套裝打扮，像是等會兒還有工作。

「齊媽媽好。」我禮貌的打招呼。

她微微蹙著眉頭，我拖鞋時她迫不及待的說：「來了就好，幫我勸勸齊敏吧！」

我不解的問：「她怎麼了？」

「這幾天都不太吃東西，也不出門，脾氣倒是挺大的。」她邊說，邊領我前往齊敏的房間。

木製的房門打開時，初入眼簾的是齊敏躺在床上背對房門的單薄背影，無須探看她的臉色，我已知道肯定憔悴不已。

「我不是說讓我靜一靜了嗎？」她似乎沒有發現我來了，口氣不善的出聲。

「為了一個狼心狗肺的男孩子要死要活的，我怎麼會生出像妳這樣不爭氣的女兒！」齊媽媽加大音量，怒氣轉眼飆升，「女孩子家，不懂得保護自己，做出這麼不檢點的事，現在我幫忙善後，還要看妳的臉色？」

「當家長的要以身作則妳不知道嗎？為了保險業績，周旋在男人之間陪笑喝酒，妳又檢點到哪裡去！」她轉身坐起，見到我也在，即使眼底竄過一抹驚訝，可接下來的話已經收不回去了：「至少我只跟一個男的，不像妳有一堆男人。」

「妳這臭丫頭！」齊媽媽激動的一個箭步衝上前，狠狠甩了她一記響亮的巴掌，「我辛苦把妳拉拔長大，為了家計天天奔波，結果妳是怎樣報答我的？居然講出這種沒良心的話！」

「我有說錯嗎？」齊敏臉頰紅腫，顧不得我在場，失控大吼，「就算我再怎麼潔身自愛，學校的同學們還是看不起我，都是因為妳！當初對某個同學的爸爸拉保險，就算妳真的什麼都沒做，約出去也只是談生意，但人家媽媽就是看妳不爽，在她耳邊說三道四，讓她到學校裡亂傳謠言說妳勾引她爸！因為這樣，我才會被同學排擠瞧不起的！」

「主管轉介給我的客戶，難道是我可以選擇的嗎？那位同學的爸爸根本不是什麼老實人，就算事實上吃虧的是我，講出來又有誰會相信？」齊媽媽撥了撥瀏海，氣紅的眼睛，湧出一波淚光，「但至少身為我的女兒，妳不可以、也不應該像其他人一樣用那種眼光看我，而且還不愛惜自己……」

咬緊下唇，齊敏瞪著自己的母親半晌，才移開目光，軟下口氣，「妳快出門吧，不是跟客戶有約嗎？」

瞄了眼腕錶，齊媽媽憋著怒氣輕嘆：「錢放在餐桌上，記得要吃飯。」

「齊媽媽放心，我會照顧齊敏的。」我承諾，試圖讓她放心。

向我道過謝，齊媽媽欲言又止，又看了女兒一眼後才離開。

我走到床緣坐下，與齊敏並肩，想要給她時間冷靜，所以沒有急著說什麼勸勉的話。

倒是她先幽幽開口：「妳都知道了。」

「嗯。」我點頭。

其實，我或是身旁的朋友們，都沒有遇到過這樣的事，所以接到齊媽媽的來電時，我一陣錯愕。

無法想像，發生了這樣的事情，齊敏的心情和感受，但我相信此刻的她，一定很需要陪伴。

「妳會不會覺得……我很不堪？」她顫抖著唇，輕聲問。

我想都沒想，「不會。」

「我很傻對吧？」齊敏苦澀的勾起唇角，「明明已經分手了，還天真的想用肉體綁住對方，以為只要他眷戀我的身體，總有一天會回來的，沒想到……他不但不會回來，反而讓我完全認清他的為人，但代價卻是犧牲一個那麼小的生命……」一顆一顆眼淚，像斷了線的珍珠，從她憔悴的面容滑下，她哭得無法自己，在我面前完全崩潰。

貌似堅強的外表，包裹著一顆不為人知、脆弱的心靈……

我曾以為，齊敏並不介意同學們如何議論她的家庭背景，也一直認為她對感情，拿得起、放得下，可是我錯了。

有些人遠比看起來的還堅強，但有些人，其實只是用滿不在意的態度，去偽裝細膩又脆弱的內心。

齊敏哭了很久，直到睡著。

我趁她睡著的時間，拿了齊媽媽放在餐桌上的錢，還有她家裡的鑰匙，幫忙買了清粥和一些小菜回來，等她睡醒可以吃。

後來，她舀了幾口，就聲稱吃不下，但最後敗給我的固執，勉強吃了三分之二，我才把剩下的解決。

我準備毛巾包冰塊冰敷她腫起來的臉頰時，她無聲的開口向我道謝。

那雙脆弱卻充滿感激的眼神，令我心疼不已。

剛經歷手術沒幾天，加上心情抑鬱，齊敏多半時間都嗜睡，清醒的時候，她和我分享了事發經過和一些心情，我多半安靜聆聽，並未說什麼勸導的話，因為我想她應該都明白。

齊敏是一個聰明的女孩子，只是選擇性的……笨給了愛情。

她和我聊到的事裡，唯一令我比較擔心的是她的期末考成績，受到情傷的影響，似乎真的考得很不理想，有可能會影響總成績被調班。

我待到晚上盯著齊敏用過晚餐，並得知齊媽媽工作結束已在回家路上，才放心的離開。

晚上博奕琛打給我，關心齊敏的狀況。

「她好點了嗎？」

「嗯，我想可能還需要些時間。」

「雖然不知道齊敏發生了什麼事，但無論好壞，都會過去的，鼓勵她放寬心吧。」

為了幫齊敏保密，我並沒有讓博奕琛知道她究竟發生了什麼，但坦白說，我滿想知道他對於那件事情的想法的……

仰躺在床上，我輕嘆：「是啊……」有些傷要過去不知道需要多少時間。

博奕琛不曉得我的憂慮，開啟另一個話題：「喂，女朋友，妳整個暑假都不打算見我嗎？」

「嗯？」

「在學校是因為需要我這個假男友，現在放暑假不需要了，所以就不用見面嗎？」他說話的口氣像是被另一件冷落的怨夫。

「對……啊？」我們既然是假扮的情侶，暑假不用去學校，應該不用特地出去約會演戲了吧？

「嘖嘖嘖，柯子燕，妳真夠沒良心的。」博奕琛的哀怨，不用看表情都可以直接透過手機話筒傳來，「根本是始亂終棄。」

「虧你還是二忠的資優生，成語居然亂用。」我抬手撫額。

另一頭傳來一陣朗聲大笑，吞沒了我無奈的嘆息。

笑完了，博奕琛才又說：「身為配合演出的假男朋友，我有權利要求酬勞吧？」

「我沒有錢給你耶……」我直覺反應回覆。

「我們只是高中生，金錢交易不恰當，何況，跟女生要錢有失我的男子風範耶！」

話都給他說就好了啊！

「那你想要什麼酬勞？」

「我要約會。」

他根本……就是在挖坑給我跳。

♥

「不如我們四個人一起出去，來場 Double Date 吧！」

那日，我和施妤穎視訊聊天時提及博奕琛的邀約，她馬上興高采烈的提出建議。雖然我猶豫了好一會兒，不知道這樣會不會讓博奕琛不高興，但施妤穎本來就是比較強勢的類型，一頭熱的馬上就想好了行程。

那傢伙應該……

「來啦？」站在遊樂園售票處前，博奕琛像是有心電感應般轉頭，俊逸的臉龐對我咧開笑容。

前天在電話裡跟他確認時間地點時，從語氣中聽不出情緒，現在看來，他似乎一點都不介意。

我攏了攏短髮，有些難為情，「真是不好意思……其實，我也不知道為什麼會變成這樣……」

我想聰明如博奕琛，用腳底板想也知道，是因為我拒絕不了施妤穎的要求。

「沒關係，能見到妳就好。」

現在又沒有其他人在，他老是這樣，我會誤會的……

「子燕！」不遠處，施妤穎笑咪咪的挽著薛育成的手臂，邊揮手邊走來，「我們先買票？」

博奕琛從口袋裡拿出四張票券，一一遞給我們，「買好了。」

「哇塞，太棒了！博奕琛好貼心喔！」施妤穎歡呼。

「一個人多少？」

我掏出錢包想給錢，卻被他搶先一步阻止。

「我們先進去吧。」

陽光灑落在他清俊的側臉，那溫柔微笑的嘴脣弧度，令我瞬間失神。雖然他本來就長得這麼好看，但……

「嗯？」博奕琛好笑的睨我，挑了挑眉。

「啊？」見他似乎在等我反應，我有些羞窘的笑了笑，「喔……哈哈哈……好。」

真是的……我今天是怎麼了？怎麼魂不守舍的？

薛育成彆扭的被施妤穎半拖著前進，走沒多久，突然轉過身來塞錢給博奕琛，「我和妤穎的。」

其實四個人出來，最怕的就是這樣，明知道薛育成不喜歡博奕琛……真是怪尷尬的，難道施妤穎察覺不出來嗎？

「我們第一個遊樂設施要玩什麼？」博奕琛倒是不介意那不友善的態度，聳肩笑問。

「旋轉木馬？」我羞恥的提議，已經做好被翻白眼的打算。

施妤穎受不了的喊了一聲：「拜託！」

薛育成突然笑開來道：「子燕不敢搭刺激的遊樂設施啦！她是顧包組的。」

「咳。」我扯出一抹僵硬的笑容，「對呀，我可以幫你們顧包。」雖然，來遊樂園什麼都不敢搭，有點浪費門票錢跟掃興。

「不會啊!怕什麼，一起玩嘛!」施妤穎拍拍我的肩膀，比出一個勝利的動作，「恐懼是可以被克服的，拿出妳的勇氣來!」

「可是我真的——」

「玩那個吧。」博奕琛手指飆速列車的排隊入口。

「我、我、我——」抬頭瞄了一眼飆速列車的設施，我猛力搖手。瞧瞧那蜿蜒的軌道，和高聳爬坡後近九十度的俯衝，簡直快把我嚇傻了，這跟雲霄飛車差不多啊!只差沒有三百六十度旋轉而已。

「不行、我不行啦!」

施妤穎推著我前進，博奕琛跟在旁邊牽著我去排隊，薛育成顯然不打算開口救我。

「你明明知道我不敢搭，怎麼可以眼睜睜看他們架著我排隊!」我小聲抱怨，瞪向薛育成。

「妳男友又不心疼妳會害怕。」他語氣薄涼，充滿諷刺。

「當然會心疼。」博奕琛瞥眸，「但克服恐懼，是必須的。」

這種恐懼有必要非得克服嗎?

我看著後面越排越長的人龍，煩惱著該如何脫身，須臾也只想得出老梗:「我去上廁所。」

施妤穎十分不友愛的拆穿我的謊言，「妳該不會是想尿遁吧?」

「我……」

「嗯，她很有可能。」薛育成補槍。

他到底怎麼回事，故意的嗎?以前去遊樂園，知道我不敢玩都不會逼我，現在為什麼反而幫著他們一起看我為難。

隊伍比我想像的還要快排到，博奕琛向工作人員要求比較中間的位置，而施妤穎和薛育成則是尋求刺激，搶著坐在列車頭的第一排。

好可怕、好可怕……

「我覺得我會死掉，一定會死掉的！」我瞇起眼睛，幾乎快要哭出來。

「子燕，把手不要握這麼緊。」博奕琛溫聲安撫，「而且，相信我，妳會沒事的。」

「都是你啦！」我心慌到有些生氣，「為什麼要逼我！我真的很害怕！」

「但妳並沒有強硬的拒絕啊。」

「我……」我就是不太懂得強硬的拒絕別人嘛……他又不是不知道！

其實，我很少來遊樂園，就算以前畢業旅行來過，也因為自己屬於比較安靜邊緣的類型，玩不玩遊樂設施對同學們而言根本無所謂，反正有人可以幫忙顧東西就好。那時候的薛育成也難得體貼，在這點上並不會刻意逼我。

但今天不一樣，今天只有我們四個人來，如果我不玩，博奕琛就要自己一個人，感覺會特別的掃興……

「妳之前搭過這類的遊樂設施嗎？」

「沒有。」

「那妳怎麼確定，一定會很可怕呢？」

「因為它看起來就很高啊……」

「有些事情不勇敢的嘗試過，是不會知道的。妳沒有踏出那一步，又怎麼能確定自己一定會害怕呢？」

「可是我現在就覺得很可怕了呀……」而且還雙腳懸空！

「放輕鬆，不要閉眼睛，會很好玩的。」

工作人員宣布設施即將啟動時，我覺得我等等肯定會嚇到哭出來，可是沒想到，真的沒有想像中的可怕，而且搭乘的時間比我想像的還要短，很快就結束了。

順著動線離開時，博奕琛望著我若有所思的臉龐，笑問：「怎麼樣？會可怕嗎？」

「不可怕。」

「妳比自己想像的，還要勇敢呢！」

我瞅向博奕琛，心中升起一股奇妙的感受，感覺麻麻、癢癢的，嘴角不由自主的上揚。

施妤穎站在出口處，一見到我們便興奮不已的說：「子燕，怎麼樣？妳覺得好玩嗎？坐在第一排真的很爽耶！我好想再搭一次喔！」

我點頭，露出微笑。

後來，我們又陸續玩了很多遊樂設施，除了自由落體我真的不敢玩，其他的幾乎都勇敢嘗試了。

有些雖然會讓我怕怕的，搭乘的時候身體會起雞皮疙瘩，但不至於無法承受，我突然有點後悔，以前為什麼都傻傻的幫忙顧包。

「我去買些喝的，你們要什麼？」薛育成問。

施妤穎搶先道：「我要蘋果汁，沒有的話就可樂。」

看著薛育成繃緊的臉色，我慢吞吞的開口：「我不要——」

「妳不要柳橙汁。」視線投來，他幫我把話說完，「我知道。」

既然知道我不喜歡柳橙汁，那為什麼之前……

薛育成朝商店的方向走沒幾步，突然回頭看博奕琛，「欸，你不跟我去嗎？」

「你去買就好了啊，我要冰水。」博奕琛雙手插口袋，揚起嘴角，「總該有人留下來保護女孩子們，對吧？」話落，他朝我拋來一眼。

高招啊，俗話說伸手不打笑臉人，他運用的可真適時。

「那個……」

怯怯的詢問聲，打斷我們的交談。

兩個看起來年紀和我們差不多的女生，其中一位頻頻瞄向博奕琛。

果然，我這位假男朋友的長相，不是只有校內公認的好看而已。

「請問，可以認識你嗎？」女孩鼓起勇氣，越過我，靠近博奕琛問，「交換電話或是LINE……」

施妤穎用手肘頂了我一下，竊竊私語：「妳看起來有這麼不像他的女朋友嗎？居然在妳面前搭訕？」

博奕琛展顏笑說：「這要問我的女朋友耶！」

她們可能沒料到我這位「女朋友」就站在這裡，眼光來回在我和施妤穎的身上游移，不確定是誰。

「不是我唷！」施妤穎聲明。

「呃……」一時沒料到這種情節，我腦袋打結的脫口：「可、可以啊。」

此話一出，博奕琛馬上伸手攬住我的肩膀接著說：「不好意思，我女朋友的吃醋系統功能可能壞掉了，其實她會介意的。」

「啊？」我傻楞楞的看向他。

明顯的婉拒，令兩位女生表情一僵，頓時異口同聲：「不、不會！我們比較不好意思，打擾了！」然後頭也不回的趕緊轉身離開。

待她們走遠，我才回過神。

施妤穎笑到前俯後仰，「哈哈哈哈哈哈——」

「我不介意啊。」

「妳會介意的。」

我不確定的重申：「我……我真的不介意。」

「明明會介意，幹麼裝作不在意？」

這個人真的是……

薛育成回來後，帶了可樂給施妤穎，冰水給博奕琛，我拿過他遞來的飲料，看到鋁箔包裝的瞬間愣了一下。

阿薩姆蘋果奶茶。

他知道我喜歡喝這個，他明明知道……

施妤穎的提議打斷我的思緒。

她指向一旁設施的排隊末端，「我想再搭一次自由落體。」

自動自發的從她手中接過隨身包，我說：「那我在旁邊等你們吧。」

「博奕琛，妳陪子燕啦！」施妤穎推了博奕琛一把。

薛育成出聲：「我人不太舒服，我也不玩了。」

剛剛他們玩自由落體，博奕琛留下陪我，但這次他卻說：「我想玩。」那瞬間，我捕捉到施妤穎臉上閃過一抹難解的神情，可很快就換上關心的表情：「怎麼了？前幾天的感冒還沒好嗎？」

「只是有點頭暈。」薛育成走到一旁樹蔭下的長椅坐下。

博奕琛對施妤穎道：「那我們去坐吧。」

她望向我和薛育成，遲了幾秒後才頷首，「好，那你們等我們一下唷！」

看著他們離去的背影，薛育成開口：「妳不坐嗎？」

我瞄向他身旁的空處，挪動腳步。

「子燕。」待我坐下，他苦笑，「我們有多久沒能像這樣說說話了，自從妳和博奕琛交往，總是避著我。」

「有嗎？我們天天見面啊。」

他看過來的視線略有不滿，但我選擇忽略。

「妳知道我的意思。」

呼出一口氣，我淡淡的解釋：「你和妤穎交往後，我一直都知道必須和你保持距離，只是從前你沒有發現，而現在我的身邊多了博奕琛，你才覺得疏遠了。」

「其實，我真的不知道自己怎麼了……」

「你不知道嗎？」我皺了下眉，「那我又怎麼會知道呢？」

「我……」薛育成有口難言。

「你知道我不愛喝柳橙汁，也知道阿薩姆奶茶系列裡，我都會選蘋果的，可是以前為什麼總是買柳橙汁給我？」

薛育成沒有馬上答話，靜默片刻，才凝視著前方輕聲道：「因為妳都會收下了……從小到大，無論我給妳什麼，妳都會收下，就算妳不喜歡，也很少拒絕我。」

「我的確是一個沒有個性的人……」我忍不住自嘲。「你應該很清楚。」

「可是我喜歡這樣，我希望妳喜歡的東西，妳都沒有拒絕。」他垂首，十指交握，神情侷促，「我知道自己這樣不對，可是每當妳收下明明不喜歡，卻因為是我給的東西而沒有拒絕……總是讓我感到開心。」

我怨懟的瞪著他，「你……很自私，如果是朋友的話，應該會為對方著想不是嗎？」口氣很冷。

說完，我和他之間陷入尷尬的沉默，沉默中夾帶幾乎快爆炸開來的糾結情緒，我的心中湧現受傷的失落，還有一點怒氣……

薛育成突然轉過頭來，十分認真的問：「子燕，我喜歡妳嗎？」

這句話，令我不知該如何回應。

「妳知道我怎麼想的嗎？」薛育成逕自說道：「我想了很久，一直以來我們之間的互動和相處，讓我確定了一件事，就是那封情書，真的是妳寫給我的。」

我慌張的左右張望，低聲喝止他：「薛育成！」

「因為妳不想破壞我和妤穎的感情，也不想讓妤穎傷心，所以選擇欺騙。」他目不轉睛的看著我，試圖從我眼裡尋找足以印證他想法的證據，「妳和博奕琛假交往，除了讓妤穎放心，也是因為不想讓我知道妳真正的心意。」

事到如今，我還能說什麼……繼續否認也騙不了他了。

我斂下眸，「你不還是知道了嗎？」

「妳真的以為我有那麼笨嗎？」

「不是以為你笨，而是你也知道，事情只能這樣處理，我們不能傷害好穎。」

「但我最近開始在想，是不是喜歡上妳了？」薛育成不確定的說：「看到妳和博奕琛在一起，我總是會莫名的覺得惱火、礙眼，我們不能再像以前一樣相處，也讓我感到很煩躁……」

「這是喜歡嗎？」我僵硬的開口，「那你和好穎交往那幾年，對我的感覺有改變過嗎？」

薛育成喪氣的垂首，答不上話。

眼眶不能控制的熱了起來，我聲音有點顫抖的繼續說：「你對我從來就不是喜歡，只是覺得自己的東西突然被搶走了，心有不甘罷了。」

「子燕……」他想解釋，卻發現根本力不從心。

「真正的喜歡，不會明知道我喜歡什麼、不喜歡什麼，仍然強加自己的喜好在我身上，真心喜歡的話，怎麼會和好穎交往那麼長的期間，完全看不出我的委屈和難過？」

眼淚在眼底打轉，卻怎麼也掉不下來。

我知道人在很悲傷的時候，可能會流不出眼淚，又或者，只是真的沒有那麼悲傷……

那麼我現在的心情，究竟是哪一種呢？

「你有沒有遇到過一個人，你喜歡她，她對你很重要，你也願意為她做許多事情，但你就是打從心底知道，那種感覺不是想成為情侶在一起，只是比朋友再更深一點的情感。可能，當她身邊有另一個人出現時，你會覺得心裡怪怪的，會有點吃醋、有點難過，變得不像自己，但認清後就會發現，那不過是你怕她不再像從前那般無條件對你好，不再把你放在第一位，所產生的一種心理不平衡而已。」

薛育成望著我，依舊不言不語。

我直接代替他回答：「有，你遇到過，因為那個人就是我。」

他凝視我很久，然後才慢慢轉開視線，有氣無力的開口：「看來，我是真的很自私。」

「這其實是一種很常見的情感，會出現在要好的朋友之間，就像我們這樣。」我硬擠出笑容，邊整理心中躁動紊亂的情緒，邊用理性的言語安撫他，也是安撫自己，「男女之間有沒有純友誼，我認為是有的，只要我們很清楚，除了現在這樣，沒有其他的可能性，你也不會再去想，那麼這份關係就不會改變。」

「是嗎……」他不置可否。

「再說了，我覺得你是喜歡妤穎的，只是……倦怠期了吧？」

若不是倦怠期，那就是他不清楚自己要的究竟是什麼。

淡淡的眸光重新落在我身上，薛育成問：「子燕，妳已經不喜歡我了，對吧？」

「無論我還喜不喜歡你，我們之間都沒有除了朋友以外的可能。」

打從他促使我和妤穎成為好朋友的那一刻，我們便沒有可能了。我沒辦法完全不顧施妤穎的感受。

再深的喜歡，一旦必須建立在拋棄另一段情誼，終究無法完全。

「那他呢？」薛育成看著前方那抹和施妤穎並肩，正由遠而近的身影。

接收到博奕琛對我露出的笑容，我忍不住彎起雙眸望著他。

心中突然有了答案——

那博奕琛呢？我可以喜歡他嗎？

返家的途中，我問他：「自由落體……你是不是故意說想玩的？」

博奕琛眼底飽含笑意，他沒有正面回覆，只說：「我想有些話，你們是時候坦白的向對方說出來了。」

所以他是故意讓我和薛育成獨處的……

「那萬一我們最後還是什麼也沒說呢？」

「那就表示，你們還沒有想清楚。」

我回視他，心裡有個地方變得輕鬆起來。

人在很悲傷的時候，可能是流不出眼淚的，又或者，只是真的沒有那麼悲傷……

面對這段已逝單戀的我，已經沒有那麼悲傷了。

♥

雖然齊敏的心情已經平復許多，但我仍然擔心她的身體狀況，怕她沒有好好照顧自己，沒有按時吃飯，所以得空就會去找她，兩個人待在家裡聊聊天、讀讀書也挺不錯的。

只是我沒想到，今天會有位不速之客出現在齊敏家門口。

俐落的黑短髮，乾淨整潔的衣著，高挺的鼻梁上戴著金框眼鏡，總板著一張不苟言笑的臉……

「班長？」我瞇了瞇眼，直到他轉過身來，才確定真的是李元盛，「班長你怎麼會站在這裡？」

手中捧著一個保溫提鍋，他臉上的笑容既生硬又古怪，「嗨，柯子燕。」

嗨，柯子燕？這根本就是尷尬入門款的招呼用語嘛，我還是第一次看到向來個性穩重的班長，露出這樣羞赧不知所措的神色。

「咳……」李元盛握拳在脣邊假咳嗽。

「你來找齊敏嗎？為什麼不按門鈴？」

越過他，我伸出手指正打算按下門邊印有小鈴鐺圖案的黑色按鈕，卻聽見他出聲阻止：「等、等等！柯子燕妳等一下！」

「怎麼了？」我困惑的看他。

「我們可以先聊一下嗎？」

我垂下抬起的手，跟著他走到走到一旁，「你怎麼了？到底什麼事啊？」

李元盛看著我，猶豫半晌後才斟酌開口：「妳知道齊敏發生的事嗎？」

我心中一跳，決定先聽聽看他要說什麼，「她發生什麼事？」

「妳跟齊敏那麼要好，應該知道吧？」他支支吾吾，接著試探的說道：「前陣子我去探望住院的外婆，在醫院裡碰到齊敏和她媽媽……」

「嗯，然後呢？」

「我發現她們是去看婦產科的，而且我還偶然聽見，她媽媽和護理師的對話……」

原來他已經知道了。

「你手上的那個保溫提鍋，是要給齊敏的？」

「我媽剛好燉了一鍋雞湯給我姊補身子，她最近剛生產完在坐月子。」

「齊敏知道嗎？」

「她那時候在醫院也有看到我，我想……可能心裡多少有底吧。」

「你有跟任何人說過這件事嗎？」

「當然沒有！」

「那就好，一定要保密知道嗎？」萬一在學校傳開，對女孩子的名節是很嚴重的傷害，何況齊敏已經因為她媽媽的事情，受到不少委屈了。

李元盛承諾，「我知道，我不會跟任何人說的。」

我點頭，相信他值得信任，「你這陣子常來她家門口晃，都不敢按門鈴嗎？」

他望著我，抿了下唇默認。

「幹麼不傳訊息關心她？」

「怕傳了，她會覺得我在同情她。」

齊敏自尊心那麼強的個性，確實很有可能。

「你是怎麼想的？對於齊敏。」

抬手搓了搓脖子，李元盛思考幾秒鐘後開口：「覺得她傻，為了一個不值得的男生，這個年紀就拿掉小孩，對她的身體很不好。」

「你看過她的前男友嗎？」

「有一次在路上巧遇過，她沒有發現我，但我有看見她在和男朋友吵架，哭得非常傷心。她看起來……真的很喜歡那個人。」

我觀察著他的表情，順著第六感說：「你看起來喜歡齊敏。」

「我……」班長瞬間漲紅了臉。

我低笑出聲，擺了擺手，「算了，當我沒說。」還是放過他吧，人家連齊敏家的門鈴都不敢按呢！

「我覺得……」李元盛害羞卻誠實的說：「她是一個很做自己、很勇敢的女孩子。」

「所以你欣賞她？」

本來以為他會否認，結果——

「對，我滿欣賞她的！」

我還以為，像喜歡這樣衝動的感情，不會輕易發生在成熟穩重的班長身上，原來有時候，喜歡的發生真的無法預料啊……

不過也不太意外就是了，畢竟一直以來，李元盛在班上滿常為齊敏出頭說話，只是我誤解那是身為班長必須主持公道的責任及義務。

「我會幫你保密的。」

他一臉懵，「保密什麼？」

「你喜歡齊敏這件事。」

他好不容易平復的神色，再度耳根泛紅。

「唉……」我突然有感而發，「如果喜歡可以選擇就好了。」

「為什麼突然這樣說？」

淺淺一笑，我搖了搖頭，「沒什麼。」

如果喜歡可以選擇，不知道李元盛會不會是齊敏比較好的選擇？

至於我，如果當初可以選擇不要喜歡薛育成，現在會比較好嗎？

如果沒有發生那一連串的事情，沒有和博奕琛假交往的話，現在的我，又會是怎樣的呢？

會不會……有點遺憾？

因為他，可能就不會來到我的身邊了啊……

第六章　那些我們後來的選擇

最後，李元盛還是沒有跟我一起進齊敏的家，他把雞湯託我拿給她後就先離開了。

齊敏來開門的時候，氣色看起來仍然難掩蒼白，但精神倒是好了許多。

「雖然知道妳會做菜，但我不知道妳還會煮雞湯。」從我手中接過保溫鍋時，齊敏說。

我攤手，「不是我煮的。」

「那是妳媽媽？」

「也不是。」我朝她笑得一臉曖昧，「妳猜我在門口遇到誰了？」

「誰？」她連猜都懶。

「班、長。」我刻意緩慢的吐出這兩個字。

頓了頓，她的眸底閃過一抹驚訝，「李元盛？」

「對呀。」我點頭，「他提著保溫鍋在妳家門口徘徊，不敢按門鈴。」

聞言，齊敏倒是沒說什麼，逕自沉默。

「他說在醫院裡碰到妳了。」我試探性的開口。

「嗯……」

「妳的事情，他大概都知道了，但是我有要求他保密。」觀察著她的表情，我問：「我們可以相信他吧？」

齊敏低聲，「他不會說出去的。」

「我覺得，班長其實滿關心妳的耶，只是不敢表現出來，怕妳會不開心。」

「我知道。」

我努嘴：「原來，妳比我以為的還要了解李元盛呢！」

「在學校的時候，他其實滿關心我的，我們偶爾也會傳訊息。」

「那我剛剛應該要讓他親自拿雞湯給妳才對。」

齊敏斂眸，淡淡出聲，「沒關係，這樣也好，現在見了面，我也不知道該用什麼樣的表情面對他。」

「妳最近好些了嗎？」

「好多了。」她朝我露出了一個勉強的笑容。

隨身包裡突然短促的響了兩聲，我從內袋掏出手機解鎖滑開，看見博奕琛的訊息：**「妳現在在齊敏家對吧？」**

「對啊，怎麼了？」

「回到家記得跟我報平安，這是女朋友的義務啊。」

「我們又不是真的男女朋友。」

「不要鬧脾氣了，女朋友。」

「噗。」我忍不住笑了出來。

齊敏遞給我一杯水的同時問：「博奕琛嗎？」

「對呀！」

她瞇了瞇眼，面色溫和，「真好。」

「什麼？」

「看你們這樣真好。」

我別過眼，感到有些難為情，「哪有什麼好不好的。」

沒入沙發椅中，齊敏笑望，「妳和博奕琛在一起，快樂嗎？」

輕揚嘴角，我平心而論，語氣輕鬆，「哪有什麼快樂不快樂的，畢竟，又不是真的交往。」只是，這話怎麼說起來，心裡有點兒心虛，唇邊的笑容又似乎有些失控……

「可是他對妳很好，大家都知道。」

「他只是想表現得像個滿分的男朋友吧，為了面子。」

「是嗎？」

我走到她身旁坐下，「妳是不是，有什麼話想跟我說？」通常我的直覺都滿準的……

齊敏雙手交握，神情忽然變得有些遲疑和不安。

「怎麼了？」

「子燕，有件事情……我想和妳坦白很久了。我覺得應該要告訴妳才對。」

她的嚴肅，讓我跟著緊張起來，「什麼事情？」

「其實，那封妳寫給薛育成的情書，是我放進英文參考書裡的。」

我瞪大眼，「妳說什麼……」

「在妳家念書的時候，我偶然發現英文字典裡有 LOVE 這個單字的那頁，夾著一封情書，上面還貼著一張小字條，寫了薛育成的名字。」

所以，不是我在查英文單字的時候，把它誤塞進參考書裡的，而是齊敏——

「妳為什麼要這麼做？」

「子燕，對不起。」

「妳知道這對我有多重要嗎？」我很生氣，但內心沸騰的情緒裡，更多的是悲傷，「妳明明知道萬一出了什麼差錯，我和薛育成跟妤穎的友誼就會都沒了，為什麼還要這麼做！」

「我知道我現在說什麼，妳都會很生氣……」

「我當然生氣！」眼淚瞬間在眼眶打轉，「這一路的單戀我是怎麼走過的，我多麼的小心翼翼，可是妳憑什麼？憑什麼這麼做！」

「我只是希望妳可以勇敢面對自己的感情，我不希望妳這樣傻傻的一直暗戀著一個根本不懂得珍惜妳的人！妳為了他有多難過、多委屈，這些薛育成都應該要知道才對！」

「知道了又能怎麼樣？」我失控大吼，「他從頭到尾喜歡的都不是我！知道了又能怎麼樣？失去了友誼，我就可以解脫了嗎？就是因為我不想失去，才會選擇什麼話也不說，我不求妳可以理解我，但妳怎麼能這樣傷害我！妳不是我的好朋友嗎？」

她擰眉的神色，更顯憔悴，「子燕，妳有多少年的青春，可以葬送在那樣一段單戀裡？」五味雜陳的情緒，排山倒海而來，幾乎快將我給淹沒，「如果沒有博奕琛，如果沒有他的話，妳知道妳做這樣的事情，會讓我變得多痛苦嗎？」

「是我沒有想清楚，對不起，但我真的只是……」齊敏想解釋，可無論說什麼，都改變不了她擅作主張的決定跟已經造成的傷害，最後只能一次又一次的道歉。

「妳自以為是的為我好，不是我想要的！」我甩開她伸過來想捉握我的手，「妳和薛育成有什麼不一樣！」

「對不起！子燕，真的對不起！」

「還不如不要誠實的告訴我。」為什麼要說呢？如果她沒有說的話，此刻我的心也不會如此的難受。

頹喪的垂下雙肩，齊敏面帶憂傷的望著我，「我也掙扎了很久，但我無法不坦承，因為妳是我的好朋友啊……」

甩開她伸過來的手，我起身，頭也不回的離開她家。

漫無目的行走的途中，淚水在我的臉上縱橫交錯，複雜的思緒，讓我釐不清自己究竟是為了已經發生的那些事情感到悲傷，還是因為覺得被朋友背叛了。

「對不起，我擅自做了那樣的事情，但是請妳相信我，我真的只是希望妳能勇敢地為自己爭取一次，即使不成功至少妳也努力過了，而不是默默的什麼都不做。」

「不是每個人都像妳一樣，只想到自己。」

回覆那句訊息的同時，天空落起大雨，瞬間就讓我如一隻喪家之犬般狼狽。

等意識過來，我已經不自覺走到了博奕琛家的大樓門口，心頭一驚，深怕被誰發現似的，往大樓邊的角落躲藏，蹲下身縮成一團，把臉埋在雙膝之間。

明明一通電話就可以打給他了，但我就是不知道該怎麼做……

「果然偶像劇場景都是真的，人在難過的時候，就會遇到下雨天。」

悅耳熟悉的低沉嗓音，從上方傳來，我抬起頭，發現自己的雨天已經被一把傘隔絕。

博奕琛俊逸的臉龐掛著一貫的氣定神閒，還有只對我才會露出的溫柔笑靨。

看著他，我居然更想哭了，哽咽的問：「你怎麼會在這裡？」

「我剛剛出去吃晚餐。」

「那你怎麼知道要帶傘？」

「手機的氣象預報有顯示啊。」他拿出來滑給我看，「降雨機率百分之八十。」

我可憐兮兮的瞅著他，用鼻音道：「我以為那都是參考用的。」

「沒關係，妳有我就好。」

「老是說這種話……」曖昧不明的。

博奕琛朝我伸手，「起來吧，我家今天沒人。」

抹掉眼淚，我握住他的手起身，「這樣好危險。」

「妳溼答答的在街上亂逛，我覺得更危險。」

這麼說好像也有道理。我乖乖跟在博奕琛身後走進大樓，穿過管理室的 Lobby，搭乘直達電梯。

「你媽媽又出差了嗎？」他家看起來還是一樣冷清。

「嗯。」博奕琛從房間內找出一條乾淨的浴巾，和一套睡衣遞給我，「可能會滿大的，是我的睡衣。」

我睨著睡衣的尺寸低喃：「搞不好上衣都可以當一件式的。」

「那還是會有點短，不要勾引我，我現在可是血氣方剛的高中生。」他故作一臉正經的說，「把外衣脫下後放到門口，我幫妳扔進烘乾機裡烘一下，很快就乾了。」

等我聽話的換完衣服從浴室走出來時，他已經擱了一杯熱可可在客廳的玻璃桌上。

見我走來，博奕琛揶揄，「妳看起來像偷穿爸爸的衣服。」

「我沒有這麼年輕的爸爸吧？」頭頂蓋著毛巾，我蹲下身，捲好兩隻褲管後才繼續朝他前進。

博奕琛將我拉到身邊坐下，主動替我捲起過長的衣袖，動作緩慢且輕柔。

我盯著眼前的俊容，喉頭發乾。

「妳不是在齊敏家嗎？」

「本來是。」

「那怎麼突然這麼傷心？」

垂頸，我低頭不語。

「發生什麼事了？」

「情書……是齊敏放進參考書裡的。」

「她跟妳說的？」

「對。」

斂眸，博奕琛面容沉靜，淡淡的問：「妳生氣，是因為覺得她不顧妳的意願背叛妳，還是因為妳覺得如果不是她做了那樣的事情，妳本來可以過著和以前一樣的生活。」

「我也不知道，只是覺得……這一切本來都沒有必要發生。」

「可是如果沒有發生，我們現在也不會坐在這裡不是嗎？」博奕琛輕勾唇角，從旁拿起早就準備好的吹風機插上電。

我沉默著，接過他手裡的吹風機，須臾，才情緒複雜的開口：「如果她沒有那樣做，你也不需要蹚這個渾水。」

「是我自願的。」博奕琛揉揉我的髮頂，奪過吹風機幫我吹頭髮，「否則，妳以為我會理妳嗎？」

「你大概是看我可憐吧。」我苦笑，「單戀青梅竹馬這麼久，還失戀。」

「我的同情心沒有那麼氾濫。」

靠得這麼近，我都不好意思抬頭看他了。

頭髮吹乾後，博奕琛拔掉插頭，慢條斯理的整理電線捆好，對我提醒：「熱可可要涼了。」

我捧起馬克杯輕啜了一口，側首望他。

俊顏徐徐勾起溫柔淺笑，「妳是該生氣齊敏的自作主張，但我也相信，她那麼做是出於善意。十分莽撞，沒有換位思考替妳著想，但我想她只是希望，妳可以勇敢的面對自己的感情。」

「她也是這麼說的……」

「用的方法可能錯了，但她對妳的真心，我想也不該否認才對。」

我知道博奕琛說的都有道理，而且事情已經發生了，現在生氣也於事無補，可是，我還是沒有辦法這麼快就原諒齊敏。

「需要時間的，妳和她都是。」博奕琛坐靠椅背，交疊起修長雙腿，「齊敏現在一定對妳感到十分愧疚。」

扳著手指，我低嘆，「或許吧。」

「但是多虧她，我才有機會到妳身邊不是嗎？」

「你講這些話，好像都不用負責任似的。」我要是太當真，結束假交往的時候，想起這些，肯定要傷心。

「我負責就我負責啊，那有什麼問題？」

明亮含笑的雙眸，拋來目光，猶如一顆石子，跌在平靜的心湖，泛起陣陣漣漪。

胸口的悸動告訴我，這和當初發現自己喜歡上薛育成的感覺不一樣，來得太過強烈，也太危險。

但等我驚覺自己應該要和博奕琛保持距離的時候，已經來不及了……

♥

「我從來沒想過暑假會有機會見到班長你兩次。」

睨著端坐在面前的李元盛，我在內心裡長嘆一口氣。

其實，前天看見李元盛的來電時，我已經大致猜到了原因，而接通後，即使他沒有多說什麼，只是問我何時有空想約見面，但八九不離十是為了齊敏，畢竟，雖然同班兩年多，但我和他不至於熟識到會相約的程度。

若真要說有什麼是讓我感到比較訝異的，那就是向來固執，不願意輕易向人開口尋求協助的齊敏，居然會因為我們的事情拜託李元盛。

「我也沒想到。」李元盛雙手交握置於桌面，左手拇指搓了搓指節。

儘管已經到這個節骨眼上了，但我想他也不知道該從何起頭吧？

這陣子我都沒有接齊敏的電話，就算她傳來訊息，也多半已讀不回。

對於齊敏，我還是關心的，只是這份擔憂，也隨著情書事件的不諒解和爭吵，成了彆扭又固執，拉不下臉的尷尬。

即使，我知道、也相信，她的本意都是為了我好……

話說，我們已經這樣面對面坐著十幾分鐘了，都不說點什麼的話，也不是辦法。

李元盛願意為了齊敏介入女孩們之間的矛盾與爭執，實在不容易，真是為難他了。

我突然想起和李元盛約定好見面的地點與時間後，我曾經向博奕琛提及此事，那時電話中的他，發出了十分耐人尋味的淺笑聲。

爾後不久，他說：「這是一個給彼此台階下的好機會。」

「什麼意思？」我一開始還沒聽懂。

「就算妳再怎麼生齊敏的氣，也並非真的不想要這段友情了吧？」

「是這樣說沒錯……」

「拉不下臉的時候，有一個中間人來勸和，妳就應該要把握機會。」

「這樣會不會顯得我太好哄了？」

「如果為了這種幼稚的原因繼續僵持下去，那我想妳並不值得齊敏這麼用心的對待。」

我低聲抱怨：「講話真狠，我是受害者耶。」

「不要得了便宜還賣乖，要是沒有齊敏，妳會得到我這個優秀的男朋友嗎？」

「是假、的男朋友。」我糾正。

「居然這麼說，我的心都碎了！」

分明嘴角上揚，我卻故作斥責：「不正經。」反正隔著電話，他也看不見我的表情。

大概只有在這種時候，我才能占上風吧。

「好好聽聽看李元盛怎麼說，然後就別鬧彆扭了，快點跟齊敏和好。」

收回遠颺的思緒，我開口：「如果你是為了齊敏的事情找我，那就直說吧，我會聽的。」原本我答應出來，就沒有打算要讓他為難。

鬆了口氣，李元盛終於不再正襟危坐，換個比較舒服的坐姿問：「柯子燕，妳還在生齊敏的氣嗎？」

我用吸管，攪了攪果汁杯中的冰塊，「剛知道的時候，確實是滿生氣的。但是，勸我理性點的，也不是只有你一個。」

「妳說的是博奕琛嗎？」

我點頭，喝了一口果汁。

「自從動流產手術後，齊敏的身體狀況變差，這陣子得了感冒，連續發燒了幾天都沒有退，看了三次醫生，現在病情才比較好轉。」

「你一直有在跟她聯絡？」

「學校裡，除了妳之外，大概也只有我會關心她了，但現在妳們在吵架，我當然應該多點關心的。」

我點點頭。

「是她開口要求的嗎？希望你來跟我說這些。」

「齊敏並沒有叫我勸妳原諒她，她只是希望妳願意相信她，她不是故意要讓妳為難或難過，而是真心希望妳能在那段單戀裡，找到一個出口。」

他說的這些話，其實齊敏也一直都有用訊息向我解釋，「那萬一沒有出口呢？」

「僵局和平局畢竟不同。」鏡片後的雙眸半斂，李元盛續道：「僵局一定有贏和輸，只是願不願意動那一步而已。」

「齊敏認為，我對薛育成是僵局嗎？所以她才代替我動了那一步，就是想讓我看到結果是嗎？」

「只有結束這局，才能開新局啊。」他聳肩一笑，「最重要的是，現在的妳，有比之前開心嗎？」

有。

這點我無法否認，卸下對薛育成的單戀，真真正正的認清現實，並且與薛育成談過後，我確實有種「終於啊！」的釋然感。

只是，對薛育成的感情是放下了，但對博奕琛呢？

我是不是又開始了一段更加遙不可及的喜歡……

「總之，」李元盛的聲音中斷了我的思緒，「我希望妳可以去見見齊敏，兩個人把話說開了，比較好。」

我輕抿下脣，頓了頓後問：「她最近都在家？」

「得了重感冒，哪裡都不能去。」

但這幾天她頻繁傳來的道歉簡訊裡，卻對自己生病的事情隻字不提。

「齊敏雖然找我幫忙，可是千交代、萬交代我不能跟妳說她生病了。」難得李元盛露出淘氣的神色，「只不過——我唯一目的是希望妳們和好，哀兵之計有時候挺好用的。」

淺淺揚笑，我頷首說：「的確。」

深呼吸了幾回，短短分秒之間，我甚至想過掉頭就走，但糾結到最後仍然按下了齊敏家的門鈴。

叮——咚——

清脆的電鈴聲響起後過了很久，久到我以為她不在家，才聽見門後一連串劇烈的咳嗽聲由遠而近傳來，接著喀喀幾聲，解鎖的門被推了開來。

「子燕?」齊敏病容蒼白，充滿倦意的眸色，閃過一抹訝異，「妳怎麼……來了?」

我將手裡提著的熱粥和一些清淡的小菜遞給她，揚起不甚自在的笑臉，遲疑的問：「我……可以進去嗎?」

齊敏連忙自門邊退開，慌亂的招呼著：「快進來、快進來。」她從鞋櫃中拉出一雙室內拖鞋讓我換上，動作間，伴隨著不少聲劇烈的咳嗽，聽起來像是肺都要被她給咳出來了。

我靠近她，伸手想拍撫她的脊背，卻在對上她的雙眼之際退卻。

齊敏朝我虛弱一笑，提著我給她的食物往餐桌移動。

我跟在她身後問：「妳吃過了嗎?」

「還沒。」虛弱的嗓音，自她乾啞疼痛的喉間破碎的傳出。

「喉嚨痛的話，吃溫的剛好，應該已經不燙了。」經過前幾次的來訪，我熟門熟路的走進廚房想幫她拿一副碗筷，卻被制止了。

齊敏從客廳的五斗櫃最上層裡，翻出一面口罩戴上，然後逕自走進廚房取來碗筷，拆開外食盒，將白粥添進碗中，又夾了幾道小菜後，才坐入我身旁的空位說：「妳照顧人的個性改改吧，不要什麼事都親力親為，對自己好一點。」

「妳是病人，照顧妳是應該的，而且我只是幫妳買了吃的，然後想再拿副碗筷而已。」

「但我們在吵架不是嗎？」齊敏拋來目光，發現我的臉上閃過一絲尷尬，嘆道：「我不只是在說這一件事。」話落，脫下口罩，開始進食後，她就盡量避免說話了，我知道那是因為她怕會傳染感冒給我。

「李元盛找過我了。」

頓下動作，她點了下頭，「我知道，他有跟我說。」

「他把妳感冒的事情也跟我說了。」

「嗯，我知道。」

難怪她一點都不意外我帶了清淡的白粥和小菜過來。

「妳這陣子還好嗎？」

「不好。」她應聲，緩慢的吞嚥著食物。

跟好朋友吵架，的確不是件讓人開心的事，會一直梗在心裡，想要輕易的原諒、和好卻又感到彆扭，想要打破沉默說話，又總是缺了那麼一點勇氣。

如果不是李元盛，現在的我恐怕也不會出現在這裡。

吃完，齊敏戴回口罩，才轉頭過來問我，「跟好朋友吵架，怎麼會好呢？妳不生我的氣了嗎？」

靜默片刻，我回視，「我知道妳是為我好，只是……再也不要做這種事情了，某種程度上，妳也應該要尊重我的想法和決定吧。」

哼哼兩聲，她倔將的開口：「只要是為了妳好，如果以後遇到類似的狀況，我還是會這麼做的。」

「但是……」我看著她收拾碗筷和外帶餐盒，起身走進廚房的背影，提高音量，「妳怎麼會知道，我喜歡薛育成很久了？除了字典上面看出的端倪之外……」

「情書的內容呀。」

「天啊！妳連那個也看了……」好險她現在背對著我，不至於那麼害羞。

洗完餐具，放置到水槽旁的架上晾乾，齊敏踱步回來，故作認真的問：「不過啊，看妳放置情書的方式和手法，妳該不會是在網路上找了什麼可以讓暗戀成功的魔法祕訣，效法去做的吧？」

原來真正丟臉的，是被看穿這層心思。

因為感到無地自容，我忍不住抱頭呻吟，間接承認了一切。

齊敏輕笑幾聲說：「其實，我一直都看得出來妳喜歡薛育成。」

「為什麼？」我瞪眸，「我還以為我隱藏得很好。」

「只要細心觀察，不難發現啊，在乎妳的人，絕對看得出來。」

「是嗎……」所以薛育成算是當局者迷嗎？那施妤穎呢？她也看得出來嗎？

這道突然從腦海中閃過的念頭，令我不敢再繼續猜想下去。

「但現在的我也看得出來，妳已經改變了，因為博奕琛。」

「我有嗎？」

「坦白說，情書事件讓妳陷入困境，看到妳那麼痛苦糾結，後來又為了圓謊，不得已決定和自己不喜歡的人交往時，我曾經後悔是否真的做錯了。」咳嗽幾聲，齊敏放慢說話速度，「雖然博奕琛是一個突如其來的變數，卻意外成為這整件事情中對妳最有益的幫助。我覺得你們在一起很好，如果可以真的交往，更是樂見其成。」

垂首，我悶聲：「暗戀薛育成那麼多年卻換來傷心，難道現在喜歡博奕琛就不會受傷嗎？」

「前提是，妳喜歡上博奕琛了嗎？」

我並非沒有思考過這個問題，但每次一想到，內心都會莫名感到隱隱作痛。

彷彿潛意識裡早就開始害怕，若真的喜歡上博奕琛，一樣會換來一個悲傷的結局。

於是，我說：「我不能喜歡他。」

「為什麼？」齊敏睨著我，試圖猜測我的心思，「妳覺得自己配不上他？」

「他對我也只是逢場作戲吧，因為看我可憐想幫我。」嘴角勾起一抹淡淡的諷刺笑容，我抬頭瞅她，「一直以來，都扮演著女配角的我，就算能成為某個男主角的女主角，但那個人，也不會是博奕琛的，因為他實在……太耀眼了。」

齊敏伸手過來握住我的，語重心長的開口：「妳真的應該改改沒自信的個性，對妳完全沒有幫助，而且妳知道在我眼裡，妳始終都散發著光芒，在真心喜歡妳的人眼裡也會是如此的。妳不是誰的配角，柯子燕——妳，就只是妳而已。」

淚霧瞬間占滿我的視線，鼻尖發酸，我別過頭，倔將的不想讓自己流下軟弱的淚水。

究竟還要否定自己幾次呢？

之前，博奕琛也和我說過類似的話。

而每當聽見他們這麼對我說的時候，我的心裡仍然存在著懷疑……

「何況，」緩下口氣，齊敏露出微笑，拍了拍我的手背，「雖然不知道是從什麼時候開始的，但我感覺得出來博奕琛喜歡妳。妳知道，我的直覺向來也是滿準的呢！」

望著齊敏堅定滿滿的眼神，我不禁自問：那麼美好的人、那麼善良的人，我真的可以不再默默的只是待在一旁看著，而是鼓起勇氣去追求、爭取，並且擁有嗎？

♥

「**出來吧，我需要妳。**」

傍晚，我收到博奕琛的LINE訊息。

是把我當成神奇寶貝了嗎？這口吻跟「就決定是你了，皮卡丘！」有什麼兩樣？

雖然這麼想，但我還是換上了簡單的外出服，走出家門口時，我以為會看見博奕琛慣性的倚靠在兩戶住家之外，巷弄旁電線杆下等我的位置，結果他電話打來了，人卻不見蹤影。

「妳往前大步直直走，大約走一百步的時候向右轉。」

我合理懷疑他是在戲弄我，但我的雙腳仍然不由自主依言前進。

「右轉後，往前走，過了兩間店面再向左轉。」

「你到底想做什麼？」我繼續照著他說的走，嘴上不住抱怨，「你到底在哪裡啦？」

博奕琛沒有理會我，接著說：「左轉後妳會看到不遠處有間幼稚園，繞過幼稚園，就會看到一座公園。」

「你在那裡嗎？」

依舊沒有得到回答。

博奕琛怪怪的。

這個念頭，加快了我的腳步，想要快點見到他。

抵達公園入口處，左右張望了一下，仍然沒有看見博奕琛的人影，我疑惑的朝電話裡問：「你在哪裡？」

嘟——嘟——嘟——

電話被掛斷了。

蹙眉，我越過分隔桿，走到榕樹下的長椅邊，迅速環顧了周圍一眼，確定沒有他的身影，才納悶的坐下，低頭開始傳訊息：

「你在哪裡？」

「把我找來結果人呢？」

「這一點也不好笑。」

「博奕琛……」

已讀不回。

約莫過了十分鐘，正當我打算起身離開時，一雙穿著白色刷亮休閒鞋的腳，出現在我眼前。

我抬頭，撞進博奕琛暗藏心事的深幽眸光，他的臉上，卻仍然掛著如往常般的笑容。

「你居然還笑得出來？」本來不至於生氣的，可現在卻感到胸口一把火，「你這樣很過分，換作是其他女生才不會理你！簡直就是在耍人嘛——」

他勾著脣角，「妳不是其他的女生。」

他的話讓我的心跳陡然加速，為了隱藏羞赧，我揚聲說：「我生氣了！」又瞪了他一眼。

稍稍斂去笑意，博奕琛說：「我剛剛走在妳後面。」

「那為什麼不跟我一起走？」

眸光閃過一絲深沉，他雙手插口袋，坐進我身旁的空位。

轉頭睨他許久，我掙扎了一會兒問：「你是不是發生什麼事了？」

微風吹拂樹梢搖曳，一抹自然淡香伴隨著樹枝擺動的沙沙聲迎面撲鼻而來，等我回過神，已經整個人沒入博奕琛的懷抱。

那股香氣，是他家慣用洗衣精的味道。

須臾，抑或著更久，博奕琛低聲開口，「子燕，今天是我的生日。」

「你的生日？」我猛地推開他，「為什麼不早說！」

「如果說了，妳會幫我慶生嗎？」

「當然。」我先是點頭，接著又覺得奇怪，「可是你這麼受歡迎，應該會有很多人想幫你慶生吧？」

「或許吧……」博奕琛背靠長椅，目光半斂，「如果他們知道我生日是幾月幾號的話。」

「你沒有跟其他人說嗎？」我睜圓了眼，「學校裡沒人知道你的生日嗎？」

「生日啊……」他沉吟，似笑非笑，「只需要和重要的人過就好。」

「那你幹麼告訴我？」話一出口，我當場就想咬掉自己的舌頭。

原本以為，博奕琛會用以往那樣玩笑似的口吻說：因為妳是我的女朋友啊。

但這次，他卻沉默了。

這讓我有點受傷，可更讓我介意的，是直覺告訴我，他有心事。

「你是不是不開心？」生日這天，應該是充滿喜悅和祝福的，但他看起來卻很消沉……

「我已經很久沒有過生日了。」淡淡的嗓音流洩，帶著不易讓人察覺的真實情緒，他說：「從那年開始，每年我的生日，都是自己一個人。」

「因為大家都不知道你的生日嗎？」

「有一個人肯定會知道我的生日啊。」他笑著，卻帶著苦澀。

「對啊，你媽媽嘛！」

這本來只是我刻意打趣的答案，豈料他卻沉下臉色，「對。」

我噤聲，不敢再肆意開口。

「其實，她總是很忙，沒空幫我過生日也沒有關係，只是……我不喜歡她老是用錢打發我。」

「什麼意思？」

「我最討厭聽見她說，我匯了錢，你可以去買自己想要的生日禮物。」博奕琛諷刺的說：「與其如此，不如忘記我的生日就好。反正，她平常給的錢也夠多了。」

看著他難掩落寞的神情，我其實可以體會，甚至感到心有戚戚焉。

我的爸媽也十分忙碌，甚至有幾年生日答應要帶我出去玩，最後卻變成空頭支票。被反悔的承諾令人厭惡，如果做不到，不如一開始就從未有過。那段時間，我也經常和父母發生爭執。

但我的情況和博奕琛不同的是，我的家人不會拿錢搪塞我，即使是用補給生日禮物的方式，至少也是他們親手挑選的心意，遲來的生日祝福和溫暖相擁，雖然晚了，但至少我可以感受到他們的愛。

其實，哪怕沒有禮物，真誠的向自己的孩子說一句生日快樂，給一個擁抱或是一份祝福，並不是件太困難的事情吧？

但博奕琛的母親，卻沒有做到。

他遭遇比我更深沉的寂寞，源自於他的家庭。

有些缺憾，不是只要在外受到歡迎、受人喜愛，就可以得到滿足或彌補的。

而每當難過的時候，若有人向自己伸出了手、給予溫暖，便會更加深刻，就像薛育成之於我一樣，難忘的感情，有時候不單單只是對某個人的喜歡，還有那些相伴的回憶，因為難以割捨，才會讓傷心更加作祟。

同樣的，現在面對博奕琛，我所能做的，也只有陪伴，和少許心靈上的安慰而已……

「我還是相信你媽媽是愛你的，只是太忙了。」這不是安慰，而是我真的相信，有些父母只是不知道該如何去表達自己對子女們的愛。

博奕琛不接受我的說法，冷笑出聲：「那都是藉口罷了。」

「儘管如此……」我直勾勾的瞅向他，「你還是長成了一個很優秀的人，不是嗎？」

他怔了怔，先是對我笑，眼底卻像被烏雲壟罩，「其實，我並沒有妳想像的好，我對我的媽媽，是有恨的。」

我從來不曾見過博奕琛這副表情，不帶任何情感，即使在笑著，卻感覺心在痛著。

他甚至不自覺攏緊了好看的眉頭，如此真實的情緒，已經展露在我的面前了。

我什麼都沒來得及想，只要能驅趕他的悲傷，我做得到的……

張開雙臂，我主動擁抱了博奕琛，很緊、很緊。

「你很好。」我有點僵硬，因為看不見他的反應，怕自己這樣的行為很唐突，怕下一秒他會推開我。

可是他沒有。

溫暖人心的肢體語言，像是最好的解藥，世界彷彿安靜了幾秒，直到他伸手將我摟得更緊。

我才有了勇氣，把想說的話說完：「在我眼裡你很好，不是那種世俗的標準，而是你的心，我看見了。」

一個不好的人，是沒有辦法說出那些溫暖人心、激勵人的話的，一個不好的人，是無法影響他人變得更好的，但是現在的我，已經比以前更好了，因為他。

雖然我還不明白，這是一份怎麼樣的感情，但有件事情我很確定——

我希望博奕琛也能因為我，快樂起來。

「我想要行使假女朋友的權利。」

「假的能有什麼權利？」博奕琛哼兩聲，雙手環胸睨著我。

「至少，有資格幫你慶祝生日吧？」

那對清徹的眸光閃動，脣角一勾，「我有錢。」

「就平民般的度過吧！」選擇性忽略他的話，我問：「可以嗎？少爺。」

博奕琛不發一語的往公園出入口邁步，發現我沒跟上，側身轉過頭來朝我招手，「快點，我等不及了。」

那回頭的微笑啊……

我小跑步追上，握住他的手，「包在我身上！我絕對不會讓你失望的。」

還好平時我存了不少零用錢，看部電影，再到碼頭散步、吃點小吃，應該還負擔得起吧？

站在電影院的售票處前，我拿不定主意的問：「你喜歡看什麼電影？」

「看妳喜歡的吧，我對電影不挑。」

「那怎麼行！我是要幫你慶生耶！當然要選你想看的片子。」其實我也不常看電影，最討厭做決定了。

「那這部好了。」博奕琛隨便指了一部整張海報只有一張黃金獵犬，可愛狗臉的電影。

「OK！」我上前對售票人員道：「兩張學生票，謝謝！」並秀出了學生證。

博奕琛看電影不喜歡吃東西，但我喜歡爆米花，所以還是選了學生套票內含小杯飲料和小爆米花的組合。

換餐的時候，我禮貌性的問了一下他對爆米花口味的喜好，「甜的、鹹的？」

「鹹的。」

「你不是不吃嗎？」

他挑起一道眉，「那妳還問？」

我也喜歡吃鹹的。

零卡可樂配鹹爆米花的組合最棒了！

本來以為，和博奕琛看電影會無法專心，畢竟，我從來沒有和薛育成以外的男生單獨看過電影，但事實上我真的想太多了。

博奕琛看似無心選出來的電影，看得我一把眼淚、一把鼻涕，果然狗狗是人類最忠心的好夥伴啊！嗚嗚嗚嗚嗚。

發現我哭得很醜，博奕琛笑得胸膛震動，還伸手過來幫忙擦眼淚，再把我攬在他胸前。

「這有什麼好哭的？」他低下頭，氣音在我耳邊問。

「你不覺得那隻狗很可憐嗎？每一世投胎都是狗耶！」我從隨身包裡拿出面紙擤鼻涕。

「喔，所以妳不是在哭狗狗很忠心喔？」

「也有哭那個……你不要笑我啦！」

「我果然挑對片子了。」

我在昏暗的燈光下睜大眼睛瞪他，「你不是隨便挑的？」

「嗯，其實……我看過預告片。」

「你是故意挑這種片子要看我哭的？」

「我不知道妳哭點這麼低啊！」

「騙人！」他絕對是故意的。

俊顏笑得燦爛，默默捱下我揍過去的一記不痛不癢的拳頭。

電影結束後，我們經過附近的夾娃娃機店，博奕琛突然放慢了步伐。

「怎麼了？」

他輕勾嘴角，搖了下頭，「沒什麼，只是想起我爸爸。」

「嗯？」

「小時候，我爸偶爾會帶我去夾娃娃，每次都很驕傲的跟我說：『兒子啊，你知道我最拿手的是什麼嗎？』」

我揚笑，替他接話，「夾娃娃嗎？」

「對。」博奕琛點頭，走進店裡，停在其中一座放了很多絨毛兔子娃娃的機器前面。

「那他一定夾過很多隻娃娃給你吧？」

「有。」博奕琛從口袋裡掏出零錢，邊投幣邊道：「但都被我媽拿去扔了，在他死後。」

我抿著脣，一時不知道該說些什麼，只能在站在旁邊看他操作機器。

博奕琛屏氣凝神，專注喬動機器爪子的位置，「雖然不是卡娜赫拉，但希望妳也會喜歡。」

「你怎麼知道我喜歡卡娜赫拉？」雖然我還是很喜歡，但隨著年齡漸長，我已經不好意思再什麼東西都用跟卡娜赫拉相關的產品了。

他目測了好幾遍，按下捕捉鍵的同時說：「小學每次見到妳的時候，妳身上都有卡娜赫拉的東西，鉛筆盒、便當袋、手帕、T恤、襪子……」

「我們小學時到底是怎麼認識的？在哪裡認識的？」我趁機追問：「我一點印象也沒有啊！」

博奕琛沒有回答我，只是叫了一聲：「啊！沒抓到。」他懊惱的瞅我一眼，「剛剛還信誓旦旦說希望妳會喜歡，結果居然沒抓到……不行、不行，我再試一次！」

「沒關係啦！」我拉了一下他的手臂。

「不行！我身上有我爸的基因，應該也要很會夾娃娃才對。」

這天才說出的是什麼歪理啊！還夾娃娃的基因咧！

「真的沒關係……」但他對我的話充耳不聞，又投了幾十塊錢進去。

「再一次一定抓得到的。」

這個再一次，大概重複了五次。

「你就承認自己沒有夾娃娃的天份吧。」我抬手支額，無奈地看著對那隻灰色絨毛兔娃娃仍然很堅持的傢伙。

「算了！我直接買一隻吧！」

博奕琛掏出皮夾，正準備要去找店員，被我趕緊拉住制止，「不要啦！」

「那我再夾一次。」他很固執，掏出百元鈔要去換錢。

「你就是不死心對吧？」

他不服氣的說：「這個真的很難，不然妳來抓抓看，我覺得這台機器的爪子一定有被調鬆過，很賊。」

哪台娃娃機的夾子沒有被調鬆？老闆又不是想虧錢。

「不如我試一次，無論有沒有抓到，你都不可以再夾了。」我認真的跟他談交換條件。

「OK！」

嘆口氣，我從錢包裡拿出零錢投進機器裡。

「爪子要再過去一點。」博奕琛靠在玻璃窗邊指使，「妳要認真喬角度呀！測量好距離，妳看妳看，這樣就偏了——」

「剛剛抓那麼多次都沒有抓到的人惦惦！」搞得我都跟著緊張了。

博奕琛睜大眸，裝可憐的瞅我一眼，乖乖閉上嘴巴。

抓了個大概位置，我按下捕捉鍵。

本來不抱任何期待，沒想到居然被我抓到了！

拿出掉落的兔娃娃，博奕琛滿意點頭。

我朝他伸手，「拿來。」

「為什麼？」

「你不是說要給我？」

「如果是我夾到的話就給妳，但這是妳夾到的。」

「我夾到的所以是我的啊……」瞪著他耍賴的臉，我還真是長見識了，學校那些為他著迷的女生們真該看看他現在這副模樣。

「妳夾到的話應該要給我啊，今天是我的生日，這個當作生日禮物。」

我看了眼那隻在他手中看起來像人質的兔娃娃，搖了搖頭，「好，我放棄。」

「放棄什麼？」

「那隻娃娃。」拋出這句話，我逕自往外走，丟下跟在我身後一臉得逞的博奕琛。

晚餐簡單吃過後，博奕琛就送我回家了。

家門口前，我望著他平靜的神色心想，今天的任務，應該算是達成了吧？

「妳這樣看著我，我會害羞。」

「最好是。」收回視線，我問：「心情好多了嗎？」

溫柔的眸光落在我的臉龐，他說：「當然，因為妳。」

「那就好。」任務達成，我頷首，「快回去吧，我進去嘍！」

「子燕。」他拉住我，卻沒有馬上說話。

「嗯？」

「妳知道，我喜歡妳什麼嗎？」

他說的是朋友的喜歡吧？

我不敢妄自多想，「什麼？」

「溫柔的力量。」

彎下身，博奕琛與我平視，臉靠得好近，我甚至可以感覺到從他鼻息間呼出的氣息。

這麼近的距離，讓從未親吻過的我，心跳震耳欲聾，腦袋嗡嗡作響，連呼吸都不敢太過用力，深怕打破氣氛。

他又靠得更近一些，鼻尖相觸。

我僵著身子，藏在背後的手因為緊張悄悄握起拳頭。

即便理智告訴我，博奕琛沒有任何理由會親我，但他這樣逾越的距離，實在太引人遐想了。

半晌後，他氣音低語：「子燕，我想聽妳對我說……」

「說、說說說什麼？」我現在已經腦筋打結，連大氣都不敢喘一下了，到底還能說什麼啦！

博奕琛似乎發現他再不跟我保持距離，我恐怕就要斷氣了，大笑幾聲後退開，「我的生日還沒過耶！」

我有股被整的感覺，不甘心、又有點失望，這種莫名其妙、五味雜陳的情緒，讓我理智斷線，不管三七二十一的豁出去了。

「博奕琛！」我喊，在他斂住笑容與我對視的瞬間，踮起腳尖迅速親吻了他的臉頰，並在他耳邊道：「生日快樂。」

那副愣怔的表情，完全滿足了我。

趁還沒後悔做出這件事之前，我丟下他，開門，回家。

那個長相帥氣的男生，在路燈下站著，拎著一隻兔子娃娃，看起來十分突兀，可是卻令我整顆心……

怦然悸動。

暑假快結束的時候，我接到了一通電話。

得知消息，前往與薛育成約定地點的途中，我的心亂成一團。

怎麼會這樣？

我怎麼都想不透，幾天前，分明還看見施妤穎在臉書上打卡貼文放閃，就算照片裡薛育成的笑容已經不如以往他們合照時的燦爛，但我始終相信，他們只是正在經歷過渡期罷了。

他喜歡的是施妤穎，那份感情是肯定的。

只是我沒想到，他們會——

「**我們分手了。**」

看見薛育成獨自坐在速食店靠窗座位的那一刻，我收到施妤穎回傳的訊息。

我往前走，直到站在他面前，「為什麼分手？」

薛育成望向窗外的視線挪移，那對雙眼布滿血絲和疲憊，他的表情在告訴我，即使提分手的是他，可難過，並沒有因為這樣少半分。

拉開空椅坐下，我又問了一次：「你們為什麼分手？」

他開口：「因為我已經不知道該怎麼繼續下去了。」

「你喜歡妤穎不是嗎？那時候你不是跟我說雖然妤穎有缺點，但你還是喜歡她的不是嗎？」我壓抑著內心的波濤洶湧，強迫自己冷靜的問。

「對，可即便如此——」薛育成瞅住我，眼底充滿掙扎，「現在我已經不確定了。」

「你說這是什麼不負責任的話？」

「我的心裡很亂，我根本不知道自己到底想要的是什麼，這段時間每當我看著好穎，我就覺得……」話說到一半打住，他看著我的表情變得若有所思。

「覺得什麼？」

「覺得愧疚。」

「為什麼？」我顫抖著脣，「是……因為我嗎？」

「我不能說這跟妳全然無關。」薛育成坦承，「對妳的在乎，讓我和好穎在一起時感到愧疚。」

「我們只是朋友，那天不是都說得很清楚了嗎？」

「可是我沒有辦法裝得若無其事！」

「什麼叫你沒辦法？」我擰眉，覺得胸口悶得難受，「那我怎麼辦？當我面對好穎的時候要怎麼辦？這些年我面對好穎的心情，你都沒有想過嗎？」

薛育成頹喪的說：「就是因為想過，覺得太對不起了……」

「藉口！薛育成，你在為你的自私找藉口！」這是我第一次對他發怒，「這麼多年了，這麼多年你都沒有發現我的感情，還執意把我介紹給好穎，讓我們變成好朋友，現在你怎麼可以拿我當作你分手的理由！」

聞言，他低吼：「但妳也不能為了自己舒心，就強迫我一定要跟好穎好好的在一起吧？」

我咬住下脣，睜大眼睛。

「就算我們談過了，可那些事情已經在我心裡了，我帶給妳的委屈，為了我和好穎妳的犧牲，這些叫我怎麼能就當算了？」薛育成看向我，「或許妳說的對，哪怕對妳不是男女之間的喜歡，但妳是我的好朋友啊，我在乎妳，怎麼能完全不當一回事？」

「那妤穎怎麼辦？你們彼此喜歡，傷害她你不難過嗎？」

「我看起來像不難過嗎？」

別過眼，我搖頭。

我不知道他究竟有多難過，但事情走到這個地步，最難過的其實是我……

因為他們始終還是因為我，走散了。

「我們只是暫時分開，給彼此一點時間。」

「需要時間的只有你，妤穎根本從頭到尾都不知道這些。」

「就算我們不分手，我們三個人真的可以繼續若無其事的相處嗎？」

「我已經不痛苦了，也可以坦然的面對你們了，這樣還有什麼問題？」

薛育成苦笑，「因為妳已經不喜歡我了，所以妳可以做到。」

「別說得好像對我而言是一件輕而易舉的事，你知道並不容易的。」我沉色。

「我只是不認為自己在心情這麼混亂的狀況下，繼續若無其事和妤穎交往，對她是公平的。」

我僵硬著表情問：「那分手後，你想怎麼整理心情？」

「我也不知道……我只知道，現在心情很亂的時候，我真的無法忍受妤穎的任性和無理取鬧。」

「你們又吵架了？」

「她也感覺得出來，我最近的心不在焉。」

所以，在薛育成心情很混亂煩躁的時候，施妤穎又耍了大小姐脾氣，才會導致分手的嗎？

我深呼吸，吐出口長氣，「你說你在乎我，卻一直在傷害我。看著難過的妤穎，你到底希望我怎麼辦？」

「至少，妳不需要再繼續和博奕琛假扮男女朋友了。」

「這是你該關心的嗎？」

「妳是因為我和妤穎，才和博奕琛假交往的，現在已經沒有必要了。」

「這是我和博奕琛之間的事情……」

「妳喜歡他，但是他呢？他是不是真的喜歡妳？我不知道，我只知道，我不希望妳再傷心了。」薛育成望著我，態度無比認真，「子燕，不要再拖下去了，再變得更喜歡他之前。」

無法迎視那道目光的我，還是逃避了。

明明知道薛育成說的是事實。

就只是，想再擁有多一點時間，直到博奕琛說結束之前……

「我現在沒空去擔心這個問題。」一陣靜默後，我開口：「對我而言現在最重要的，只有妤穎的心情而已。」

思來想去，我能為施妤穎做的，只剩陪伴了。

但是，看著難過的她，我真的做得到嗎？

第七章 瓦解

從二仁到三仁。升上高三一開學，全班就進入了備戰狀態。學校像是不給人喘息的空間，三天兩頭大小考試不斷。

薛育成和施妤穎分手的消息，雖然轟動了幾天，但隨後就被繁重的課業壓力給撲滅了，許多八卦內幕，也跟著煙消雲散。

施妤穎的情緒始終滿平靜的，對於他們談分手的過程不願意多說，偶爾也會露出笑容，只是沒有以前那樣快樂。

我們的友情看似不受影響，但在我面前她是壓抑的，我感覺得出來。

不過，無論我如何關心，她都沒有透露太多，時間一久，逐漸變成了隔閡。

前幾天，我在電話裡向齊敏吐露這份擔憂時，她說：「無論他們發生什麼，都不是妳的錯。」

「真的不是因為我嗎？」這個念頭，始終在我的腦海裡揮之不去。

「如果要責怪的話，應該是我的錯才對，畢竟是我把情書放進要給薛育成的參考書裡的。」

怪齊敏為我好才會做那樣的事情嗎？

還是怪我自己過去對薛育成的心意？

但追究再多的責任，事情都已經發生了，現下我們似乎只能被動等待，等傷害漸漸淡去。

楊悅在暑假時和張一傑告白被拒絕了，失戀的心情倒是調整得很快。她說等上大學，她一定要轟轟烈烈的跟某個誰談戀愛，現在還是認真念書比較實際。

這樣果斷的想法，讓我好佩服，此時確實該心無旁騖的努力衝刺，為考好大學做準備。所幸，這學期剛開始的幾次考試，我因為有博奕琛這個私人家教，成績突飛猛進，班上同學都在猜我會不會調到前段班，搞不好有機會在畢業前和男朋友同班。

我和博奕琛的交往，雖然仍有不少女生嫉妒無法接受，偶爾酸言酸語幾句，但在大部分同學們眼裡的我，愛情、學業兩得意，還是挺令人羨慕的。

直到，她的出現。

捲翹的長睫毛、水汪汪大眼睛，如花瓣般粉嫩柔美的櫻桃小嘴，白皙透亮的細緻肌膚，及腰的波浪長捲髮烏黑亮麗，她就像一尊陶瓷娃娃般佇立在校門口，坦然接受眾人驚豔的目光，傍晚的暖陽灑落在那張精緻的臉蛋上，熠熠動人，甜美的外貌，帶著一抹恬靜的氣質，看得出出生在好人家。

當周圍群眾都在猜測她等待的人時，走在我身旁的博奕琛停下了腳步。

「蔓蔓？」

尚未會意過來，那美得像一幅畫的女孩已經朝我們的方向奔跑而來。

她熱情的擁抱博奕琛，嘴裡高喊：「天啊！我好想你喔！」

博奕琛沒有推開她，笑問：「妳怎麼回來了？」

「因為很想你。」勾著他的脖子，她旁若無人的說。

看著他們熱絡的互動，我突然覺得自己的存在很多餘，正想移動腳步先行離開，卻被博奕琛一把抓住，「妳要去哪裡？」

想離開這裡。

同學們看戲的眼光，快讓我窒息了。

名喚蔓蔓的女孩終於發現我的存在，鬆開摟住博奕琛的手，眸光一轉：「妳就是柯子燕，對吧？」

「妳怎麼知道……」我驚訝的來回看著她和博奕琛。

「奕琛給我看過妳的照片啊！」

博奕琛牽住我，介紹：「子燕，她是我的朋友余蔓蔓。」

「咦！我們應該算是青梅竹馬吧？」余蔓蔓雙手背在身後，彎腰笑道。

青梅竹馬。

我對這個名詞有點敏感。

而且她看著博奕琛的眼神，分明……

「哪算？妳多半時間都在美國。」

她嘛起嘴，歪頭道：「可是我從你包尿布的時候就看過你了。」

「咳咳！」博奕琛用眼神示意她別再說下去了。

余蔓蔓嬌笑了幾聲，轉過頭來朝我伸手，「子燕妳好，叫我蔓蔓就可以了。」

「妳好。」我禮貌的握了下她白皙柔軟的手，隨即放開。

「既然你們已經下課，那我們去喝杯咖啡吧，我請客。」余蔓蔓朝我眨眨眼。

「還是你們去就好？」我看著他們站在一起的畫面，心底泛起的不適感越來越重。

「那怎麼行，一起去啦！」余蔓蔓不容拒絕的勾住我的手臂，拖著我逕自前行。

我頻頻回頭向博奕琛求救，卻見他兩手一攤，「蔓蔓很固執的。」

余蔓蔓開車載我們到一間日式風格的咖啡小店，放眼望去店內已經滿座，唯一剩下的空位，是為我們保留的。

一入座，她便鬆口氣：「呼，還好我有訂位，不然就尷尬了，對吧？」

「妳什麼時候回來的？」

「昨天啊。我跟你說……」

地坐在一旁，默默看著他們聊天，再次意識到存在感薄弱，是件多麼難受的事。

透過他們的對話，我才知道余蔓蔓比我們大一歲，多半時間都住在美國，考上世界知名的大學後，毅然決定要延後一年入學，給自己一段空窗時間休息，探索自我興趣與人生目標，她的家境富裕，是名符其實的千金小姐，爸媽寵溺，對於她的決定向來都給予支持。

余蔓蔓和博奕琛從很小的時候就認識了，雖然不常見面，卻始終關心彼此、互相聯絡，只不過，是什麼讓她突然決定回台灣這一趟……難道是因為知道了我的存在嗎？

觀察她看博奕琛的的眼神，她應該是喜歡他的……

「子燕？」余蔓蔓伸手在我面前晃了晃，「子燕，妳還好吧？」

抽離思緒，我淺勾唇角，「嗯。」

「妳看起來像有心事呢！」

「有嗎？」用吸管攪了攪所剩無幾的飲料，我搖頭，「可能是有點累吧，今天考試。」在他們的談話間，除了點頭、勉強微笑，插不上什麼話的我，只能默默喝東西。我本來就不是積極社交的類型。

博奕琛握住我的手說：「那等等就送妳回去休息。」

下意識的抽手，我不自在的開口：「其實，我可以自己回去。」

究竟因為什麼而感到坐立難安？

這種被掐著胸口的感覺又是什麼？吃醋？還是嫉妒？

嫉妒她待在博奕琛身邊的模樣，看起來是那麼的理所當然、那樣相配，而我似乎變得更加渺小……

這種感覺好難受。

深深的瞅我一眼，看出我眼底的不適，博奕琛驀然起身，略帶強勢的把我從座位上拉起來，緊緊牽住我的手，朝余蔓蔓開口：「我先送子燕回家。」

余蔓蔓跟著從座位上站起來，不知道是不是也發現了我的異樣，並未多問，只道：「我開車送你們吧？」

博奕琛拒絕了她的好意，「妳還會在台灣待一陣子吧？我們改天再約。」話落，他帶著我離開。

回家路上，我沒有說話，博奕琛也沒有，直到彎進我家的巷弄口，他停下腳步拉住我。

「子燕……蔓蔓讓妳感到不舒服了嗎？」

我低著頭，過了一會兒才開口：「你怎麼會這麼想？」

「因為妳看起來很不自在。」

「她是你的朋友，我有什麼好不自在的……」經過這麼多年的訓練，我很擅長用說謊來隱藏真正的情緒。

博奕琛握住我的雙肩，「妳看著我。」

我抬頭，不自覺的蹙眉。

「蔓蔓和我只是朋友。」

「你不用向我解釋……」我知道自己在鬧脾氣，沒由來的感到生氣。我又不是真的女朋友，幹麼向我解釋，他越這樣，某天要結束這層關係的時候，我會越不習慣的。

而且，就是因為他老是這樣，才會讓我變得如此介意……擔心自己不配待在他的身邊。

「子燕。」博奕琛靠近我，「我希望妳要相信我，也要相信妳自己，好嗎？」

「相信什麼？」我望著他，勉強自己心平氣和道：「我都不知道，我們這樣到底算什麼……」

博奕琛沉下臉色。

掙脫他的捉握，我扯起不自然的笑容，「啊，剛剛離開咖啡店時，忘記給蔓蔓錢了。」

「她說她要請客。」

「你把她丟在那裡也不好，快跟她聯絡吧。」我往回家的方向邁步，卻又被博奕琛拉住。

「子燕。」

我沒有回頭，撥開他的手，「不要擔心我，我沒事的。」這句平靜的話語，聽起來善解人意，但我清楚，其實是自己彆扭的控訴。

「**不要再拖下去了，再變得更喜歡他之前。**」

薛育成的話，突然竄進我的腦海，將我紊亂的思緒弄得更亂。

可是怎麼辦……

心裡彷彿住著兩匹野獸在不斷撕咬拉扯著，我僵直的身體緊繃著肺瓣，呼吸變得困難，這份名為難過的老伴，我太熟悉，好似從前看著薛育成和施妤穎一樣，我又重蹈覆轍的喜歡上一個我留不住的人。

♥

博奕琛和余蔓蔓的關係很快就成為高中部同學茶餘飯後的八卦話題。

很多人都說我要被甩了，還有人懷疑我只是博奕琛無聊打發時間玩玩的對象，這些謠言惹得博奕琛非常不開心，徐瑞德還特地跑來三仁告訴我，那是他第一次看見博奕琛在眾人面前發怒。

雖然他只是冷臉問了一句：「說夠了沒有?」但那語氣夾雜了零下負十度的低溫，當場就沒人敢再閒言閒語了。

憤怒有許多不同的呈現方式，而像博奕琛這種的，最可怕。

「你幹麼生氣?」

午休時間，我們並肩坐在高中部的中庭花園裡享用學生餐廳的便當，博奕琛的筷子拿在手上，卻一口飯都沒動。

「妳不生氣嗎?」他反問。

我淡定的說：「余蔓蔓連續三天下課都在校門口等你，會有這樣的謠言，也很正常啊。」

「我已經叫她不要這樣了，但她就是……」

我食之無味的咀嚼著高麗菜，「她肯定很想你，畢竟那麼長的時間都待在美國，無法見面。」

博奕琛盯著我平靜的面容，輕哼了一聲，「妳倒是一點都沒有女朋友吃醋的樣子。」

「要吃醋什麼?」吃醋了又能如何，「畢竟不是真的交往，我沒有正當的理由——」

他打斷我，「到現在，妳還認為我之所以會幫妳，是因為看妳單戀薛育成可憐嗎?」說話的語氣依舊，卻能讓人感受到他的不滿。

「不然，我能有什麼期待……」垂眸，我故作輕巧的開口：「本來就是為了隱藏一份真心才開始的關係，當初要不是為了隱瞞那封寫給薛育成情書，我們也不會假交往的。」

低嘆後，我勉為其難揚起微笑，回視博奕琛，卻發現他的目光落到我身後，接著，我聽見他開口喊出了一個令我全身血液瞬間凝結的名字。

「施妤穎……」

「原來你們在這裡啊。」施妤穎走至我身旁，臉上完全看不出情緒。

她聽到了多少?我該怎麼解釋?這些念頭都還來不及自我的腦海中得出解答，反射性的，我已經先開口了：「妤穎，事情不是像妳想的那樣……」

「不是我想的哪樣?」她瞅向我，眸光平靜。

再辯解，只會讓我們都變得更加難堪而已。

我垂下雙肩，「對不起。」

「對不起什麼?」她問：「因為妳喜歡薛育成嗎?」

「我……」她果然知道了。

「子燕啊，我呢……」抿緊的唇瓣看出她的猶豫，但最後，她仍然選擇把話說開：「我其實早就知道那封情書是寫給薛育成的。」

我難以置信的瞪大雙眼，「什麼?」

「薛育成第一次找妳問情書的時候，你們的對話，我就都聽到了。」

「妳……可是……」那時候我明明否認了呀！

一抹苦笑，爬上她素淨的臉龐，「雖然妳不承認，感覺也像說了一個無懈可擊的謊言去圓滿了所有的事情，但我不是笨蛋，我也有眼睛，也會看，也懂得觀察的。」

「那妳為什麼……」她早就知道了，她果然看出來了！為什麼什麼都不說還裝傻?甚至眼睜睜的看著我演這一齣戲。

「不然我該怎麼辦呢?我後來才知道，要隱瞞一件早就知道的事情，有多麼的痛苦，就像知道自己喜歡著某個人，卻要裝作不喜歡一樣。」

「那天在電話裡，妳不是說過，如果我喜歡薛育成，妳一定會生氣嗎?」她的反應和態度，讓我的心揪成一團，「妳應該罵我啊！罵我怎麼可以對薛育成有其他的心思，還若無其事的留在你們身邊，為什麼不罵我?」

「那妳呢?這麼久以來，為什麼妳要若無其事的留在我和育成身邊呢?」

筆直望過來的那對雙眼泛起淚霧，我像被點中了死穴，無從解釋，說不出話來。

「我是很生氣……」她垂首，「但比起在當下就戳破妳的謊言，然後不知道該怎麼面對，我選擇像隻縮頭烏龜躲起來了，順著妳演這場戲的時候，我也掙扎過、痛苦過，卻越來越沒有勇氣坦承一切。」

「好穎，我……」

「但在這段時間裡，我是真的體會到，要裝作若無其事，究竟是一件多麼困難的事情，回想起這些年，我知道妳為了我們，是真的盡力了……」

施妤穎的自白，令我完全不知道該如何是好。回想起這段時間她說的話，如今算是明白了，那些話包裹在嬉笑間，隱藏的是試探和恐懼不安。

她雖能繼續裝傻，卻選擇坦白了，是因為和薛育成分手了，還是因為也厭倦偽裝了。討厭明明傷心還要故作無所謂，討厭明明害怕，卻還要裝作大方，討厭明明喜歡的人就在眼前，還要表現得滿不在乎。

「子燕，我沒有妳以為的善良，也並沒有那麼在乎妳的幸福，我積極的想將妳跟博奕琛湊一對，不是因為妳，是為了我自己。」施妤穎娓娓道來：「鼓勵妳和博奕琛多認識接觸、在薛育成面前討論你們交往的事情，甚至雙人約會，都是我想讓薛育成看見你們在一起甜蜜的樣子，好讓他不要再為了妳的心意動搖，可是，我太高估他對我的感情，所以才會分手。這麼說起來的話，其實都是被我搞砸的吧……」

我屏住呼吸，眼眶逐漸溼熱。

「妳是我的好朋友……」施妤穎紅著雙眼，「妳在我心裡也是有份量的，所以我不知道該怎麼做……」

如果可以早點互相坦承，我們的心理負擔是不是都能變得輕鬆一點？

「我沒有妳想的那麼好，為了我的感情，我可以把妳推給妳不喜歡的人，一直以來我都沒有妳以為的單純，那些都是裝出來的，我只是想要妳在我的身邊，我知道只有我多依賴妳一點，多需要妳一點，妳就會因為擔心我、關心我，而繼續無條件對我好。」

儘管她把自己說成了一個壞人，可是許多事情都有一體兩面，又如何能分得清誰對誰錯呢？

我摀住臉，不知道該怎麼面對她，「對不起，最後，還是因為我變成這樣了。」

「其實，我不知道在和育成分手後，該怎麼面對這一切。我們……還能當朋友嗎？在發生這些事情以後，還能繼續坦誠以對嗎？」

「薛育成從頭到尾喜歡的都是妳，他現在只是有點混亂而已，我相信等過些時候，所有的事情都會回到原本該有的樣子。」

頓了許久，來回看了我和博奕琛幾眼，施妤穎緩緩啟脣，輕聲問：「包括妳和博奕琛嗎？」

我睜著淚眼看向不發一語站在後方的博奕琛，一顆心不斷向下墜。

「子燕。」施妤穎望著我，輕聲開口，「感情不該有附帶條件，現在，妳不用再為了我考慮了，好好面對自己吧。」

當所有事情都回到各自該有的位置時，我的身邊，還會有博奕琛嗎？

施妤穎離開後，我支手捂住臉，奪眶而出的溫熱沿著指縫滑落，太多的心酸、太多的委屈不捨，交織成複雜的淚水。

而無聲的哭泣，是我的倔強。

熟悉的氣息圍繞，博奕琛伸出手環抱了我的肩膀。

他聽著我哭很久，那份陪伴，是即使什麼話也沒說，都能感受到的溫柔。

他拍撫我的背脊，柔聲安撫：「沒事的。」

有些傷心，是明知道時間會帶走一切，可在這個當下，仍然感到心痛。

年輕的我們，也只有這麼幾件事——學業、朋友和喜歡的人，就是生活的全部了，可除了學業之外，我卻沒有能力好好守護其他自己在乎的東西，彷彿跌了一個很重、很痛的跤，沒有顧好珍貴的友情，無能的我，最終也會因為軟弱，而守護不了渴望的愛情。

「你早就知道了……」

「嗯。」

「那為什麼不說？」

「因為施妤穎。」抹去我眼角的淚光，他說：「那天我本來想出聲的，她卻拉住我搖頭。後來，看她對你們的態度，我就知道她也害怕，所以選擇裝傻。」

我低下頭，哭得更凶了，情緒無法平復。

「我認為，這是妳們必須自己面對的問題，外人不該插手，更不該任意做些什麼。」一手蓋住我的髮頂，博奕琛說：「就算那個當下，因為恐懼不敢面對，只能選擇逃避，但時間總會帶妳們找到方法的。而現在也一樣。」

這席話，在我心裡起了效應。

我需要博奕琛，有他在，我才不會過度鑽牛角尖……

「讓我一個人靜一靜。」但我還是把他推開了，怕產生依賴，怕到頭來他也不會在身邊。

博奕琛理解我，點點頭，離去前輕喚：「子燕。」他握住我的手，給了我一個緊密的擁抱，「有我在。」

就是因為你還在我身邊才心痛的，你又能陪伴我多久呢？

我輕推開他，「謝謝你，為我所做的一切。」

「不要這樣。」博奕琛輕扯嘴角，「說得好像要和我離別。」

斂下眸光，我沒有答話。

博奕琛知道，他應該給我獨處的時間，擔憂的望了我一眼後，便收拾好餐盒離開。

鐘聲敲打前不久，齊敏找到我，劈頭就問：「還好嗎？」

「妳都知道了？」

「博奕琛擔心妳，所以來找我了。他說不要太快找妳，因為妳需要靜一靜，只要鐘聲敲打之前，陪妳回教室就好。」她帶著既擔心又不悅的眼神睇著我蒼白的臉色，爾後無奈的長嘆，「傻瓜。」

原本乾涸的淚水，再度盈滿眼眶，「齊敏，我……」

「這不是誰的錯，妳不是知道嗎？」

「知道跟難過，似乎是兩回事。」

「妳可以難過，但不要太久。」齊敏理性的說：「事情並不會因為妳的難過就有所改變。薛育成和施妤穎，如果他們真的喜歡對方，遲早會重新在一起，但若不是，早點分手，專心學業，把時間留給未來對的人，不是更好嗎？」

「喜歡一個人，哪有辦法這麼理性的去想，妳不也經歷過嗎？都是會很傷心，甚至做出傻事的，只為了留住對方。」

齊敏黯下眸光，「但到頭來，也是什麼都沒有。」

驚覺自己不該提起她的例子，我垂首：「對不起，我不應該——」

她打斷我的道歉，「沒什麼，都過去了。」

「妤穎很喜歡薛育成。」雙手交握揉搓，我擰眉抬頭，「我只是……沒辦法無視她的傷心難過……」

「為自己多想想吧，總是擔心別人、為別人付出，但遇上自己的事情，就什麼也做不了，妳知不知道有時候妳的軟弱，會傷害真正喜歡妳、在乎妳的人？」

「我……有嗎？」

「有！」齊敏拉著我往教室的方向走，「像我就快被妳給氣死了。」

回到教室，幾位女同學看我的眼光略有異樣，但我無暇去猜想其中的原因，薛育成似乎見到我回來了才放心，鬆去緊繃的表情，整理好桌面準備午睡，而施妤穎已經趴在桌上埋首於兩臂之間。

楊悅湊過來悄聲問：「子燕，妤穎怎麼了？回來的時候眼眶紅紅的。」她又仔細審視我的臉，低呼，「哇，連妳也是，剛剛哭了嗎？」

「沒什麼。」我搖頭。

「妳們該不會吵架了吧？」

「沒有吵架。」瞥了正在休息的施妤穎一眼，我拜託楊悅，「這陣子，幫我好好照顧妤穎好嗎？」

「好朋友幹麼說這些？妳們真的很奇怪耶！」她叨念，「剛剛妤穎回來的時候，也叫我要多關心妳。到底為什麼妳們不直接關心對方就好？」

因為有些事情沒辦法現在就過去，無法笑著與對方相見的話，再多的關心都顯得虛假。

坦承後，我們都需要時間，慢慢修補關係，等待一個契機，讓我們可以重新沒有芥蒂的回到彼此身邊。

放學時，出現在學校側門口的訪客引起了不小的騷動。

折回來教室通報的男同學說，有一個長得很漂亮的女生來找我，他臉上還帶著被美女迷倒的陶醉神情。其他男同學勾肩搭背的討論起她的美貌，呼朋引伴說要去看。

齊敏和李元盛正想問我要不要一起去市立圖書館讀書，聽到消息，忍不住擔心。

並肩往教室外走，齊敏問：「余蔓蔓找妳幹麼？博奕琛又不在。」自從知道那天我們去喝咖啡的情況後，她就對余蔓蔓的印象不好。

我聳肩，「不知道，可能有事情想問我吧。」

「能有什麼事情？」她不以為然。

「明天數學考試，妳都有把握嗎？」跟在一旁的李元盛開口問了一個完全不相關的問題。

「你這個人真的是根木頭啊！」齊敏雙手環胸，嘖了幾聲，「我們在說什麼，你在說什麼？」

「有什麼好擔心的？難道余蔓蔓會吃了子燕嗎？」

白眼一翻，齊敏橫目：「我是怕她跟子燕說些有的沒的。」

「不是有博奕琛在嗎？需要妳操這份心？」

「問題就是他現在不在呀！」

我哭笑不得，「不要為了我吵架。」眼前這對簡直是歡喜冤家。

自從李元盛花了整個暑假陪齊敏度過低潮，他們之間多了一種奇妙的氛圍，雖然離曖昧還有段距離，但這樣一來一往的互動繼續下去，相信以後很有機會的，至少越走越近了。

如果他們能在一起就太好了。

「我們只是在討論。」齊敏咳了一聲。

「去市立圖書館的話，走正門搭公車，不用陪我了啦。」

李元盛二話不說，「好，那請妳加油。」

「你真的很冷血耶！都不會關心一下同學唷！」齊敏瞪眼。

李元盛表情誠懇，「不是不關心，是有些事情旁人不便插手。」

「班長說的沒錯。」我揚起一抹淺笑，「所以，別擔心。」

「最近發生的事情也太多了，我只是希望余蔓蔓不會再找妳說些有的沒的。」

「應該不會吧。」

齊敏撇撇脣，尊重我的意願，「好吧，那和余蔓蔓聊完，如果妳想來找我們一起念書，再打給我。」

「好。」下樓梯後便與他們分開。

接近側門口時，人群變多了，有些逗留在附近聊天，有的為了多覷幾眼余蔓蔓的美貌。

幾位女同學靠在圍牆邊上嬉鬧，見我走來紛紛投以視線，赤裸且不友善的目光令人感到不舒服。

而接下來她們尖酸的評論，扎扎實實落入我耳裡：「柯子燕根本配不上博奕琛，現在情敵出現了，大概再過不久，就要被甩了吧？」

「天差地遠啊，如果我是博奕琛，也不會放著門口的美女，跟普妹在一起。」

「當初雖然不看好他們交往，但再怎麼樣也撐過幾個月，算厲害了。」

置於兩側的雙手，緊擰住百褶裙，雖然早該習慣這樣的閒言閒語，可每次聽見時，仍然會覺得難受。

我並不在乎他們喜不喜歡我，只是那些話像是提醒……提醒我有多不足，不配擁有博奕琛那麼好的對象。

「別人的感情，關妳們這些八婆什麼事？」

停下腳步，我往後方的聲音來源望去，薛育成依舊是那副痞痞的模樣，唯一的差別，是臉上那極度不悅的神色。

「管好自己的嘴巴，這樣搞不好還能長得漂亮一些。」他走到我身側，狠瞪了那些說閒話的女同學一眼，「以妳們的等級，都和什麼樣的男生交往？」

拐個彎罵她們醜，薛育成酸人的技巧提升了啊。

女同學們自知再吵下去也得不到甜頭，便匆匆散了。

然而薛育成不爽的表情，並沒有因此鬆動，蹙眉睨我，口氣不佳的問：「妳為什麼走側門？」

「你沒有去打籃球？」

「妳見余蔓蔓幹麼？」

「她說有事情要找我。」

「她能有什麼事情，博奕琛又不在。」

「我……」確實，但我也不知道她找我有什麼事情，該怎麼回答？

「子燕！」余蔓蔓朝我熱情揮手，筆直走來。

我和薛育成對眼，他原就緊擰的眉心，折痕更深。

「我們走吧？我有開車。」余蔓蔓完全不顧薛育成在場，勾著我的手便要往她停車的地方走。

「要去哪裡？」我拖住她的步伐問。

她笑答：「去吃晚餐，我請客。」

「博奕琛今天不在——」

余蔓蔓擺手，「我知道，他今天去參加聯校辯論比賽了。」

「所以妳真的是要找我？」

「對。」她微笑點頭。

薛育成忍不住出聲：「妳這女的很奇怪，突然找子燕做什麼？妳們又不熟。」

「你是誰？」余蔓蔓回視。

我正想解釋：「他是我的——」

「我是她的青梅竹馬！」

卻完全插不上話。

余蔓蔓聰慧的雙眼一亮，「是嗎？青梅竹馬好啊，那你們的感情一定也很好。」

現在是敏感時期，拜託不要說這種話……我好想把頭埋到地底下。

「這位同學，我有很重要的話一定要跟子燕說，所以不好意思，今天就把子燕借給我吧。」

薛育成拉住我，「要借也不是徵求我的同意，博奕琛知道嗎？」

「知道了也不會說什麼，畢竟我跟子燕關係好的話，他會開心的。」伸手不打笑臉人，面對薛育成惡劣的說話態度，余蔓蔓從頭到尾都顯得和顏悅色，溫柔卻堅持。

圍觀的同學越來越多了，不希望他們在眾目睽睽之下繼續爭執，我掙脫薛育成的捉握，「我還是先跟她去吧。」

「柯子燕！」

不顧這聲呼喚，我轉身和余蔓蔓一同離開。

齊敏和薛育成感覺得出來，余蔓蔓要和我說的事情可能會令我傷心，所以才想阻止。

但我打從心底知道，如果我連真相都不敢聽，那麼我將永遠無法從這場包裝美麗的夢境中醒來。

余蔓蔓用心挑選了中等價位的餐廳，讓她的請客不會造成我太大的負擔。

即便如此，我還是點了最便宜的套餐，而她，點了最貴的。

安靜，竟成為此刻最自在的氛圍。我明明知道，余蔓蔓在等我開口，卻還是固執的選擇沉默。

時間流動許久，她終於主動問：「子燕，妳一定很喜歡奕琛吧？」

情侶間互相喜歡是正常的，但我和博奕琛……恐怕只是我單方面而已。

等不到我的回答，她狀似不經意的又說：「妳知道奕琛以前曾經開玩笑說長大後想跟我結婚嗎？」

我瞅向她，不確定她和我提這個的用意何在。

「那時候我們才五歲，他覺得我是世界上最漂亮的女生。」眼睛半斂，長長的睫毛在燈光下投影出如羽扇般的美麗倒影，「那段時間真的很快樂，直到我去了美國……」

「妳一定很想念他。」我淡淡開口。

「是啊，我很想他。甚至在那段他最痛苦的時光，我也只能用電話關心而已，這讓我覺得很難過。」

「博奕琛最痛苦的時光？」

「他爸爸過世的那年。」

「他們的感情很好吧。」之前聽博奕琛提及他爸爸時，就能感覺得出來。

「非常好，世界上最好的爸爸，奕琛總是這麼說。」

對於博奕琛的事情，余蔓蔓知道的果然比我多……

青梅竹馬之間，總會擁有一段很長的相處回憶，以及對彼此深刻的熟悉，而這份關係本身的存在，就會成為與他人交往時的無形屏障。

現在的我，完全能夠體會施妤穎在面對我和薛育成時的不安，因為換位後，余蔓蔓對我而言，是一樣的存在。

「我知道，今天在校門口說是妳青梅竹馬的那位男同學，妳曾經喜歡過他。」

「妳怎麼知道？」

「奕琛說妳的心裡，被一個親近的人霸占了很久，如果我猜得沒錯，應該就是那位男同學吧？」

女生的第六感還真是可怕。

見我低下頭久久不語，她問：「現在的妳，打算要把心裡的位置，騰出來給奕琛了嗎？」

輕抿脣瓣，我斂下眸，沒有回答。

「子燕，如果是妳的話，一定可以體會我的感受吧？」余蔓蔓突然握住我置於桌面的手。

「……」

驀地抬頭，發現她正含淚望著我，哽咽道：「我等了奕琛好久，真的好久，好不容易，他高中畢業後都要去美國了，本來以為我們終於可以在一起，可是沒想到——」

她說那麼多，我只聽到一個重點，「博奕琛高中畢業後要去美國嗎？」

「博媽媽望子成龍，本來高中就要送他出國，但奕琛不願意，幾番爭執後彼此妥協，先在台灣讀完高中，再去美國念大學。」

博奕琛要去美國了……

看著我倏地刷白的臉色，余蔓蔓問：「奕琛沒有告訴妳嗎？」

「沒有。」

「為什麼？你們不是在交往嗎？」

我凝視著前方，窒息感緊鎖著所有知覺，我抽出被她握著的手，乾澀的喉嚨擠出沙啞嗓音，「他沒有告訴妳，我們只是假交往嗎？」

漂亮的大眼閃過一抹詫異，「你們不是真的交往？那為什麼要……」

「就像妳說的，我曾經喜歡那位男同學，卻因為發生一些事情而被我搞砸了，博奕琛善良，挺身而出替我圓謊。」

「可是奕琛……」

「他沒有喜歡我，妳放心。」

「但妳喜歡奕琛，我看得出來，妳已經喜歡上他了。」

「我喜歡他有什麼用呢？」比哭還難看的笑容，在我臉上不自覺扭曲，「感情從來就不是單向成立的。」

我猜不出此刻浮現在余蔓蔓臉上那若有所思的表情代表什麼，也無暇顧及。因為，我正用盡了全力，逼自己不可以掉眼淚。

♥

博奕琛打了十幾通電話給我，我沒有回電，只傳了一封訊息給他：「**我們見個面吧**。」

這座公園，上次和博奕琛來的時候，我初次知道了他的生日，聽見他的心事，看到他難掩落寞的表情，那些第一次，如今恐怕要變成最後一次了。

坐在長椅，獨自等待的時間格外漫長，周圍的吵雜聲，彷彿都與我無關。

夕陽斜掛天際，我抬手遮掩了微弱卻仍然刺目的光芒，眼睛感到有點疼，有些溼潤。

博奕琛拉下了我遮住陽光的手，緊緊握著，俊容隱約透漏擔憂，還有些許不安，我沒看過他這樣，好像害怕會失去什麼。

垂首看了一下手機上顯示的時間，離我傳訊息給他，才過半個小時，這麼快就來了。

他好看的唇瓣半開，微微喘著氣。

我沒想到這一刻的自己，還能開玩笑：「你不會是一路從家裡跑來的吧？有點距離唷。」

「我搭計程車，司機搞不清楚確切位置，停在那邊的巷口就讓我下車了。」

「所以你是從那邊巷口跑來的。」我淺淺揚笑，朝他手指的方向望去，明明連巷道都瞧不著。

博奕琛一瞬也不瞬的望著我，待氣息平順後才開口：「子燕，蔓蔓找過妳了。」

「你怎麼知道？」

「她說的。」

「嗯……」我沉吟，勾了勾嘴角，「又讓她破費請我吃飯了。」

「妳還好嗎？」

會這麼問，是因為已經知道余蔓蔓跟我說了什麼嗎？

搖搖頭，笑了笑，我故作輕鬆：「我沒什麼事啊。」

「無論蔓蔓說了什麼，妳都──」

「博奕琛。」

他看著我，停止解釋。

世界變得好安靜，這瞬間，我的眼裡只有博奕琛。

我有和你說過，你真的長得很帥嗎？

就像從漫畫裡翩然而出的白馬王子一樣，讓我單單的看著你，都炫目得睜不開眼睛……

「我們結束吧。」

謝謝你，在我不知所措的時候，挺身而出站在我面前；謝謝你，當我難過的時候，始終溫柔陪伴；謝謝你，給我一場……這麼美麗的夢。

只是現在，我該醒了。

我們沉默凝望著彼此，一股淡淡的悲傷在空氣中流動，鑽進心窩，就這麼住了下來，蔓延在血液裡，逐漸擴散。

博奕琛看得見嗎？

我眼裡打轉的淚光。

希望他能明白我的難過，希望他不會怪我，要讓他回到原本位置的決定。

久到我以為誰都無須再開口的時候，博奕琛握住我手的力道，越來越緊，他挪近了一步距離，低聲問：「為什麼？」

「因為已經沒有繼續的理由，所以我想，我們都該回到原本屬於自己的位置。」

「妳沒有回答我。」

「我剛剛不是說了嗎？」好希望他別再追問，在我還能笑著和他道別的時候。

「不要拿冠冕堂皇的答案搪塞我。」博奕琛又靠近了一步。

他身上的氣息，依舊那麼好聞，混著淡淡洗衣精的芬芳，每次擁抱的時候，都多加了一分在心上的眷戀，如今才發現，已經這麼捨不得了。

我振作精神，維持平靜的口吻，「本來就只是假的交往，你又何必——」

「我知道蔓蔓跟妳說了什麼，但那些對我沒有任何意義。」

「怎麼會沒有意義？那是她對你長久以來的心意……」

「所以我就該接受我不喜歡的人嗎？」

「聽她說那些話的時候，我就在想，如果當初沒有好穎的話，我和薛育成或許……」

「妳心疼她，是因為看到她彷彿看到自己已逝的單戀，但妳有考慮過我的感受嗎？」

有別於以往，低沉的說話語調和徹底失去冷靜的神情，博奕琛是真的生氣了，而我，深陷在他的情緒裡，胸口被堵得難以呼吸。

博奕琛黝黑的眼瞳凝視我許久，垂下緊繃的雙肩，他低聲對我說：「柯子燕，妳是真的不知道嗎？」

「知道什麼？」

「我喜歡妳。」

淚水盈滿眼眶，模糊了他的臉龐，「我這麼平凡，這麼沒有存在感的一個人，你喜歡我什麼？」被喜歡，應該是件讓人感到很幸福的事情，可是為什麼，我還會感到悲傷呢？

「所有的一切。」他無比認真的表白：「只要妳在我身邊，我就開心，只要看到妳笑，我就會笑。柯子燕，我就只喜歡這麼一個妳。」

從沒有想過，被自己喜歡的人喜歡，卻沒有辦法接受的心情，會這麼難受。

我咬著下脣，卻阻止不了眼淚滑落，揮開他想為我拭淚的手，我懦弱的顫抖著肩膀哭泣。

「我不會跟妳分手的。」博奕琛堅決道。

「無所謂分不分手，我們從一開始，就沒有真正的在一起過。」

我不配，我也留不住這個人。

如果最終都要失去，那我寧願不曾擁有過。

拋下博奕琛，我轉身，用盡全力奔跑，遠離他的視線，或許，能就此離開他的世界。

♥

從學校的網站上，看見博奕琛為校爭光，拿到聯校辯論比賽冠軍殊榮的橫幅公告。

淚水浸溼未乾的臉龐，勾了勾脣，我闔上筆電，輕聲呢喃：「果然很優秀呢。」

晚餐，我匆匆忙忙的解決了，在飯桌上聽爸媽閒聊，一句話沒說，像是知道我哭過，鼻子紅紅的、眼睛也是腫的，他們體貼的並未多問，飯後，連水果都是切好送進房間的。

我看得出媽媽的欲言又止，關心寫滿眼底，可是她了解我，事情發生的當下，我常常什麼也不願意與人分享。

高中生的年紀，有點叛逆、有些祕密，不見得想讓父母親知道。他們給予我保留的權力，這是爸媽對我體貼且隱晦的關懷方式。

齊敏打了很多通電話給我，傳訊想問余蔓蔓到底跟我聊了什麼。

可是我沒有回。

最後她快放棄了，捎來一封簡短卻溫暖的訊息：「**我等妳。**」

不爭氣的將頭埋進棉被裡放聲大哭，不確定自己為了什麼而傷心，因為有太多太多思緒糾結在心裡。

我想起齊敏說過的話——

「妳知道不知道妳的懦弱，會傷害真正喜歡妳、在乎妳的人？」

有時候，懦弱像把刀，因為無法承擔，所以疼痛。

「**今天最後一次打給妳，如果妳不想接，也沒關係。**」

收到齊敏這則訊息後，她的電話馬上就打來了。

我猶豫片刻接起，一句話都還沒出口，已經先崩潰大哭。

齊敏什麼都沒有問，也沒有出聲，只是安靜的在電話那一頭陪伴。

直到我哭到無力，轉為嗚咽，她才說：「柯子燕，妳這個傻瓜。」

「我和博奕琛分手了……」

「誰提的？妳嗎？」

「嗯。」我小小聲回應。

「那他說什麼？他說好嗎？」

「沒有……他不肯分手。」

「很好，否則我絕對會去扭斷他漂亮的脖子。」

吸吸鼻子，我愣了愣，差點忘記自己在哭，「太暴力了吧妳。」

「為什麼分手？笨蛋。」

「不要再罵我了啦！」她剛剛傳的訊息，字裡行間看起來那麼溫柔，怎麼電話接起來天差地遠。

「妳哭什麼？」齊敏用力深呼吸的聲音，透過話筒都聽得見，可能是在忍耐想繼續罵我的衝動，「說要分手的是妳，有什麼好難過的？該難過的應該是博奕琛吧？他條件這麼好，還被妳這株小蔥苗給甩了。」

「妳到底是不是我朋友啊？」我真後悔接電話。

齊敏惡狠狠威脅：「再這麼笨，就不跟妳做朋友了。」

「妳不是打來安慰我的嗎？」

「我不想安慰妳了，繼續哭吧！」

「好過分……」

沉靜幾秒，齊敏在電話那頭長嘆，「我真搞不懂妳。」

「什麼？」

「你們明明互相喜歡，到底有什麼問題？」

「余蔓蔓也很喜歡他，他們在一起比較適合。」

那頭傳來一陣低吼後，她說：「我認真想把妳的腦袋剖開來看看，到底裝了什麼。」

我扁嘴，想要掛電話了。

「妳的顧慮都很不合邏輯。」

「哪有……」

「為什麼要把自己喜歡的人推給別人？柯子燕，妳倒是說說看啊。」

「我……」

「這麼做，妳真的說服得了自己的心嗎？」

「她說她喜歡博奕琛很久了。」

「妳也曾經很喜歡薛育成啊！但妳也知道薛育成的心不在妳這裡，所以要到了他的人也沒用不是嗎？」齊敏輕嘆，「現在很喜歡不代表未來就不會再喜歡上另一個人了，妳不就變心了嗎？」

什麼嘛！說得好像我很花心一樣。

「他們比較相配。」我喪氣道，「余蔓蔓站在他身邊很相配，他們才是男女主角，我不是啊……男主角丟下漂亮的女主角，和女配角在一起的戲，觀眾也不想看啊！」

「這就是妳自己給自己的定位嗎？女配角？觀眾又是誰？妳在乎他們幹麼？」

聽著齊敏拔高的聲音，我努力思考著她說的話。

「柯子燕，妳給我聽清楚了，過去的那些，只是遇到不對的人而已，沒有任何人是愛情裡的配角！」她一字一句道：「只要博奕琛喜歡妳，妳就是他的女主角啊！」

「可是博奕琛要去美國了！畢業後就要去美國讀大學了！」

這句話後，齊敏陷入一陣沉默。

「我沒有自信……」我顫抖著脣，「我沒有自信談遠距離戀愛，何況在美國時，他身邊會有余蔓蔓在，我不想每天除了思念以外，還要在不安當中痛苦，我有什麼好的，能讓他堅持這麼遠的距離，依然只喜歡我？」

「博奕琛說的嗎？說他要去美國？」

「余蔓蔓說的。」一想到他沒有主動跟我說這件事，眼淚忍不住又湧上眼眶，「他沒有告訴我……可能是因為我不重要吧。」

「是因為不想失去妳吧。」齊敏說。

我握著電話，感覺疲憊的搖搖頭，「這些對我而言，已經不重要了，我們分手了，而且他身旁的位置，一開始就不屬於我。」

「子燕，雖然妳這麼說，但我相信博奕琛。」頓了頓，齊敏緩慢卻莫名篤定的說：「他喜歡妳，無論妳退得多遠，他都會親自走到妳身邊的。」

♥

她走向你　天造地設的美景
讓我寂寞到透明
用盡全力喜歡你　越是弄疼愛情
真心　祝福你能幸福

我是真的想　一輩子　賴在你身旁
可是你的步伐　快到我　已經追不上
倘若是我　拖累你翱翔
願從你　生命徹底被遺忘

我是真的想　獨占你　不跟誰分享
可是我真的傻　才害你　黯淡了光芒
感謝是你　美好了回憶
你要找到比我　更愛你的人　愛你……

〈真的傻〉演唱者：徐佳瑩　作詞：吳易緯

從身後拉住我的力道，逼得我踉蹌倒退一步，下一秒，耳機被拔掉，薛育成表情凝重的出現在我眼前。

「博奕琛沒去接妳上學？」

「我們分手了。」為了躲他，我還提早了二十分鐘出門，在家附近的超商晃了很久才來學校的。

「為什麼？」薛育成蹙眉，仔細審視我的臉龐，試圖從中尋找任何哭過的痕跡。

「我已經不哭了。」勾起脣角，「我沒事的。」

「妳跟他提分手的？」

「為什麼不是他跟我分手的?」

「他看起來不會。」

原來他們都看得出來，博奕琛喜歡我，就我傻傻的後知後覺，等到知道的時候，已經不得已要放手了。

「妳要把他讓給余蔓蔓?」薛育成猜到了我的決定。

「感情不是我想讓就能讓的。」我嘴硬。

薛育成皺眉，「柯子燕，為什麼妳每次都要當悲情角色?」

「如果現在不放手，以後會更痛的，我已經……不想再痛了。」

「現在就不痛嗎?」

低下頭，我小聲開口:「余蔓蔓不是我，總有一天，博奕琛會喜歡她的。」

「柯子燕，妳為什麼老是這樣!」薛育成咬牙，「妳到底要退縮到什麼時候?」

看著他隱忍怒氣的神情，我的胸口瞬間也被點燃了一簇火苗，「你以為我想這樣嗎?我也被我自己的懦弱氣到快瘋了!這麼好的男生，明明互相喜歡卻要放手，我也很難過!可是遠距離戀愛真的很難，我沒有自信做到，我沒有辦法!」

「什麼遠距離?」

「博奕琛要去美國了。」

聞言，薛育成先是一愣，接著表情比剛剛還要難看十倍，丟下我氣沖沖走了。

一整天，我都魂不守舍的，眼眶總是溼了又乾、乾了又溼，最困難的是要強顏歡笑的跟關心我的老師、同學們說:「我沒事。」

聽到風聲的別班女同學們跑來三仁問：「柯子燕，妳跟博奕琛還在一起嗎？」

「沒有，我們分手了。」我如實回答。

其中一位女同學想也不想地論斷：「妳被甩了！」

我沒有反駁，撇下她們走回教室。

「博奕琛和柯子燕分手了。」

這則勁爆的消息，不到半天就傳遍整個高中部。男神恢復單身，愛慕者又燃起希望，蠢蠢欲動。

除了身邊的朋友，沒有人為我和博奕琛的分手感到惋惜。

不過，以為博奕琛會尊重我的決定，就此結束，是我想得太簡單了。

放學前最後一堂下課，在眾人的驚呼聲中，我被他從三仁教室強行帶走，直達頂樓下的階梯玄關，他才放開我，繃著一張臉，表情前所未有的嚴肅。

「妳為什麼放任別人謠傳我和妳分手了？」

我垂下頭不敢看他，抿脣不語。

「我們沒有要分手。」

難過的感覺讓我沒辦法繼續站在他面前，我轉身想走，卻被他抓回，困在一堵牆和雙臂之間。

「博奕琛……」

「妳的心裡，完全沒有我嗎？」

「你不要這樣……」面對他，我沒有自信做到一次又一次拒絕，可是真要在一起的話，我又拿不出勇氣。

「對妳而言，我是可以被輕易捨棄的嗎？」

「我沒有要捨棄你，我有什麼資格——」

「不要再跟我提什麼資格！」博奕琛低吼，他是真的失去了理智，「柯子燕，為什麼妳就不能為了我勇敢一次？難道，我只是一個擋箭牌而已嗎？」

「不是！」高漲的情緒堵滿胸臆，逼迫我棄守最後一絲冷靜，「我沒有這麼想！」

「那為什麼？」

「你要去美國了，我能怎麼辦？」我紅著雙眼瞅他，「去美國後，余蔓蔓會陪在你身邊吧？雖然現在會難過，但很快就會過去了。」

「妳把我對妳的喜歡，想得太膚淺了，也許妳真的沒有喜歡我吧，至少不像我這麼喜歡妳……」他眼裡的光芒，悄悄變得黯淡。

我咬住下唇，深呼吸，想隱藏卻仍忍不住將心意脫口而出：「我喜歡你！」望著我的瞳孔震顫了下，他沒有眨眼，半晌說不出話。

「博奕琛，我喜歡你。」能夠把自己的感情表白就好了，現在的我們，終於都可以再更坦然一點了吧？

博奕琛擁住我，軟下態度，「那就留在我身邊……」

我回抱他，在他胸前低語，「不要跟媽媽吵架，畢業後去美國讀書，會很順利的。」壓抑著心酸，我想理性的與他道別，「雖然是假的交往，但你真的給了我很多美好的回憶，謝謝你。」

博奕琛沉默，我雖然看不見他的表情，卻能感覺到他連呼吸都變得小心翼翼。

「喜歡只是一時的，現在的難過終究會過去。」鼻頭發酸，明明決定不哭了，可晶瑩的淚珠，還是自眼角失守，「對不起，懦弱又自私的我，不夠好，也不夠勇敢，如果……如果傷害了你，我很抱歉！」

話落，我將博奕琛推開，逕自下樓，並告訴自己絕對不能回頭。

因為，我沒辦法承擔他此刻看著我的眼神和表情，會離不開的。

第八章　我為誰閃亮

最近，我比平常花更多時間在學習上。

只要腦袋一胡思亂想，就拿出參考書來讀，逼迫自己專心於課業，讓沉悶的心情可以暫時獲得舒緩。

隔著房門，聽見爸爸的聲音：「子燕，我們吃晚餐吧！」

我停下拿著自動鉛筆正在解微積分題目的手，指尖輕觸了一下手機螢幕，六點半，這麼晚了，從一點開始讀書到現在，不知不覺竟然已經過五個半小時。

將書桌上一堆攤開的參考書、試題本一一闔上，我收拾好桌面，起身離開房間，往一樓的廚房餐桌走去。

「這麼豐盛？」

快速掃了一眼餐桌上琳瑯滿目的食物，有披薩、千層麵、炸雞、薯條和可樂，還有一盤削好的水果。

「對呀，坐吧！」爸爸一隻手催促我趕快就座，「都是外食，只有水果是媽媽出門前切好的。」

「媽媽的高中同學會是今天晚上嗎？不是明天？」

「我也以為是明天，結果她下午的時候發現自己記錯時間，匆匆忙忙就出門了。」

拉開爸爸身旁的椅子坐下，我看著這堆豐盛的食物，不知道該從何下手。

「難得媽媽不在，我們放縱一下吧！雖然都是垃圾食物……」爸爸撕了一片披薩遞給我，「快趁熱吃。」

我忍不住笑了出來，「爸，你好像偷做壞事的小孩。」

「有嗎？」用千層麵和薯條把我桌前的空盤子裝滿後，老爸吃著雞翅，瞥我一眼。

我笑著進食，享受難得的父女時光。

「子燕啊……」

「嗯？」

「妳最近是不是有什麼心事？」

頓了頓，我心虛的搖頭，「沒有呀。」

「可是爸爸看妳這幾天都不太開心的樣子。」用紙巾擦了擦油膩的手指，又忙著替我倒可樂，「本來怕妳會不想說，所以也沒打算過問，可是妳這樣讓我們滿擔心的。」

「很明顯嗎？」

「也不能說明顯啦。」爸爸溫柔的笑了笑，「只要平時多點關心和互動，子女的狀況，在父母眼中，幾乎是無所遁形啊！」

我垂下頸項，感情的話題，我可能還是比較容易對媽媽開口，跟爸爸聊的話，總感覺有點彆扭和難為情。

但老爸卻挑明的問：「是課業出了狀況、壓力大，還是妳有喜歡的人了？」

這樣的問法真狡猾，看來今天，他不從我這裡問出點什麼，會無法跟媽媽交代是吧？

「跟課業無關啦……」以間接的方式回答，我連接下來老爸要開始曉以大義，勸說現在高三時期就該以課業為主的心理準備都做好了。

然而，他卻在沉默片刻後，說出了令我意想不到的話，「爸爸以前喜歡上妳媽的時候，大概也是在妳這個年紀。同班了三年，從來不覺得她有什麼吸引我的地方。」咬了一口披薩，他邊咀嚼，邊感嘆：「但所謂的愛情啊，有時候就是這麼不可思議。你覺得自己不可能突然喜歡上誰，卻偏偏有一個人，就那麼平白無故的住進了心裡。」

「媽媽是你的初戀嗎？」

「當然不是。」爸爸伸出手指認真算了算，「我很容易對女生產生好感的，大概在喜歡上妳媽之前，喜歡過五、六個女生有吧。」

「這樣會讓媽媽很沒安全感耶！」也太花心，我忍不住偷翻白眼。

「不會啊。」收斂笑容，爸爸眼神溫柔的開口：「因為她們都不是妳媽。」

「你就這麼肯定嗎？」

「能遇到一個讓妳徹底心動的人不容易，但遇見了，妳就會很肯定的知道，很難再有別人了。」

沒想到爸爸會說出這麼感性的話，我看著那慈愛且專注的側臉，久久回不了神。

直到他又說：「雖然我很想叮嚀，高三是該衝刺學業以考取好成績為主要目標的階段，但如果妳真的遇到很喜歡很喜歡的對象，也應該好好把握，因為不容易啊。學生時期的愛情，和長相、條件都沒有關係，只是純粹的『喜歡』而已。」

「媽媽知道你也有這麼感性的一面嗎？」我支手托腮，好奇的問。

「知道啊。」爸爸笑道，「在我向她求婚的那一天。」

我點頭，繼續用餐，但爸爸再度拋來的問題，差點讓我噎到：「妳是為了薛育成那混小子在傷心難過嗎？」

「不是啦。」我立刻澄清，「薛育成跟我一直都只是朋友啊！」

「喔？跟妳比較親近的男生也只有他不是嗎？」爸爸挑眉，「那妳喜歡的人是誰？」

我自然而然就坦白了，「是我們高中部的男神啦！」

「叫什麼名字？」

「博奕琛。」

「他喜歡妳嗎？」

這種問題該怎麼回答嘛……

爸爸追問：「妳失戀了？」

真的很難啟齒耶！

雙手環胸，他低頭沉吟，一臉苦惱，「我女兒不差啊！」

「不是這樣的……」我想著該怎麼解釋，卻一時緊張到舌頭打結。

「既然是『男神』的話，肯定很受歡迎吧。」

學校裡的愛慕者們還組成了後援會呢。

「嗯。」我點點頭。

「妳告白了嗎？」

「我……算有吧……」也問得太詳細了吧！

「那對方？」老爸興致勃勃，「有沒有接受？敢不接受的話，我就去——」

「他喜歡我啦！」扭斷別人脖子就不用了，怎麼一個老大人了，說出來的話跟齊敏一樣沒建設性。

「很好啊！」老爸點頭如搗蒜，一副「還算那男生有眼光」的模樣，「那妳難過什麼？」

「你不覺得被這麼優秀的男生喜歡，太不真實了嗎？而且他高中畢業後就要出國念大學了。」

「我們也可以送妳出國念書呀！」老爸居然一臉認真的要跟我討論：「想去哪個國家？」

「不是這個問題……你搞錯重點了啦！」

他一臉困惑，「不然是什麼問題？」

搓了搓手指，我表達想法：「我想留在這裡讀大學，我不想為了一個男生改變自己的計劃。」

「不愧是我的女兒，爸爸以妳為榮，不要為愛走天涯是對的！」

「……」剛剛還問我要去哪個國家的是誰啊……

「總之，我和他不能在一起，他太受歡迎了，而且，我也沒有勇氣談遠距離戀愛。」抿直脣瓣，深吸口氣，我續道：「雖然現在我們都會難過，但我相信，很快就會好的。」

爸爸低吟，思量一陣後抬頭看我，「那如果沒有好呢？」

如果沒有好呢……

「妳會不會就錯過了一個很喜歡妳的男孩子？」

♥

當初交往的消息傳出去時，整個高中部就曾經鬧得轟轟烈烈，現在一路走來都被唱衰的戀情終於如多數人所願的分手了，各種謠言聲浪，仍然如此吵雜……

不僅要忍受同班同學的耳語，就連其他班的，巧遇我時，都不禁要說上幾句。

「柯子燕！妳是不是真的被博奕琛給甩啦？」

熱鬧的操場上，體育課學生們的嬉戲追逐，因為這句響亮、如惡作劇般的質問，瞬間變得悄然無聲。

楊悅以手肘撞了我一下，附耳道：「不會吧？大家還這麼關心妳跟博奕琛的消息喔？」

經過我們身旁的齊敏，環顧四周那一張張充滿著八卦興致的臉孔，露出嫌惡的表情。「妳不知道嗎？有很多人就是吃飽撐著。」

「子燕，不要理他們！」楊悅搖頭嘆氣，要我別出聲。

站在前方不遠處的男同學自討沒趣，正打算掉頭就走時，幾位原先只是待在一旁看好戲的三年愛班女同學們突然圍攏過來，你一言、我一語：

「我就說柯子燕很快就會被甩了吧？妳們當初還在難過男神死會咧！玩玩而已的啦！」

「真是白傷心了。果然什麼條件就該配什麼樣的對象！」

「唉唷，不要這樣說，人家被甩已經很傷心了。」

「也是。柯子燕，我要是是妳，肯定哭死，羞於見人。」

她們說的沒錯，我還真的找不到反駁的點。

我低著頭，不言不語。

楊悅和齊敏看不過去，將我拉到她們身後，異口同聲：「到底關妳們這些人什麼事啊！」

「是不關我們的事啊，只是說出事實而已。」妝容特別豔麗的女同學囂張反問：「怎麼？我們說錯了嗎？」

「就算他們真的分手了，也輪不到妳們幾個說三道四吧？」齊敏往前站一步，和她對峙，「講這種話，難道就可以顯得妳比較有本事嗎？」

「妳就是齊敏吧？」女同學不甘示弱的瞪她，「那妳媽媽周旋在男人之間，就很有本事了嗎？」

「妳──」

就算是為了我，齊敏也不該受到這樣的言語羞辱。

我握起雙拳，走出她們身後，「再怎麼爭執，也請不要攻擊到家人！」

「終於說話啦？我還以為妳只會躲在朋友背後裝無辜呢！」女同學雙手環胸，仗著身高優勢睥睨我，此話一出，惹得眾人哄堂大笑。

「子燕從來不會裝無辜。」一道意想不到的聲音，自人群中傳出。

施妤穎緩步而至，面無表情的開口：「落井下石，就是妳們的招數了？」

「施妤穎？」女同學嗤笑，「妳不是跟柯子燕吵架了嗎？我聽說妳們有一段時間沒來往了。」

「不認真讀書，整天道人是非，難怪成績不怎麼樣。」說到嗆人，其實施妤穎凶起來，也不遑多讓。

我還來不及感動施妤穎願意挺身而出為我說話，就聽見另外一位女同學站出來嗆聲：「你們三仁也只比三愛成績好一點點而已，姿態不要擺這麼高！」

「也是，我也只不過長得比妳們漂亮而已，所以不要在我面前囂張，那只會顯得妳們是自取其辱。」

「妳！」頂著大濃妝的女同學憤怒的向前，想要扯施妤穎的衣服，卻被突然出現的高壯身影快速擋下。

「鬧夠了沒有！」薛育成抓住她的手腕拉高，扯得她痛到哇哇大叫。

「痛痛痛——放手！放手啦！」

「不要對我的人出手！」薛育成冷著一張臉，鬆手的同時故意將她往後推，她整個人差點跌倒。

揉著泛起紅痕的手腕，女同學覺得顏面盡失，勃然大怒的吼：「薛育成！你跟施好穎不是分手了嗎？」

「妳這個人是吃八卦升學的嗎？」狠瞪她們一眼，薛育成沉聲，「趁我好好說話的時候，妳們最好適可而止！」

女同學手指著我，仍然忿忿不平，「柯子燕，妳就只會躲在妳的朋友們身後，敢不敢出來面對？」

「要面對什麼？」

這場鬧劇，是傳到三忠去了嗎？否則，為什麼連他也來了……

博奕琛在徐瑞德和哥兒們的簇擁之下現身。

「博、博奕琛？」女同學錯愕的倒退好幾步，眼中盛滿驚恐，似乎是在擔心剛剛自己囂張的模樣，被心目中的男神給看見了。

「嘖嘖嘖。」徐瑞德伸出食指在空中左右搖了搖，「妳們別再胡鬧了，也別惹我們家嫂子。」

我記得三忠的學生都是成績數一數二的資優生，怎麼板起臉來，看上去比小混混還要可怕？

博奕琛神色自若走到我面前，就和那時他來觀察我流鼻血的傷勢同個模樣，臉上帶著養眼的微笑，彷彿其他人都不存在一樣。

接著，他用所有人都聽得見的音量道：「我沒有打算要和子燕分手。」

操場上爆出一陣譁然。

「什麼意思？他們沒有分手？」

「難道是柯子燕自己要和博奕琛分手的嗎？」

「咦——咦——咦！？居然是柯子燕甩了博奕琛！」

我錯愕的環顧四周，最後才看向朝我越靠越近的博奕琛。

「你到底——」

未盡的話語，被他迅雷不及掩耳的一連串動作給打斷，來不及閃躲，他霸道、不容拒絕的伸出雙臂，強勢將我攬入懷中，並在眾目睽睽之下，以一個吻封住我的嘴脣。

「哇！」

這陣驚呼，比剛剛大家得知我們沒有要分手的消息時，還要震耳欲聾。

但我的眼裡，只剩下放大在面前的俊顏，還有瞬間被拋到幾光年之外，靜謐的宇宙中，那即將被抽空的理智裡，呈現死寂狀態前，做出最後掙扎的斷線雜音。

哪有這樣的！

迷人深邃的眼眸微睜，嘴角徐徐勾起一彎弧度，博奕琛一手抵住我後腰，將我更推向他，一手撐住後頸不讓我逃開，親吻得更深，將彼此融入對方的氣息裡。

「唔、唔……」拍打兩下他的胸膛，示意我快不能呼吸了。

博奕琛笑出聲，退開來，「再說一次分手，我就這樣治妳。」

「你、你你你——」這是我的初吻啊！居然在大庭廣眾之下親給這麼多同學看！好、丟、臉！

「阻止謠言最快的方式。」博奕琛毫無誠意的解釋行為背後的動機。

我看都不敢看此刻朋友們的臉上是何等表情，摀著臉衝出人群，直奔進前方不遠處的教學大樓。

盡頭的樓梯口處，博奕琛追上來，一把將我拉住，「子燕！」

「你怎麼可以這樣！」羞赧又不知所措的雙重情緒，強烈撞擊心臟，令它瘋狂跳動到完全無法平靜，我氣喘吁吁，慌張道：「學校嚴格禁止學生公然舉止親密，你是資優生，怎麼會不知道這項規定？」

博奕琛一臉老神在在，「嗯，所以等等我可能會被學務主任叫過去。」

「現在是開玩笑的時候嗎？」我瞠眸。

他眸光柔和的展笑，輕聲低語：「喔？妳在擔心我？」

「我當然會擔心你！」

「子燕……」

「嗯？」他露出這般讓人難以抵抗的神情，到底是想怎麼樣啦！

「不要再說分手。」反手一扯，博奕琛將我帶入懷中，「我不能跟妳分手。」

「我到底哪裡好？」他真的很有弄哭人的本事，講這種話害我的鼻頭又泛酸了，「值得你這樣……」

博奕琛稍稍地放開我，凝望道：「我，從來沒有一刻忘記過妳。」

「什麼意思？」

他抬手輕撫我的臉頰，正想開口，卻被一道廣播聲給打斷：「三年忠班博奕琛同學，請盡速至學務處報到。」

這是我第一次在廣播裡聽見他的名字。

而且還是因為，剛剛那個——

我的初吻。

♥

「身為高中部第一名的資優生就是好，就算違反校規，學務主任也只是口頭勸戒。」

午休時間於學生餐廳用餐完畢，並肩回教室的途中，薛育成狀似不經意的開口。

我抬眸看他，沒有避諱，「你說博奕琛嗎？」他根本是有意提起此事的。

「我只是怕妳擔心他會被罰。」

「學務主任後來沒有找我，所以……」我也猜到大概沒發生什麼事。

薛育成雙手插口袋，嘖了一聲：「他本來就應該扛下所有責任，光明正大在眾人面前吻妳，有夠囂張。」

我尷尬的笑了笑，想以沉默結束話題。

不料他卻道：「可是，我也真是服了他了。」

「嗯？」能讓薛育成改觀，並不容易，特別是當已有成見。

停下腳步，薛育成鬆開神色，嘆氣的同時問，「子燕，妳真的能不喜歡那傢伙嗎？」

我斂眸，給不出回答。

「美國的事情，我找博奕琛問過了，他說當初會答應他媽，是因為還沒有遇見妳。沒跟妳說，是因為他不想出國了，不想留下妳一個人，所以，他會找時間再跟他媽談談。」

我就是怕會這樣，「我不希望因為我的緣故，而絆住他的腳步。」

「這怎麼會是絆住呢？」

「怎麼不是？」我澀然開口，「博奕琛很優秀，去美國讀大學的話，會有大好的前程，但我也不可能為了他跟著出國。如果連我自己都不能為了他犧牲，那為什麼要成為他想留下來的牽掛呢？」

「他是自願為了妳想要留下的。」

我輕輕搖頭，「但我不想。」

「那他如果去了美國……」

「談遠距離戀愛並不容易。」我望向前方，嘆道：「是因為很喜歡，所以才會想在一起，那又如何能承擔長久無法相見的距離呢？以美國跟台灣的時差，要維繫感情，需要很穩固的感情基礎，可是我和博奕琛並沒有。而我，又是比較沒有自信，多思、容易亂想的類型，我不想帶給博奕琛更大的壓力。」

仰頭吐出口長氣，薛育成無奈，「我以為妳會是比較感性的類型，怎麼面對博奕琛這麼理性？」

「我是感性，但對於在乎的人，我沒辦一直感情用事。」我是沒自信，我是不勇敢，但不是每段感情，都只需要考慮當下是否兩情相悅的問題。

「雖然我不是不能理解妳的想法，但這樣真的好嗎？」

「什麼意思？」

「子燕，」薛育成雙手搭上我的肩，「其實，原本我怕妳受傷，所以要妳離開他，免得更難過。可是現在，我想收回這句話了。」

「為什麼？」

薛育成撇了撇唇，沉默幾秒才說：「雖然很不想承認，但妳的好，比起相處多年的我，博奕琛那傢伙更清楚，否則他不會那麼喜歡妳。」蹙了下眉，他沉色續道：「長久以來，我都讓妳傷心了，明明也在乎的，卻從來沒有認真的去考量過妳的心情，甚至沒有察覺妳的感情。是我不配擁有妳的喜歡，可是博奕琛不同，現在回想起來，這一切的種種，他的眼裡，始終都只有妳，是我之前不願意承認，也不願意相信，為什麼像他那樣的人，會輕易付出真心。後來才知道，原來並不容易。子燕，妳曾經在他陷入黑暗的時候，為他點亮過一盞燈，妳知道嗎？」

我愣怔，「什麼意思？」

「博奕琛並沒有跟我說得很詳細，只說妳在他很痛苦的時候出現，就像穿透黑暗的一絲曙光。」

「我和妳讀過同一間小學，雖然不同班，但妳見過我，大概在五年級的時候，我們曾有幾面之緣，妳甚至跟我說過幾次話，只是……妳已經不記得了。」

我真的和博奕琛在國小五年的時候，就相遇了嗎？

為什麼他這麼肯定，而我卻一點印象也沒有？

我抓住薛育成追問，「你還知道些什麼？」

「就這麼多了，剩下的，博奕琛說他想親自跟妳說。」抹了抹臉，薛育成躊躇後道：「雖然由我來說這種話很沒說服力，但是子燕，如果……我是說如果，當初在還沒認識妤穎之前，妳勇敢、認真的向我告白，而不是用玩笑似的口吻，或許我們之間會有不一樣的結果……」

「薛育成，你為什麼又——」我以為他是要提起過去，正想阻止，卻被他接下來的話給搶先一步打斷。

「妳有沒有一刻，曾經為當初沒有誠實的向我告白而後悔過？」

「我……」

「不要再讓自己後悔，也不要再為還沒能勇敢去做的事情預設立場，對愛情也是，雖然失敗會很痛、會傷心難過，但誰知道呢？搞不好，也會迎來幸福的。」

薛育成這一連串的話，直擊著我心底的防線，垂眸考慮了半晌，我決定直接去找博奕琛問清楚關於我們國小時的相遇，還有問清楚……他對我真實的想法和心意。

「抱歉，你先回教室吧！」

一把抓住我，薛育成急喊：「子燕。」

我回首，等待他把話說完。

「妳真的能放手嗎？這是一段已經開始的愛情了啊。」

甫出現在三年忠班的教室範圍，眼尖的男同學就指著我大叫：「欸欸！是柯子燕！」靠在教室窗戶邊和同學講幹話的徐瑞德一看見我，探出頭來，急招手，「嫂子、嫂子！這裡！」

我衝過去，差點沒摀住他亂喊的嘴，紅著臉低呼：「不要這樣叫我啦！」

「妳怎麼來了？」兩隻手肘撐在窗沿，徐瑞德說：「奕琛請假了。」

「請假？今天嗎？」

「他連請兩天假。」徐瑞德搖頭嘆氣，「妳都不關心他，這樣不行啊！」

博奕琛昨天跟今天都還是如常的傳訊息關心我，或是說些肉麻兮兮的話，但因為不知道該回覆什麼，所以我都只有已讀。

我問：「他為什麼請假？生病了？哪裡不舒服嗎？」沒發現自己口吻中的焦急。

徐瑞德卻聽出來了，安撫的拍拍我的肩膀：「別擔心，去年的這個時候，那傢伙也請假。」

「是什麼特別的日子嗎？」

徐瑞德先是神祕兮兮地左顧右看，接著靠近我耳邊低語：「他說要去見一個很重要的人。」

「誰？」

「我不知道。」他聳聳肩。

會不會是——

我匆忙的向他道謝，掉頭往三仁教室方向走。

猜測過所有的可能性，我反覆思考著該怎麼辦才好，有些梗在心底已久的疑惑，實在太想弄清楚了。

「博奕琛，你為什麼請假？」

掏出手機，我迅速發了條訊息給他，很快就被已讀了。

「妳到三忠找過我嗎？」他沒有直接回答我的問題。

「你現在在哪裡？」

「家裡。」

「今天放學，我們見個面吧？」

已讀過了五分鐘，他才回覆：「**不如，我們現在就見面吧。**」

「我在學校，怎麼見面？」

博奕琛沒有點開訊息，一直呈現未讀狀態，這令我整個人心神不寧。

下午第一堂課結束，猶豫很久的我終於忍不住問楊悅：「如果我現在請病假，會不會很奇怪？」

楊悅不疑有他，擔心的抓著我問：「妳哪裡不舒服嗎？」

「我……」

齊敏走來，想和我討論一道題目，卻見我一副坐立難安的模樣，闔起課本，劈頭便問：「妳怎麼了？」

「我想請假。」

「為什麼？」她和楊悅異口同聲。

來回對上她們露出的關切眼神，我也不好意思欺瞞，只好坦承：「我有件事情，想要找博奕琛當面問清楚。」

「那就去問啊！」

「可是他沒來學校。」我皺眉，拿不定主意，「他請假了。」

「那下課去找他？」

「他剛剛說現在就見面……」

齊敏挑眉，「喲，資優生居然鼓吹別人蹺課。」

「我覺得他有點怪怪的……」

「那就去找他。」楊悅說：「既然擔心，就去找他吧！」

「這樣我要說謊請假耶。」我從來沒做過這樣的事情。更何況，保健室阿姨准不准假都還是個麻煩。

齊敏問：「那有什麼問題？」

「妳們不覺得……」支吾了一陣，我喃喃，「為了一個男生說謊蹺課不太好嗎？」

楊悅白眼一翻，「他又不只是一個男生。」

齊敏笑說，「他是妳喜歡的男生。」

雖然他們都這麼說了，但我還是有點猶豫。

「誰沒有為了自己喜歡的人，瘋狂一回過？」施妤穎的聲音，自齊敏身後傳出。

「好穎？」

隔在我們中間的齊敏自動挪出位置，施妤穎正好朝我的方向望過來，又道：「我也曾經為了薛育成，半夜趁爸媽睡著後，跑去他家，就為了過午夜十二點，當面說的第一句生日快樂。」

這要是被她爸媽知道，肯定會扣零用錢外加禁足的。

楊悅睜圓了眼，「哇，我還以為美女是不用為愛情做瘋狂事的。」

施妤穎言歸正傳：「所以，妳就去吧！」

「年少輕狂很正常啦！」齊敏附和。

「但我不太會說謊。」上次說謊，還不是早就被看穿了，只是大家都很配合假裝不知道罷了。

「不用妳說！」施妤穎站起來，命令我，「妳趴下，頭不要抬起來。」

齊敏直接跑去把李元盛給找來。

「班長，子燕身體不舒服，要請病假！」楊悅代為開口。

施妤穎接著道：「對呀，她真的很不舒服，月經來了！」

「喔？」李元盛的沉吟，聽像是一點也不相信，「不舒服要先去保健室評估狀況，如果真的需要去看醫生或回家休息，就得通知家長。」

聞言，我心一慌，倏地抬起頭，猛搖手，「我、我沒事，我沒事啦！」

李元盛環顧她們一眼，鏡片後的黑眸緩緩瞇起，「妳們串通幫柯子燕說謊的原因？」

「早就知道你會這樣，就算看穿了，也不要說出來呀！」齊敏不爽的嘖了一聲。

「妳們到底要幹麼？」

「不關她們的事，是我……我想去找博奕琛。」

「找博奕琛為什麼要說謊請假？」

「因、因為他請假沒來學校。」我越說頭越低，都不好意思了。

李元盛沉默好了一會兒，才徐徐開口：「會讓妳這個乖乖牌想說謊請病假去找他，應該是很重要的事吧？」這句詢問，語氣中帶著輕嘆。

就算是微不足道的小事，在愛情裡也變得重要了，只要是和喜歡的人有關。

「嗯……」

「那就去吧。」李元盛低聲交代：「蹺課去，保健室那關可不是那麼好騙的，下堂課是美術課，老師不太會點名，就算點了，我就說妳去保健室休息了。」

我眨眨眼，吞了口口水，「那不就變成你要幫我說謊了嗎？這怎麼可以……」

「別囉唆了，快去，要上課了。」輕咳，他推了下眼鏡。

「喲！班長，你有點帥耶！」齊敏笑開，伸出食指戳了戳他的肩膀。

李元盛板起臉，不偏不倚的抓住她的食指，握在手心裡，「僅此一次，下不為例。」

分明是警告，但我怎麼瞧他望著齊敏的眼神，那麼溫柔呢？

初次的蹺課體驗，就在朋友們的熱情相挺、串通班長說謊，並把風協助我翻越校園圍牆脫逃之下，順利成功了！

前往博奕琛家的途中，我的心情一直忐忑著。有很多疑問不知道該怎麼開口，有很多想說的話，也擔心到時候見到他時，會一個字都說不出口。

但我的腳步還是一刻都沒有遲疑的，走在去見博奕琛的路上。

除了那些懸在心頭的問題之外，其實，不得不承認還有一些……對他的想念。

透過大樓管理員的通報，我搭進電梯，抵達樓層時，門扉敞開，熟悉的身影已經站在前方等待著我。

眼神交會的同時，博奕琛伸手將我從電梯裡拉出來，牽著直往他家走。

「妳真的來了。」

那張側臉看起來有點憔悴，眼窩下還帶著一道淡淡的黑眼圈。是這兩天沒睡好嗎？

博奕琛將我安置在客廳的沙發椅後，走進廚房倒了兩杯水出來放在玻璃桌上，又收拾了下桌面，和散落一地的相簿，整齊的擺放好，才坐進我身旁的空位，優雅的交疊起修長的雙腿，手支下頷，手肘撐在膝上，略顯疲憊的眸光帶著一絲慵懶的朝我瞥來。

「妳蹺課嗎？」

「啊？」我回過神，「嗯。」

博奕琛淺淺勾脣，歪頭笑問：「為了我？」

「我有話想問你。」

「什麼？」

他這樣看著，令我瞬間失措，「我……那個……」支支吾吾說不出半句。

似乎發現過度專注的目光會讓我感到不自在，博奕琛斂眸，稍微低下了頭，淡淡的開口：「想問什麼就問吧，都特地跑來了不是嗎？」

「博奕琛……」我瞅向他，握了握拳頭、深呼吸後問，「你為什麼請假？」不對啊，我最想問的不是這個……柯子燕！妳真的好沒用！

我懊惱的癟嘴。

他回視我，並沒有馬上回答。

「徐瑞德說，你是為了要見一個很重要的人。」

「嗯。」博奕琛應聲點頭，語氣平淡，「我的爸爸。」

「他不是……他不是……」過世了嗎？

「對，所以我是去掃墓。」

雙手交握，我壓抑住心底泛起的慌張，「喔。」

「昨天，是我爸的祭日。」

「你是跟媽媽一起去的嗎？」看見他瞬間沉下的臉色，我想咬掉自己多嘴的舌頭。

「她很忙，每年都是。」

我垂首，忍不住自責，「對不起……」

「沒什麼。」博奕琛勾脣，但那笑容裡卻帶著苦澀寂寥。

「博奕琛，我……」開不了口，我不確定現在是不是問國小事情的好時機，他會有心情回答我嗎？

他轉頭，凝滯目光，徐徐道出了我心底的疑惑，「我爸，是在我小學五年級的時候過世的，而他離開的那年，我認識了妳，子燕。」

捂住半開的脣，我安靜的聽他敘述：「我爸有著很浪漫的藝術家靈魂，從小就想當一名畫家，大學選的也是相關科系，他始終天真的認為只要勇敢追求夢想，總有一天一定會實現。呵，完全就是個理想主義者。」

「你爸談起戀愛來，應該會是個很浪漫的人吧？」

「是很浪漫，所以他和我媽的相遇，像偶像劇一般。在歐洲的街頭，他看著我媽美麗的側臉，忍不住畫起了素描，然後帶著我媽的畫像勇敢的搭訕。就這樣，他們一見鍾情，相識相戀。」

「真的很像偶像劇情節呢！」光是用想像的，就覺得好浪漫。

「可是，直到他們論及婚嫁，我爸才知道我媽是有錢人家的千金，他們因為先懷了我，即便外公反對這門婚事，也禁不起讓女兒墮胎，或是成為單親媽媽，這樣有損家門顏面的事，所以，最後還是讓他們結婚了。」

這樣不被祝福的婚姻，真的能不畏風雨，過得幸福嗎？

「我爸在外公和母家親戚們言語的迫使下，放棄了想成為畫家的夢想，開始腳踏實地的找工作，雖然也靠著自己的能力，如願找到在藝廊擔任策展企劃的工作，但他心裡的壓抑和痛苦，卻沒有因此而緩解。他就像一隻被囚困在籠裡的囚鳥，渴望自由飛翔，卻不得不面對現實，和我媽家族那邊各方面的沉重壓力。」

「你爸那時候一定非常痛苦吧？」

「嗯，因為我媽是家裡的獨生女。」

「那你媽媽那時候有沒有為你爸爸爭取一些自由的權利呢？」

「我媽本來就是女強人的個性，畢業後就在外公的公司上班，雖然愛著我爸的浪漫、體貼和溫柔，卻也沒辦法抵抗我外公的嚴厲要求，而這些，我爸也都知道。」置於膝上的手緩緩屈指，博奕琛靜默幾秒，才又接著道：「所以，他暗自做了一個決定，在所有人都不諒解的情況下，毅然將工作辭去，當了一段時間的家庭主夫，每天帶我上下學、照顧我、陪伴我，成為這世上最好的爸爸，而這些，就是他在要離開之前，對我的補償。」

我錯愕的低呼，「難道……」

「沒錯，我爸是自殺的。」揭開這句真相時，博奕琛眉頭緊鎖，臉上滿是痛苦的神色。

我紅著眼眶，為他的難過不捨。

「我媽在我爸自殺後，無法承受傷痛，不願意再和我爸家那裡的人有所往來，斷了一切聯繫，更把所有和我爸相關的東西通通都扔掉了，包括那些我爸夾給我的娃娃，沒有照片、沒有任何和他有關的東西，只剩下那座墓碑。」

咬緊下唇，我無聲的落淚。該有多痛啊，這麼親的人以那樣的方式離開，卻沒有任何能懷念的機會和方法。

「最後甚至，將我改從母姓，重新取名。」博奕琛的臉上露出更加哀戚的悲痛，同時說出了一個令我震驚不已的名字，「我原本的名字，叫程宇彥。」

「程宇彥……程宇彥……」我重複的念了幾遍，驀地想起了那段遙遠的記憶——

「**你聽，宇彥、子燕，讀音只差一個字，當然可以成為朋友啊！**」

「可、可是……」可是我印象中的程宇彥是個身高矮小的胖男孩啊！

博奕琛從地上擺放整齊的相冊裡，抽出其中一本翻開，將他國小時的模樣攤在我眼前。

照片裡的小男孩，齊劉海遮蓋到眉毛，胖胖的圓臉上，即使沒有任何笑容，眼睛也是瞇成小小一直線，身寬體胖，和其他同齡的小孩比起來，體型大概多出了有一點五倍。

這真的是我印象中的程宇彥，沒錯！

「妳以前在隔壁班，每次我看到妳的時候，妳都和薛育成在一起，偶爾在走廊上脖子被他像哥兒們一樣，勾到都快喘不過氣了，他卻還哈哈大笑，而妳在抱怨的同時，總會露出那樣無奈卻又幸福的笑容。那時，妳的眼裡，只有薛育成，無論我們幾次擦肩而過。」

「所以你才會知道……我全身上下都是卡娜赫拉的東西……」

「對。」

我瞪大眼，伸出顫抖的食指指著他，不確定的又問了一次，「博奕琛，你真的是程宇彥沒錯吧？」

嘴角勾起淡淡笑痕，他說：「我還記得，我們第一次說話，我被班上同學欺負，全身都沾滿泥巴，鬧事的同學們離開操場後，路過的妳卻毫無畏懼的朝我走來，蹲下身遞出了那條卡娜赫拉的手帕。」話落，他從右側口袋內掏出記憶中那條黃底上印有一隻可愛粉紅兔子和一隻白色小雞的手帕，交給我，「這是妳的。」

愣愣的接過，我傻傻的問：「這些年，你都帶在身上嗎？」

「怎麼可能。」博奕琛低笑，「但是，再次和妳相遇後，我就從書櫃裡找了出來，偶爾看看。」

我看著是博奕琛也是程宇彥的他，依然覺得很不可思議。

國小時的程宇彥，雖然成績十分優異，卻因為肥胖的身材和平庸的長相，總是被欺負，再加上沉默寡言的性格，和學校的同學們格格不入。每次見到他，都是那副狼狽的模樣，不是渾身沾滿泥土，就是被反鎖在廁所裡被汙水噴得全身溼搭搭的。

「那時候，我爸剛過世，我媽選擇無聲抗議離開了外公的公司，在外商企業找到工作後，情緒不穩定的她，每天投身於工作麻痺自己，而我，不願意和人接觸，不愛說話，就算被欺負了，也不覺得委屈，對所有的一切都感到漠然；可是，妳卻因為我而掉眼淚，一次又一次默默的陪伴，即使我什麼話都沒說，妳也依然用著自己的方式給了我許多安慰。在那段父親離世，母親每日不是忙於工作，就是歇斯底里崩潰大哭的日子裡，妳伸出的援手，是我唯一擁有的溫柔。」博奕琛握住我的手，「子燕，妳還記得，我說過我喜歡妳什麼吧？」

我回望著他，酸了鼻尖，揚起眉頭，「溫柔的力量。」

「是啊。」另一手探過來，輕撫我的臉頰，「我在最痛苦的時候，遇到了一個女孩，她送了我一罐她最喜歡喝的芭樂綠茶，還有一條最愛的卡娜赫拉手帕。從那時候開始，到後來的很久，我都沒有忘記過她，直至我們再次相遇，有她在身邊的每一天，我才赫然發現，啊，是初戀啊！不是小時候看到漂亮女生就想娶的那種，而是真的長長久久記在心底的，那個初戀。」

低下頭，淚水無法克制的滑落，我百感交集，有為他心痛的悲傷，還有更多的是無法言喻的感動。

「小六的時候，我媽被公司外派到日本工作，從接獲通知到辦理出國搬家，不過短短幾天的時間，當時重感冒請假在家休養的我，甚至還來不及找妳要聯絡方式，隔沒多久就被帶出國了。」

難怪，升上小學六年級後，自某天起，我就沒再見過程宇彥了，只輾轉聽說他的媽媽來過學校，替他辦理了退學手續。

博奕琛凝望著我，露出一抹淺笑，「但還好……」他靠過來，伸出手掌溫柔地蓋上我的頭頂，「總算，找到妳了。」

瞅著他飽含笑意的溫柔神情，我哭到哽咽，「哪有這樣的，怎麼會差這麼多？你真的是程宇彥嗎？個性也差太多了吧？」

「我本來就是外向開朗，暖男的類型，只是沒有多少人知道而已。」他倒是很敢說，笑著抹去我的淚水，「升上國中後，我突然就抽高了，再加上注重飲食和進行多項運動及體能訓練，很快便瘦身有成，才發現其實我眼睛也沒有很小呢！」挑起道眉，他略帶驕傲的道：「我家基因其實滿優秀的，妳不是看過我媽媽？」

這是績優股嗎？簡直就是男大十八變嘛！太誇張了！

我抬頭，吸了吸鼻子，「你也變得太完美了。」

「我媽後來怕我會步上我爸的後塵，所以一直對我十分嚴厲。」

「學跆拳道也是……」

「那是她怕我被綁架。」

博奕琛一臉的莫可奈何，反倒令我噗哧一聲笑了出來。

「笑什麼？」

我搖搖頭，伸手輕撫他的胸膛接近心臟的位置，斂起笑容，躊躇片刻後開口：「自從你爸爸過世，你就沒再過過生日了對吧？」

「今年有妳幫我過了。」

我抬頭朝他低喚，「博奕琛……」不確定接下來的話該不該說。

「嗯？」但他的溫柔，卻給了我勇氣。

「雖然你為你爸爸的過世感到痛苦，心中難免會有恨，但其實，你仍然是愛著他們的，無論是對你媽媽，或是你的外公。」

聞言，博奕琛沒有反駁，只是斂下眉眼，將我緊抱。

我緩而溫柔的拍撫著他的脊背，「而你也知道，無論有多忙，他們都是愛你的，對吧？」

有些深埋在心中的情感，是不管怎麼逃避，即便不願意承認，也無法抹滅，更無須言語，而我相信，博奕琛懂得的。

所以他才會，不讓人擔心的，長成了一個這麼好的人。

♥

「博奕琛，你是什麼時候認出我的？」

「從在籃球場上看到妳的第一眼起。」

「那時候，你都轉學來一陣子了……」

「我不太會瞄其他女生的，因為我的心裡已經住著一個人了。」

「誰？」

「當然是妳啊，傻瓜。」

原來那時候，他不是因為聽到其他同學叫我的名字，而是早就知道是我了。

「妳都沒有變，還是和記憶裡的一樣。」那道專注凝望著我的目光無比溫柔，像是在將記憶中，我的輪廓，與現在的臉龐重疊，「和我喜歡的模樣，一樣。」

「那如果我們沒有再次相遇呢？」

「是呀，如果我沒有再次遇見妳，該怎麼辦呢？」他倏地湊近，用令我無法抗拒的迷人表情說：

「還好，妳現在就在我的眼前。」

緣分真的好奇妙。

從認識小學那個胖胖的程宇彥，到後來，與蛻變成男神跟著母親一起回國，轉學到勤陽的博奕琛重逢。

雖然聽他坦白那些事情，已過了三天，仍然令我難以置信。

更未曾想過，那些對我而言不經意的微小舉動，會停留在他心上那麼久。

「起先，我的確是心疼妳這個傻瓜，居然還喜歡著薛育成那個四肢發達、頭腦簡單的笨蛋，但假交往，從頭到尾都是妳單方面的認知，我根本就沒想過要放手。」

每每思及他那些隱晦的心意，我的胸口就會泛起一股熱熱麻麻的躁動，有點甜，又有點酸。

一個喜歡我這麼久的男孩子，我恐怕是很難再找到理由……將他推開了吧？

「我該鼓起勇氣嗎？」透過玻璃窗，望著圖書館外熙來攘往的路人，我幽幽呢喃。

坐在旁邊翻查字典，背英文單字的齊敏瞥來一眼，「對。」

「妳又知道我在說什麼了？」我挑眉。

「不就為了博奕琛的事嗎？」

放下捏在手裡擺弄的筆桿，我托腮，「可是遠距離——」

「拜託！」這聲中氣十足的無奈，驚擾了其他安靜在讀書的同學，齊敏自覺失態，低咳了下，降低音量道：「博奕琛都喜歡妳那麼久了耶！在妳還不知道的時候。」她一副想掐死我的凶狠模樣，咬牙切齒，「柯子燕，妳給我差不多一點。」

眨了眨眼，「我真的可以嗎？」

這種被某個人默默喜歡了好久，被視為唯一的感覺，真的好不真實啊……

「可以、可以、可以！」齊敏連說三次，非常認真，「我拜託妳快點跟他好好在一起，不要再歹戲拖棚了。」

自從齊敏知道我和博奕琛的那段過去後，她就一直把我當罪人一樣看待，認為我怎麼好意思讓男神單戀這麼久。但他以前根本不是男神好嗎？只是隔壁班的一個小胖子！

我深呼吸，抿唇睨她，「那我現在只剩下一個問題了。」

「到底還有什麼問題？」齊敏白眼都快要翻到後腦勺了。

「我一定會很想念他的，在他去美國之後。」

「妳真的不讓博奕琛再跟他媽商量看看嗎？」齊敏想了想，「在台灣讀大學也沒什麼不好的啊？」

「當初留在台灣就讀高中，已經是他跟他媽媽彼此各退一步妥協後的決定，如果這次，他再為了我而不願意去美國念大學，他們一定會起爭執的，我不想這樣。」

「但那也是博奕琛自己的決定啊！」

「任何決定，只要牽扯到人的因素，都有可能會產生遺憾或後悔。」我搖頭，「我不希望他後悔。」

「話是這麼說沒錯……」齊敏想了想，「但妳又怎麼知道他一定會後悔呢？」

「以博奕琛的能力，要申請上美國很好的大學一定沒問題，在那樣國際性的環境裡學習，他能擁有更好的發展。」

聽完我的想法，齊敏嘆氣，「那你們如果在一起的話，就只能談遠距離戀愛了吧？」

「看來是的……」我輕輕嘆氣。

我們各懷思緒盯著窗外，靜默了片刻，突見一抹熟悉的身影出現，隔著窗與我們對視。

「好穎。」我無聲的喊出她的名字。

看見我們的施妤穎先是愣了一下，然後邁步而過。原本我以為她只是離開了，不一會兒她已經進到圖書館內，正朝我們的方向走來。

「還有空位嗎？」平穩的嗓音，聽不出情緒。

我點頭，將書包從旁邊的座椅上取下，塞到自己腳前。

她二話不說入座，逕自從隨身的米色麻布提袋中取出參考書和鉛筆盒，安靜的開始解數學練習題。

齊敏的視線越過我，盯著施妤穎的側臉瞅了半晌，從座位上起身，「我去找本書。」

我知道，她是想留給我和施妤穎單獨說話的空間。

待齊敏走遠，我撓了撓鼻尖，怯怯的低喚了聲，「好穎……」

施妤穎停下解題的手，握著自動鉛筆轉過頭來，「嗯？」

「謝謝妳，之前替我說話，又幫我蹺課。」

清淺的目光泛起一股熟悉的暖色，她說：「妳很久沒幫我帶早餐了。」

「明天幫妳帶。」我望著她，內心泛起激動。

有些和好的方式，不需要華麗的言詞，也不需要太多冠冕堂皇的藉口，只是很自然的，重新找回了暫時失去的東西。那樣無聲的默契，是對彼此最體貼的諒解。

施妤穎點點頭，然後開口：「妳不會真的傻傻的要放棄博奕琛那麼好的男生吧？」

我垂下眼簾，「其實……我打算要努力看看。」

吁出口氣，「那就好。」她輕笑。
「那妳呢？」頓了頓，我問：「妳和薛育成呢？」
「還不就那個樣子。」施妤穎聳聳肩，「順其自然吧。」雖然看起來很堅強，但我知道她並不想多談。
「還難過嗎？」
「當然難過。」她鄭重的說，見我一臉的自責，鬆動神色，忍不住勾唇低語：「所以，妳要陪在我身邊才行，妳不是我的朋友嗎？」
有股想哭的衝動，我激動的握住施妤穎的手，連續點了好幾下頭，「嗯、嗯，一定！」
她彎起星眸，綻出對一切釋然的悅容，與我相視而笑。
突破黑暗後，烏雲似乎漸漸散去，終於露出了一絲曙光，相信一切就要天晴了吧！

♥

雖然，我是想跟博奕琛在一起，但我還沒有告訴他。
也不是故意拖著，但就是有點……不知道該怎麼開口。
連他的頭號粉絲，後援會會長邱大泉跑來質問我的時候，我都支支吾吾的：「呃，那個……」
「反正，不管你們到底有沒有復合，我只希望博奕琛可以幸福！」幾乎是用吼的講完這句話後，他就一溜煙的跑掉了，完全沒有給我回答的機會。
「妳就直接了當地跟他說：『博奕琛，我喜歡你，我們交往吧！』這到底有什麼難的？」

放學時，楊悅和施妤穎一左一右走在我身旁，對於我到現在還沒有向博奕琛表白的這件事情，感到無法理解。

「對呀！如果博奕琛畢業後就要去美國，你們可以黏在一起、甜蜜放閃的時間就所剩不多了耶！還在磨蹭什麼？」

咬著下脣，我別過眼，完全不想與她們企圖把我給瞪穿的視線對看。「可是……我會不好意思嘛……」

「那難道還要我們幫妳去表白嗎？」施妤穎大翻白眼，「欸，博奕琛，我跟你說，柯子燕已經想通了，她喜歡你，想跟你在一起啦！」她抓住我的肩膀猛搖，「妳真的要我這樣去跟博奕琛說嗎？」

「也不是……」

「那是什麼嘛！」楊悅崩潰大喊，「真是皇帝不急、急死太監！」

我抖，「我不是皇帝……妳也不是太監啊……」

「居然還敢頂嘴！」她舉起雙手作勢要掐我的脖子。

三個人打鬧到一半，施妤穎突然用力地拍了下我的臂膀，手指前方。「那不是余蔓蔓嗎？」

順著方向望去，看見那抹美麗的倩影，我斂住笑容。

「她又來幹麼？」楊悅蹙眉，「到底煩不煩呀！」

「她這次是要找妳還是博奕琛？」施妤穎追問。

「我不知道……」腳步遲疑，我緩下步伐。

不久，背後傳來一陣騷動，聞聲回首，博奕琛已經站在我們身後，漾起微笑的同時，牽起我的手。

「怎麼了？」溫柔的眼光投來，令我心窩發軟。

「什麼怎麼了？」施妤穎再次伸手一指，「余蔓蔓來了。」

博奕琛抬眸，握著我的力道緊了緊，牽著我邁開步伐。

我不知道他打算怎麼做，只能默默地跟在旁邊。

看見我們牽手走來，余蔓蔓眼神一黯。「奕琛。」

「妳怎麼來了？」博奕琛語氣倒是溫和。

「我來找——」

他出聲，代替她開口：「找我跟子燕嗎？」

「嗯……」

盯著余蔓蔓惴惴不安的臉色，博奕琛嘆：「蔓蔓，我們去附近的咖啡店坐一下吧。」而眾人的竊竊私語，都在他毫無溫度地掃過一記眼神後噤住。

楊悅和施妤穎向我比了一個加油的手勢，便往公車站牌走去了。

被博奕琛牽著走在前頭，我雖然安心，卻也擔心起身後的余蔓蔓。她肯定很難過吧？

三十坪大的咖啡店，沒有幾桌客人，我們隨便選了中間的位子入座，店員熱情的招呼，拿來一張拷貝過 A4 紙大小的菜單。

博奕琛僅瞄過一眼，便對店員道：「熱美式。」

「我要奶茶。」

余蔓蔓猶豫片刻，才點了杯新鮮熱水果茶。

店員離去後，氣氛一度尷尬，因為誰也沒主動開口說話。

我拾起桌上的衛生紙，捲成條狀，捏在手裡扭轉著。

彷彿度過了漫長的一個世紀，直到做足心理準備，余蔓蔓才打破沉默：「我知道那天對子燕說那些話很不應該，對不起。」

博奕琛朝送來黑咖啡的店員點了下頭，依舊未作聲。

「可是你知道當我在美國聽見你交了女朋友的時候，心裡有多難過嗎？」

偷覷俊顏上的面無表情，我摳著衛生紙屑，思考著自己是否不應該待在這裡。

余蔓蔓含淚凝望，「奕琛，我喜歡你這麼久，你真的一點都不知道嗎？」

店員送齊餐點後，我丟棄被蹂躪的衛生紙，改喝奶茶咬吸管。

余蔓蔓一手緊捏著杯耳，泛白的指腹，教人輕易察覺她內心的著急不安。

儘管那麼害怕會拒絕，她依舊選擇勇敢追求愛情，我真的感到很佩服。

又是一陣令人窒息的沉默後，余蔓蔓終於忍無可忍——

「我到底有哪裡不好？」瞬間爆紅的眼眶，噙著淚水，她嗓音顫抖地控訴：「我一定比她還要喜歡你，比她還要配得上你！我一直相信，等你來美國念大學，我們就會在一起！小時候你不是很喜歡我的嗎？不是說長大想要跟我結婚嗎？」

放下手中的咖啡，博奕琛平靜無波的瞅著她激動的神情，「蔓蔓，童言童語的話，妳要當真嗎？」

「我喜歡你啊！」一顆一顆晶瑩剔透，如珍珠般的淚滴，自她眼角跌落，「我喜歡你這麼久了……」

余蔓蔓就連哭都還是很美麗，這麼漂亮的女孩子是天生的女主角，自帶光環，但在愛情裡，她和女配角一樣，都會因為被喜歡的人拒絕而難過、傷心。

「奕琛，我很難過，在你最痛苦的時候，不能陪在你身邊。如果……如果那時候我在台灣的話

──」

「就算那時候妳在台灣，妳也什麼都不會做的。」

余蔓蔓瞪大淚眼。

「妳真正喜歡的，是我現在的外表。」博奕琛不留情面的說：「如果是面對當時候的我，妳頂多只會給予幾句安慰，連正眼都無法看我的。」

「不會的！」

博奕琛從書包內拿出他國小五年級時的照片，推到她桌前。

余蔓蔓的眼底寫滿震驚與錯愕。

「當年，我不願意讓妳看見我的長相，拒絕傳照片給妳看，就是因為我想保留小時候那可愛、美好的一面在妳心裡。」頓了頓，博奕琛斂下目光，「可無論如何，這就是曾經的我。」

「為什麼？那段時間你怎麼會……」

「過敏性氣喘，吃了很多類固醇的藥而發胖。」

上下巡視了他一眼，余蔓蔓關心的問：「那現在呢？都好了嗎？」

「透過運動和飲食調整體質，已經好了。」

「奕琛，我……」

「不要說妳不在乎，妳知道不是的。」

余蔓蔓皺起好看的眉頭，瞥向我，「她也沒有喜歡那樣的你啊！」

「但我喜歡她。」

敗陣下來，她不甘心的問：「比……比喜歡我還要喜歡嗎？」

瞅了我一眼，博奕琛點頭，「嗯，更喜歡。」堅定道：「我很喜歡她。」

置於膝上的雙手悄悄握緊，我的胸口撲通跳著，我感到好害羞，他這個人，怎麼可以把喜歡說得這麼自然又令人心動。

「真不公平……」余蔓蔓以手撐額，難過落淚，「我比她更喜歡你，喜歡的更久啊！」

「愛情本來就不公平。而且喜歡，不應該是一個用來比較誰付出更多、誰更值得的量詞。」博奕琛換了口氣，柔聲道：「蔓蔓，總有一天，妳一定也會遇到一個，把妳的好記在心裡，放在最重要位置的一個人。」

「可是那個人不是你。」

「嗯，不是我。」

講話還真傷人，我在旁邊聽著都為余蔓蔓感到心痛了。

淺勾脣角，博奕琛續道：「但那個人，肯定會比我好，因為他會把所有的喜歡，都給妳。」

也不知道這句話，到底有沒有安慰到余蔓蔓，但她最後哭著嘆了一口氣，就不再掉眼淚了，雖然眼睛都哭腫了，但仍然美麗。

咖啡店分別後，走往回家的路上，我想起與博奕琛從前的相識和高二時的重逢，頓時停下腳步，仰首望向博奕琛的臉龐，還伸手摸了摸。

「怎麼了？」他揚笑，抓下我的手握著。

「余蔓蔓說得沒錯，我也並沒有喜歡那時候的你，卻被你喜歡著，到底憑什麼……」

「不要去糾結那些問題，妳只要知道，我更喜歡妳就好。」

看著博奕琛，我紅了眼眶，他真的很有讓人想哭的本事。「不過現在你不吃虧了，因為我也喜歡你。」為什麼每次浪漫的話被我說出口，都會有點破壞氣氛。

博奕琛大笑，伸出手指，趁我的眼淚還沒滑落之前，就先抹去，「謝謝妳喜歡我，真是好不容易啊！」他癟了下嘴，一臉委屈。

「我們要不要……交往？」

他彎下身，與我平視，「我們什麼時候分手過？」

早就說不用特意再跟他告白了，就知道會這樣，我簡直害羞到無地自容。

睨著我許久，博奕琛看穿我的心思，捏了下我的鼻尖問：「如果想跟我告白的話，那就說說，第一次對我心動是什麼時候好了？」

「應該是……」我沉吟，很認真的思考一陣，「那次你彎下身，對著我笑，說鼻子上沒有留下疤痕真是太好了，然後揉了揉我髮頂的那瞬間吧。」

被籃球打到後隔沒幾天，我在樓梯口偶遇正要下樓的博奕琛，他旁若無人地伸手拉住了我，專注的盯著我的鼻子看了許久，那時，周遭來往的同學們和喧鬧的吵雜聲，都猶如被按下了停格鍵一般，整個世界只剩下在胸口咚咚咚的鼓譟，還有他摸著我的頭，臉上露出的那記微笑。

「這麼早以前啊？」博奕琛滿意的瞇了瞇眼，邁開步伐，「我心裡總算平衡一點了。」

「博奕琛！」我喚住逕自走在前方的他，「我會加油的！」

他轉頭，投來充滿無限包容與寵溺的眼神。

「我想要變得勇敢，變得更加堅強自信，因為你值得一個最好的女孩。」

博奕琛踱步回來，一把將我摟進懷裡，「維持原樣也沒關係，因為我喜歡的，就是原來的柯子燕。」

我雙手環住他的腰，偷偷將眼淚抹在他的學校制服上，鼻音濃重的告白：「博奕琛，我喜歡你。」

依偎在他懷裡，聽著那令胸膛震動的朗朗笑聲，我心滿意足的彎眸，幸福吁氣。

忘記是誰說過，但我相信這句話——

總有一天，會有那麼一個人，單單因為妳的存在，而感到幸福。

博奕琛，我想用比喜歡薛育成還要更多、更長的時間去喜歡你。

因為，在這個世界上，也只有這麼一個你。

♥

後來，我和博奕琛復合的消息再度傳遍了整個高中部，反彈的聲浪雖然沒有之前多，但自從我們開始甜蜜放閃後，學校裡，不少愛慕我男友的少女們就陸續脫粉了。

根據邱大泉代表後援會的官方說法，這回他們是心意已決，反正快畢業了，撇開博奕琛畢業後就要出國的事不提，等上了大學也會有新的男神，早點死心，早點重新開始。

不過，我怎麼偶爾看她們在走廊上巧遇我男友時還會尖叫呢？

果然，身為視覺系動物，有時候理智線這種東西，還是會容易斷開的。

可不一樣的是，當再有人以我不配和博奕琛在一起的話語攻擊我時，我不會像以前只會唯唯諾諾什麼話也不說，默默地承受了。

「隨便你們！討厭我也沒關係，只要博奕琛喜歡我就好。」

聽見我說這句話時，齊敏他們差點沒掌聲鼓勵，沒自信的柯子燕總算會為自己的戀情勇敢發聲了。

而轉眼間，甜蜜的日子過得飛快，高中的生活，也逐漸劃下句點……

「YES！終於考完啦！」最後一科的考試卷交出去，歡呼聲幾乎要掀翻了整座教室的天花板。

畢業前的最後一次期末考，對我而言，其實沒有想像中的解脫，反而帶著一股淡淡的哀傷與懷念，高中真的結束了啊！

「子燕，在幹麼？」楊悅伸了伸懶腰，轉過來，趴在我桌上，「還不走？」

我環顧隨著同學們散去，逐漸變得安靜的教室一眼，「有點捨不得。」

「那不然再重讀一遍高中好了？」薛育成揹著書包走來，很機車的說，「如何？」

施妤穎跟著附和，「那要從高二開始。」

看著從兩小無猜的情侶，變成兩小無猜的好朋友，友達以上、戀人未滿關係的他們，我納悶的問：「為什麼是從高二開始？」

「因為博奕琛那時候才轉學來啊！」楊悅代答，「欸，妳很弱耶！連妳老公什麼時候轉學來的都不記得喔？」

「什麼我老公，他才不是我老公咧！」我捂住她的嘴巴，尷尬的左右張望，「而且，我只是沒有想到那個層面去嘛！」

薛育成睞我一眼，「與其懷念高中，不如擔心一下指考吧？會去哪間大學都不知道呢！」

「希望我們還可以一起當大學同學。」楊悅雙手合十，「拜託拜託。」

二月的學測考得不盡理想，大家手拉手決定拚指考，而且為了那個願望，大夥兒的目標一致，連第一志願都打算填同一所大學。

「可惜，我們當同學有什麼意思，博奕琛又不在。」施妤穎很故意，笑咪咪的靠過來，「當初就不該鼓勵他出國吧！你們就快要分開了，難不難過呀？」

楊悅點頭如搗蒜，「對啊，博奕琛的 ISAT 應該可以考得很好，畢竟是資優生嘛！」

「你們真是損友。」故意講這種話讓我心裡不好受。

「怎麼還在這裡？」博奕琛半倚著教室門板，不知道已經站在那裡多久了。

往聲源瞥去，施妤穎發出嘖嘖的聲音，「說曹操，曹操就到。」收拾好書包起身，「好啦，我們不要當電燈泡，還是先走吧！」

「幹麼這樣？」我拉住她的書包背帶。「一起嘛！」

睇我一眼，她故作嫌棄：「太閃了，我的心理陰影面積會擴大，請顧慮一下我們這些單身的人的心情。」

話雖如此，但我知道她其實是好意，希望我和博奕琛可以有多一些獨處的時光。再說，前陣子考試期間大家幾乎去到哪都聚在一起溫書，也真是膩了。

「好，走嘍！」楊悅應聲，揹起早就整理好的書包跟著施妤穎一起。

他們離開後，博奕琛走來，坐進我身旁的位子，「齊敏呢？」

「她陪李元盛去圖書館還書了。」

看著被擦拭乾淨的黑板，博奕琛說：「時間過得還真快。」

「是啊。」我點頭，笑了笑，「你會捨不得嗎？」

「等我去到美國後，應該會更捨不得吧。」收回視線，他輕嘆，「子燕，我跟我媽討論過了，可是……」

這個可是，足以讓我預想到了結果，我打斷，「你去吧，當初就說好了不是嗎？」

博奕琛似乎不太開心，語氣隱約帶點不滿：「妳倒是很瀟脫喔？我這一去就是四年。」

「又不是放假不會回來。」迎視他的目光，我微笑，「我會很堅強，也會很勇敢的。」

雖然談遠距離戀愛不容易，美國和台灣的時差也會是個很大的問題，但試試看吧……

而且我記得，寒假結束之前，要回美國的余蔓蔓對我說過：「在真愛面前，我們都沒有不勇敢的權利。」

即使失戀了，她也瀟灑得令人憧憬，那轉身的背影依然美麗。

如果可以，我也很想勇敢的試一次看看。

不顧一切的去愛，無論結果如何。

哪怕最後，我們真的因為距離的原因而分開，至少沒有遺憾。

「妳就這麼放心嗎？」

「當然會擔心啊，怕你要是被很多漂亮的女生喜歡怎麼辦，而且余蔓蔓感覺上也還不打算對你死心……」

博奕琛挑眉睨著我，「喔？現在就會說這種話了，那時候鼓勵我去美國的時候，怎麼都沒想到？」

「我沒說，就是怕你會順理成章拿我當藉口說不想走嘛！」

捧著胸口，他一臉難過，「真是太過份了，害我以為自己的魅力值下降了。」

我從座位上站起來，走到博奕琛面前，將雙手置於他的肩膀，「要盡快拿到學位回到我身邊喔！」

「遵命！看來我的子燕真的變得不一樣了。」順勢摟著我的腰，「但妳講得好像我明天就要出發了。」

「我怕到時候除了哭之外，什麼都說不出來嘛！」

博奕琛表情迷人的皺了皺鼻子，伸出食指推了下我的額頭，「傻瓜。」

想到未來的離別，不免一時感傷，雙手揪住他肩上的衣料，眼底泛起淚光。

「子燕。」他柔聲輕喚。

「嗯？」

凝視我許久，博奕琛將脣瓣靠在我的耳畔低語：「妳知道，我很喜歡妳，對吧？」

點頭的同時，淚水不爭氣的滑落。

指腹溫柔拂過我的眼角，他淺淺展笑，「我會一直這麼喜歡妳，很久、很久的。」

他到底是想安慰人，還是想讓人哭得更凶啊……

置於腰際的手掌繞到身後，壓下我的背，博奕琛吻上我想抱怨而微啟的脣。

摟著他的頸項，我羞澀的回吻，並承接這令我心窩狂跳的親密感。

雖然，已經不是初吻了，可每一次、每一次，都還是讓我緊張害羞到一顆心蹦跳不已。

越來越喜歡他，好像不是一個很好的症狀，到時候分開，肯定會難過到不知該如何是好。

但這是屬於我們的故事，能成為博奕琛的女主角，真的……

太好了。

終章　女配角的戀愛法則

是說，晉身為女主角後，我覺得我的戀情也並沒有比較順利嘛！

先是得重感冒在家裡躺了三天，然後又在極度尷尬的情況下讓博奕琛見到了我的父母——

「你在對我女兒做什麼！」

儘管在老爸扭開門把的那一刻，我已經用盡全力地把博奕琛給推開了，但還是來不及。

那是我第一次看見他臉紅的模樣，「咳！柯爸爸您好。」慌慌張張的從床上起身，坐立難安的表情雖然還是一樣帥，卻讓我憋笑到全身發抖。

「哎呀！年輕人嘛，關在一間房間裡想接吻也是件很正常的事啊！」

老媽肯定是故意的，這種話都是心裡知道就好，為什麼還要特意講出來！

「媽！」在讓博奕琛心裡產生更大的陰影面積之前，我趕緊出聲喝止，深怕老媽會講出更驚為天人的話。

老爸像眼睛裝了掃描雷達一樣，把博奕琛從頭到腳檢視過一遍，才突然眉頭一鬆，指著笑道：

「喔喔！你就是博奕琛對吧？」

「是的。」

「哇賽！真的很帥耶！」老爸毫不吝嗇的給予稱讚，「配我們家女兒剛剛好。」

老媽拍了一下老爸的肩膀，「什麼剛剛好，人家根本就是吃虧了。」

「媽！我是妳從外面撿回來的女兒是不是？」咳、咳咳，講這種話是想讓我病情加重嗎？

老爸笑得合不攏嘴，還稱讚自己的老婆幽默，我羞愧到都不敢看博奕琛臉上的表情了。

稍微斂住笑容，老媽正色道：「要親要等她病好再親，不然病毒會傳染。」講出來的話仍然不正經。

我抬手抹了把臉，「你們怎麼回來了？不是說後天才會回台灣嗎？」

「廠商那邊剛好進展得很順利，進度超前，也沒什麼好擔心的，所以我們就提前回來啦！」老爸分別看了我和博奕琛一眼，「本來想說可以給妳個驚喜，剛好妳也感冒，早點回來照顧妳，結果沒想到反而變成電燈泡啦！」

驚喜變驚嚇，我都擔心以後博奕琛不敢再來我家了。

「你們應該還沒吃晚餐吧？」老媽和藹可親的招呼博奕琛，「奕琛，把這裡當自己家啊！我跟子燕爸爸去外面買點吃的回來，晚上在我們家吃完再回去喔！」

到底跟人家有多熟，直接叫名字了？

博奕琛似乎有點被我家人的熱情給嚇到，愣愣的點頭，「好，謝謝您們。」

那天，博奕琛被爸媽拖著聊天到很晚才從我家離開，可是他的臉上，沒有出現過任何一絲的不耐煩或是疲倦，到家打給我報平安時，反倒說他很喜歡我的父母，還私下拜託他們要幫忙看好我，不要讓我被別的男生給拐跑了。

我聽著博奕琛分享和爸媽聊天的內容聽到睡著，還做了一個好夢，醒來覺得一切都美滿到不可思議。

卻忘了幸福的時光，總是過得特別快，太快了……

「子燕，我媽希望我可以在開學以前，提早過去美國熟悉環境。」

聞言，我沉下臉，久久不語。

畢業後，到指考結束、放榜，沉浸在和大家又進了同一所大學的喜悅，這一路以來，博奕琛都陪在我身邊，是我暫時忘了，這段時間裡，他也順利補齊了申請文件，被一所位於紐約的知名學校錄取，即將準備去美國念書了，還以為，我們能有更多的時間……

電話那頭，因為沒聽見我的反應，博奕琛喚了聲：「子燕？」

須臾，我問：「你媽媽會和你一起嗎？」

「不會，她搭今天早上的班機去英國出差了。」

「那明天我去機場送你。」

「子燕。」博奕琛輕嘆，「我們不是約定好，不送機的嗎？」

是有過這樣的約定，但那是他強迫我答應的！

因為害怕面對分離的場面，不希望看見對方傷心不捨的表情，我不是不明白他的顧慮，可是……

「哪有女朋友不送機的？」

「妳如果來，我怕我會改變心意。」

「怎麼可以這樣……」

他輕笑，「就讓我任性一回吧。」

「出國前，沒能見到我最後一面，你都不會難過嗎？」我嘟嘴。

「怕見了面會更難過。如果妳當場大哭的話，我會無法放心離開的。」博奕琛頓了頓，又說：「而且，怎麼會是最後一面？放假的時候，我會回來啊！」

「但我……」

可能怕再被我盧下去會心軟，博奕琛搶先說道：「子燕，照顧好自己，乖乖等我回來。」

博奕琛不喜歡分離，所以他是真的不想我去送機，在這點上，展現了他難得的固執，連明天幾點的飛機、搭什麼航班都不肯告訴我。

結束通話後，我心情鬱卒的發訊息到有施妤穎、齊敏和楊悅在的朋友群組：**「博奕琛明天就要去美國了，我傷心。」**

楊悅：**「這麼快！」**

「他媽媽希望他早點過去適應環境。」

施妤穎：**「他怎麼這次這麼聽話啊？」**

楊悅：**「可能也怕拖越久會越捨不得吧！」**

齊敏：**「妳要去送機嗎？」**

「他不讓我去，所以根本不告訴我航空公司和班機時間。」

楊悅：**「這麼狠喔……」**

施妤穎：**「妳要乖乖聽話嗎？」**

「什麼意思？」

齊敏送出一張挖鼻屎翻白眼，長得很醜的人物貼圖，**「當然是去機場堵他啊！」**

「可是每天飛美國的航班有那麼多……」

施妤穎：「**就賭賭看唄！沒賭到就算啦，至少努力過了。**」

「**萬一，他看到我去機場，生氣怎麼辦？**」

楊悅：「**會嗎？我倒是覺得他看到妳，想氣也氣不起來了。**」

我花了一個晚上思考她們的建議，後來根本睡不著，睜著眼睛到天亮，滑了滑手機搜尋今天飛往美國的所有航班資訊，猶豫一陣最後，還是決定要做這件傻事。

♥

機場來往出入境的旅客絡繹不絕，我坐在離出境海關最近的長排座椅上，試著和博奕琛聯絡。

每隔一段時間，就傳訊息給他：

「**行李準備好了嗎？**」

「**你在幹麼？**」

「**要出門了嗎？**」

「**到機場了嗎？**」

博奕琛被我搞得哭笑不得，從一開始的回覆訊息，到消失一段時間後，直接打電話過來，手機一接通，我就聽見他無奈的聲音：「子燕，我已經在機場了，剛 Check in，妳就別擔心了，好嗎？」

從白天等到晚上，終於──

「搭乘國泰航空 CX531，飛往名古屋的旅客，請注意……」

機場廣播的聲音，讓正在講話的博奕琛突然變得安靜。

看不見他的表情，我怯怯的喚了聲：「奕琛？」

「妳在哪裡？」他的嗓音沉了下來。

「我在……出境海關這裡。」

電話那頭，傳來嘟嘟嘟的聲音，手機顯示通話已結束。

我錯愕地盯著螢幕，不確定博奕琛是不是生氣了。

從座位上站起身，我焦急的四處張望。

沒多久，博奕琛就出現了，他穿過人群，大步筆直朝我走來。

「柯子燕，我不是說過不要來送機嗎？」

「你生氣啦？」我退後一步，小心翼翼的瞅他。

博奕琛拉住我，「妳答應過我了。」

「可是我現在就已經很想你了嘛！」管他三七二十一，我要賴，撒嬌是王道，這是稍早前施妤穎教我的。

鬆開緊蹙的眉心，博奕琛望著我半晌，一聲嘆息後，將我禁錮於胸前，牢牢實實的擁抱。

「我真是敗給妳了。」他心疼的問：「妳在這裡等了多久？」

「只要能等到你，就沒關係。」

「是不是齊敏或施妤穎出的餿主意？」

「啊哈、哈哈哈！」

「我就知道！」他稍稍退開，莫可奈何的睨我。「遲早被她們帶壞。」

雙手環住他的腰，我笑得像個討賞的孩子，「你是不是很感動？」

博奕琛沒有回答，只是深情的沿著我的髮際線輕撫，掌心貼著我的臉頰。

怕沉默會讓氣氛變得難過，我自顧自的說：「去美國後，你不會被漂亮的女生拐走吧？我是很沒有安全感的類型……」儘管故作堅強，我還是好捨不得。

「噓。」他低下頭，親吻了我的眉眼、鼻尖、臉頰，最後來到脣畔，「子燕。」

我旁若無人的將他緊抱，「嗯？」

「等我回來。」話落，博奕琛給了我一個繾綣柔情的吻別。

依依不捨的目送他進海關，看著那道令我眷戀不已的背影，又忍不住喚住他的腳步，「博奕琛！」

他回首，眼睛也紅紅的，但沒有哭，只是很溫柔的挑眉，笑著看我。

我真的好喜歡你！

這句告白，無聲的傳遞。

博奕琛看著我說話的脣形，露出燦爛的笑容，點點頭，也用脣形回應我：**我知道**。

學生時期的我們，曾經喜歡過一、兩個人，因為對方不喜歡自己，而跌倒過幾次，受過幾次傷，從此選擇當個庸庸碌碌的女配角，以為生活不會再有驚喜。因為認為自己不起眼，不值得被愛，面對許多事情，才失去了勇氣、感到無力而裹足不前。

可是，青春不就是這麼回事嗎？

喜歡過、傷心過，笑過、痛過，也曾經微小的感到幸福過……

女配角的戀愛法則就是：不要羨慕誰、不要嫉妒誰，更不要看輕自己，勇敢、自信的朝目標和夢想前進，認真過每一天。

即使偶爾膽怯、害怕也沒關係，無論好的、壞的，都是成長茁壯的過程和養分。

然後，如果有一天，遇到了一個你喜歡，而對方也剛好喜歡你的人，那就勇敢跨出那一步吧！

因為你值得被愛，而且，會幸福的。

正文完

番外篇　我的初戀

現在回想起來，我小學的時候，還真是長得不怎麼樣。

國小時期，簡直就是一段黑歷史，沒吃什麼，就胖了。

所謂的虛胖，大概就像我這樣。

明明體型比欺負我的同學們多了一點五倍，卻還是常常被欺負。

便當被放蟑螂、書桌椅被塗抹快乾膠，或是被拖去操場正中央、作業簿被剪破，美術勞作被藏起來，或被推倒在地上翻滾抹泥巴，偶爾被潑髒水關在廁所間裡……

這嚴重影響年幼孩童身心靈發展的校園暴力行為，簡稱霸凌，但沒什麼好告狀的，因為學校導師頂多摸摸頭、安慰個幾句，反正人沒事就好，能用省事的方法處理比較重要。

對我而言也是，通知家長沒有任何意義，以目前家裡的狀態，就算我媽知道了，大概會交由老師全權處理，頂多幫我轉學。

主要是，面對同學們惡劣的行為，我並沒什麼感覺。他們不喜歡我又怎樣？我根本不在乎。

書包多帶一點實用物品、小型醫療包及換洗衣物，我連學校的置物箱裡，都備好了吹風機跟兩雙鞋。

上學，不過就是我這個年紀應盡的義務。

可坦白說，其實沒學習到什麼，有些老師上的課根本沒有營養、內容乏味空洞，還不如在家自學。

我也不屑他們說的，學生時期就應該結交朋友、享受在校生活，國小時交的朋友是能維持多久？有幾個出了社會成家立業後還會聯絡的？

不過，這些念頭，在遇見她後有些改觀了。

如果是她的話，或許交朋友，也不是件壞事……

起先會注意到她，是因為她總是跟一個男孩子膩在一起，明明是女孩，卻留著一頭男孩子的髮型，被以男孩子的方式對待，勾肩搭背，惡意笑話。原本我以為，她臉上露出的無奈表情，是不知道該如何反抗，後來才知道，那其中包含著對那個男孩子單純天真的喜歡。

我們第一次說話是在操場上，我被班上同學欺負，渾身沾滿泥巴，好幾個女孩子經過時，都只丟下嫌棄的幾眼，便匆匆走過。只有她，毫無畏懼的朝我走來，蹲下身遞出了一條方形手帕，黃底棉料上，印著一隻可愛粉紅兔子和一隻白色小雞。

「這什麼？」我問的是手帕。

「卡娜赫拉啊！小雞叫P助。」她完全搞錯重點。

「妳要給我擦嗎？」這不是她很珍惜的嗎？現在想起來，她似乎身上有很多東西的圖案都和這兩隻動物有關。

「對啊！」她似乎怕我有所懷疑，還直接動手幫我抹臉。

困窘的低下頭，我接過她的手帕，不自在的說：「我自己擦就好。」

「你是不是常常被欺負啊？」她手撐著下頷，檢視我一身的狼狽。

我沒有回答，只是逕自整理著身上的髒汙。

上課鐘響起，她起身朝我伸手，「起來吧，上課了。」看著她善意的舉動，我卻沒有領情，撇過臉道：「妳先走吧！」要是被欺負我的那些同學看到，不知道以後她會不會也跟著遭殃。

「嗯，好。」轉身，她頭也不回的走了，忘記手帕還在我這裡。

我捏著手裡的帕子，抿直的唇角忍不住勾起一彎弧度，而不願意承認的我，很快就恢復面無表情的模樣。

那條手帕，後來我清洗乾淨了也沒有還給她，不知道為什麼，私心就這樣留下了。

後來，她總是在我多災多難的時候出現，帶給了我少許的溫暖，雖然其實我沒有很需要她的幫助，但若拒絕的話，她好像會難過，因此有時候，我也就默默接受她的援助，看見她因為幫助我而露出心滿意足的表情，心裡也會跟著莫名的感到開心。

每次見到她，我都沒有說太多的話，所以讓她誤以為我是比較沉默寡言的類型，我也懶得解釋。

被欺負的日子還是日復一日，但我發現自己竟然有點變態的期待。

而她，總是在我最狼狽的時候出現，也變成一種意外的常態。

那次放學，同學們用拖把桿子抵著外頭的門把，將我反鎖在女廁所裡，還拿打掃阿姨拖完地沒倒掉，裝有汙水的水桶潑了我一身髒。

已經放學了，我根本不期待會有人救我，可能要等巡邏校園的警衛伯伯發現吧。

但她卻出現了，敲了敲門板問：「裡面有人嗎？」

認得出她的聲音，我虛弱的打了聲招呼：「嗨。」

「天啊，真的有人！」

卡在門把上的拖把桿子被拿掉了，她打開門，看見我不怕髒的坐在地上，蜷縮成一團，因為冷而發顫，緊張的關心，「你還好嗎？」

我望著她，眼神仍然桀驁不遜，帶著些許的漠然，但心裡是開心的，慶幸能被她發現。

「你沒事吧？」她蹲在我面前，小心翼翼的伸手撥了下我黏在額頭的瀏海，「怎麼全身溼透了？被潑水嗎？」

「沒事。」

她直覺的回頭瞄了一眼洗手台旁洗拖把用的水桶，瞪圓了眼驚呼：「天啊！要不要幫你找老師？」

「不用，我有帶換洗衣物。」

「你真的很勇敢耶！如果我是你，這樣的校園生活，我可能連一天都待不下去。」她瞅著我，紅了眼眶。

「喂，妳不會要哭了吧？」從來沒有女孩子為我掉過眼淚，但她看起來像真的下一秒就有可能嚎啕大哭，我可不知道該怎麼安慰人啊！

果不其然，她哭了出來，像水龍頭扭不緊的開關，滴滴答答的，眼淚停不下來，「他們怎麼這麼壞，你真的好可憐……」

我不喜歡被同情，但她的淚水卻柔軟了我的心，「好了啦！不要哭了。」帶點不知所措的舉起手，想幫她擦眼淚，可是想到自己渾身髒兮兮的，又縮了回去。

她從書包裡拿出一條不同款的卡娜赫拉手帕擦眼淚，「你會不會渴？該不會剛剛有喝到髒水吧？」

現在問這種問題不奇怪嗎?我不知道該怎麼回答。

她翻了翻書包，從裡面找出了一罐鋁箔包裝的芭樂綠茶塞進我手裡，「喝這個，我的最愛，很好喝唷!」

睨著她燦爛的笑容，我竟一瞬間失了神。

「上次給你的手帕，也是我最愛的一條。」

「等我洗好還妳。」其實早就洗好了。

「不用啦，沒關係!我有很多條。」

「妳是來上廁所嗎?」

「對啊!上一堂勞作課，你看我的臉上有點泥土。」她指了指臉頰上泥土乾掉的灰汙。

我看了一眼，斂眸，「謝謝妳幫我開門，妳趕快回家吧!」

「那你咧?也要回家了嗎?」

「我可能先回教室拿書包，換件衣服……」

「對了，你叫什麼名字?」她站起身，揉了揉發麻的小腿，衝著我笑，「我叫柯子燕。」

仰首望著她，我頓了頓後才緩緩回答：「程宇彥。」

白淨的臉龐，發光般在我眼前綻放，她興奮的說：「我們當朋友吧!」

「朋友?」

「對啊!你聽，宇彥、子燕，讀音只差一個字，當然可以成為朋友啊!」

這句話，一直在我的腦海中縈繞，而這個女孩，也就此刻進了我的記憶中。

柯子燕。

那些她為我哭泣的時刻，那些她默默的陪伴我身邊的溫暖舉動，或許對她而言只是微不足道的小事，但我的心，卻因為她而變得柔軟。

只是緣分，有時候會將兩個人帶往不同的道路，在你措手不及的時候。

升上小學六年級剛開學沒多久，重感冒請假在家的幾天，我媽因為接受公司升職外派到日本的安排，而替我辦理了退學手續，我甚至還來不及向她說聲謝謝並詢問聯絡方式，就被帶去了日本。

有人說，小時候的喜歡，帶著一點天真和無知，只要誰對你好、誰和你玩，就能輕易的說喜歡，但那樣的感情並不會停留在心上很久，也不算第一個真正喜歡上的人。

可是，幾年過去了，我依然會想起那個經常在無意間和我共患難的女孩，她送了我一罐她最愛的芭樂綠茶，和一條最喜歡的卡娜赫拉手帕，還有那些，為我掉的眼淚，和無聲陪伴後的微笑。

直到，我們再次相遇。

體育課結束點完名，準備從操場離去時，聽見有人在大聲呼喊「柯子燕」這個名字的瞬間，我整個人像被電流竄過四肢百骸，雙腳不聽使喚的朝眾人群聚的方向前進。

當說出那句：「妳沒事吧？」我其實比誰都還要緊張。

原本想裝酷、故作冷靜的表情，卻在見到人的那一刻失守。她還是和我記憶中的女孩一樣。

送她去保健室的路上，我仍然不敢相信我們又重逢了，「妳叫柯子燕，對吧？」念出名字的時候，心情緊張不已。

「……對。」

她真的是柯子燕。

我怎麼會轉來這麼久才發現呢？

怕會再度錯過她，這次我很快就要電話號碼了，卻被拒絕得非常徹底，真是傷心。

這張變得帥氣的臉蛋，居然比之前臃腫平庸的長相還沒用。

徐瑞德坐在位置上蹺著二郎腿，一臉發現新大陸的表情，「博奕琛，我還真沒看過你對哪個女生特別熱心耶！」

「因為她不是哪個女生，她是柯子燕。」

「我有沒有聽錯？居然從你口中，說出一個女生的名字。」

吹什麼口哨，誇不誇張。懶得解釋太多，我推了徐瑞德一把，「陪我去二仁。」

「幹麼？」

我理所當然道：「你用籃球打到人家的鼻子，不需要去關心嗎？」

「喔拜託，博班長，你到底是要去關心幾次？照三餐關懷，對人家小綿羊而言，有時候關心太多也是種壓力好嗎？」

在還沒要到她電話之前，我只能用這樣緊迫盯人的方式。

徐瑞德瞇了瞇眼，湊近看我，「博班長，你是不是春心蕩漾啊？」

「什麼？」

「我嗅到了心動的味道。」

我抬腳踹了他屁股一記，「哪來那麼多廢話！」

和柯子燕子的重逢之路，並沒有我想像中的容易，但如果可以以全新的身份和她相遇，也滿好的，值得期待。

雖然這個笨蛋，還是喜歡著青梅竹馬的大男孩……

「柯子燕！」拉住在樓梯口巧遇的她，我仔細審視著她之前被籃球打到的鼻梁。

她慣性的抿了抿脣，不自覺憋著氣，直到差點窒息才微喘著，雙頰暈染著可疑的紅痕。

是因為我而害羞嗎？

我無法克制的嘴角上揚，彎下身與她平視，伸手揉了揉她的髮頂，「妳鼻梁上的傷好了，還好沒有留疤。」否則要徐瑞德那小子對她負責的話，我會很困擾的。

午後穿透進樓間的陽光，與柯子燕臉上的紅霞相互輝映，我再次感到一陣心動……

其實，我很想說，那顆籃球不是打到她的鼻子，而是打進了我沉寂已久的心門。

這些年，她的模樣從未自我心裡淡去，越來越清晰的輪廓，和一次又一次，為她悸動的心跳聲，無數個片段鮮明的刻印在記憶中，而那道留下的身影——

是初戀啊！

她，是我一生僅有一次的初戀。

番外篇　領帶，可以給我吧？

勤陽高中的畢業典禮特別浮誇，為了要留給應屆畢業生難忘的回憶，除了用心將校園布置得很有氣氛之外，從上週開始，就陸續推出許多校園活動，比如像什麼戀愛大聲公、玫瑰傳情，或是畢業市集等。

「戀愛大聲公」顧名思義就是拿著大聲公，站在學校中心點最高的那棟教育館頂樓，放膽喊出對喜歡的人的心意，免費報名，適合想要高調求愛的同學們參加。

而「玫瑰傳情」，則是專門給像我這種，個性比較膽小閉俗的人，用來表達愛意的活動，就算被拒絕了也不容易被大肆宣揚，保守派的告白方式，只需要付給攤位五十塊錢，寫下欲送花的對象、班級和心意小卡，愛神丘比特就會幫你送到對方的手中。

至於「畢業市集」，沒什麼特別的，基本上就是由高一學弟妹主辦，每班一個攤位，類似熱鬧的夜市，有吃又有玩。

薛育成這幾日很不爽，因為有一個不知死活的高二學弟，在戀愛大聲公的活動上大膽的向施妤穎告白。當天，傳愛小天使到班上通知施妤穎幾點幾分前往教育館時，他就開始臭臉了，而聽到學弟站在頂樓拿著擴音器說——

「好穎學姊！妳真的好漂亮！我喜歡妳！等我考上和妳同一間大學，就請妳和我交往吧！」

其實，我們沒有考上什麼太厲害的學校，所以學弟要達成這個目標應該是不難啦……

「加油喔！」

比較令人意外的，是施妤穎居然沒有拒絕，反而還說了一些鼓勵的話，只不過沒有正面答應就是了。

昨天薛育成因為這件事情找施妤穎理論，碰了一鼻子的灰。

「你又不是我男朋友了，管海邊的嗎？人家跟我告白關你什麼事啊？」

「那種小毛頭妳給他希望幹麼？」

「你在我眼裡還是個屁孩咧！而且你只比人家大一歲，得瑟什麼？」

薛育成被堵到說不出話來，只能生悶氣。

「不要老是都要等到失去了以後，才懂得珍惜。」博奕琛補的這一槍，威力十足。

讓他不爽到今天都畢業典禮了，還心情鬱悶到眉頭糾結。

同學們待在教室裡三兩群聚、或坐或站，等著待會兒八點二十要準備畢業生校園巡禮。我睨了一眼坐在旁邊霸占施妤穎座位的薛育成，笑問：「你還在生氣啊？」

「哪有。」他嘴硬。

「是嗎？」我挑眉，「那今天畢業，你為什麼臉上都沒有笑容？」

「畢業不就那樣，有什麼值得開心到一定得笑嗎？」

我點點頭，「好吧。」還是不多說了，有人脾氣硬得咧！

支手撐著下巴，我朝另一頭望去，倒是瞧見了有趣的景象。

齊敏居然在幫李元盛調整畢業胸花，嘴巴還嘮叨著：「身為班長，怎麼連這個都別不好，你都沒發現歪掉了嗎？」

「別好的話，就沒機會讓妳幫我了啊！」李元盛的笑容有些放肆。

齊敏又好氣又好笑的瞋了他一眼，臉上漾著愛情初綻時甜滋滋的神態。

去別班找完朋友的楊悅回教室，張望了一會兒，開口問：「好穎呢？」

「還沒來。」

說曹操、曹操就到，綁著俏麗長馬尾，妝容濃淡得宜，白襯衫熨燙得平整發亮，扎進海軍藍膝上百褶裙內，半統襪、黑皮鞋，儼然校服最佳代言人的施妤穎，吸引人眼球的出現在班級門口。

「我沒遲到吧？」她抬頭瞥了一眼教室牆上的壁鐘，「八點十九分，還好！」

「哇賽，不愧是高中部之花，一路美到畢業！」

施妤穎自信的朝我們走來，沿途收到不少男同學們的口哨聲和讚賞。

我偷瞄薛育成更加不悅的臉色，只好裝傻的撇過頭去，少管閒事，保障自身安全。

「你幹麼坐在我的位子上？」

薛育成賴著不肯讓座，語氣不善道：「妳特別打扮，是為了那個跟妳告白的學弟嗎？」

「什麼跟什麼？」施妤穎翻白眼，「你真是不可理喻！」

「他不是說巡禮的時候，要送花給妳？」

畢業典禮前的校園巡禮，應屆畢業生會列隊繞校園一圈，沿途每班的學弟妹代表，會站在路徑上歡送學長姐，並給予祝福，那個時候可以送花、禮物和畢業賀卡。

「少無聊了。」

「我看妳很高興啊！」

施妤穎忍無可忍，「薛育成，你真是莫名其妙耶！我被其他男生喜歡是一兩天的事了嗎？用得著反應這麼大？」

「以前他是妳男友，當然比較沒有危機意識啊。」楊悅不知道是粗神經，還是為施妤穎抱不平，故意煽風點火。

「那也是他甩我的！」施妤穎咬牙切齒，美目一橫，「難道你後悔了嗎？」

聞言，薛育成先是神色古怪的與她對望幾秒，接著漲紅了臉，別過頭起身，拔掉繫在衣襟的領帶，二話不說的塞進施妤穎手裡後，就走了。

我正疑惑薛育成的行為，一回首卻發現施妤穎原本錯愕的臉上，居然慢慢浮現出一抹淺淺的笑容。

「你們這是……」

話都還沒問完，班導就敲了敲教室的門板喊道：「同學們集合，準備要巡禮了！」

「其實我覺得啊，巡禮這項儀式，根本就是用來比較人氣、滿足虛榮心的，像我們這樣的小透明，根本只有插花的作用。」楊悅悶聲，附在我耳邊說，「像博奕琛啊！肯定會收到不少學弟妹的禮物，不過妳是他的女朋友，他收到也等於是妳的，就不用太計較了。」

是可以這樣算的嗎？我乾笑。

雖然巡禮對大部分的畢業生而言，就是用來收取學弟妹禮物的一個流程，但看著沿途經過的每棟建築物和校園風景，以前每天上學不覺得怎麼樣，現在倒是已經開始懷念了，內心泛起一股莫名的感慨。

至善堂擠了滿滿的人潮，應屆畢業生魚貫進場入席時，坐在觀禮席上等候已久的學生家長和親友團老早就準備好相機、手機拍照錄影了，爭先恐後的為畢業生們留下離校前最後的紀念身影。

然後，經過了一段冗長到令人呵欠連連的致詞和頒獎流程後，典禮終於接近尾聲，博奕琛上台，代表高中部畢業生致謝詞。

「妳男友真的很帥耶！」先是坐在後方的齊敏靠過來說，「玫瑰傳情的活動，他不是有收到很多花嗎？」

接著換施妤穎小聲開口：「我看趁著畢業，今天搶著要跟博奕琛告白的女生肯定不少，妳都不擔心嗎？」

最後，楊悅搖頭補充：「聽說畢業市集上，高一忠班攤位的主題『校園風雲人物誌』，其中賣最好的，就是博奕琛的各種生活照呢！」

擔心也不能防止它發生啊！我哭笑不得。

「妳們到底想表達什麼？」

齊敏露出可疑的笑容，雙手放在我肩膀上，捏了捏，「意思是，妳要顧好男友啊！」

「怎麼顧？」

「拿出身為女朋友的架勢來！」施妤穎結論。

被她們這樣你一言、我一語搞得都沒能專心聽博奕琛的致詞，他就講完了，在一陣熱烈的掌聲中走下台，聽從司儀的指示，領著高中部全體畢業生起立，依例先向師長們行謝師禮，再面對觀禮席的家長們行謝恩禮。

最後，唱校歌、禮成，全場爆出如雷的歡呼，師生們享受在畢業的喜悅之中，我們的高中生涯，就此畫下句點。

散場後沒多久，博奕琛就在至善堂附近的鳳凰花樹下，被一大群女學生團團包圍，其中有同屆畢業的，也有國高中的學妹。

「我們是不是說了？」施妤穎嘖了幾聲，推我一把，「快去保護男朋友啊！」

「要怎麼保護……」我與被困在女生堆中不得動彈的博奕琛隔空相望，他的眼神飄出一絲無奈。

楊悅她們拉著我走過去，隨著距離越近，我總算知道除了搶著告白、送情書之外，她們在要什麼了——

「博同學，可以給我你的領帶嗎？」

到底要領帶幹麼？我一頭霧水。

見我發愣，齊敏催促：「快點啊！」

「那我現在要說什麼？」

施妤穎急道：「妳不會是真的想讓別的女生拿到博奕琛的領帶吧？」

思緒混亂的看著眼前一片鬧哄哄的場景，我心一橫，咬牙豁出去，揚聲道：「博奕琛是我的男朋友！」

女同學們瞬間安靜了下來，錯愕的面面相覷。

過了好幾秒，博奕琛笑著打破沉默，「我女朋友說的沒錯，所以，很抱歉，妳們的心意，我心領了。」

「這就是所謂的放大絕吧？」楊悅幸災樂禍，「全數失戀陣亡。」

越過她們，博奕琛朝我朋友們道：「子燕我先帶走了。」

「慢走不送。」齊敏揮了揮手。

我傻愣愣的被博奕琛牽著移動還沒緩過神，直到他把我帶去中央花園，拉鬆繫著的藏青色領帶，並停下了腳步。

「嗯?」我看著他靠近，用取下的領帶套在我的脖子上。

「學校裡有個傳說，只要在畢業典禮當天，收到喜歡男生制服的領帶，就能將對方套牢，保佑戀情順順利利、長長久久。妳不知道嗎?」

原來……

難怪早上施妤穎收到薛育成的領帶會笑。

「我還真的沒聽過。」其實，像我這樣不起眼的校園小人物，能在高中時期交到男朋友就已是萬幸了。

「沒聽過就算了。」博奕琛輕拉我脖子上的領帶，順便將我圈進兩臂之間，「但這個是妳的了。」

「你是指領帶還是你?」

「都是。」他垂首，與我額頭相抵。

我展笑，享受幸福的片刻之餘，突然想到一個始終忘記提出的問題：「為什麼當初，不早點告訴我你就是程宇彥?」

「要面對過去那段陰暗的時光，說出關於我父親的事情，對我而言並不容易。」頓了頓，他呼出口氣又道，「其實，我滿不想讓妳看著我的時候，還會聯想起以前那個小胖子。」

我挑眉，「你就這麼介意你在我心目中的形象啊?」

「我只是不希望，妳是因為過去我們曾經有過那樣的交情，才對我產生特別的情感，我希望自己是以全新的姿態站在妳面前，走進妳的心裡。」

「那為什麼後來又說了？」

博奕琛撇脣，故作不高興的模樣，「因為妳一直說要分手。而且妳的不安，來自於不知道為什麼我會那麼喜歡妳。關於這點，我也猶豫了很久，但如果說出來，才能讓妳明白自己對我究竟有多重要，那我願意。」輕捏了下我的鼻尖，他笑說：「所以假交往，只是個藉口而已，打從一開始，我就沒想過要放手。薛育成沒有做到好好珍惜妳，我會做到。」

「說到薛育成……」我瞥眸，有點拿他沒輒的說，「你就不要老是故意戳他軟肋了，他是很容易被激怒的類型。」

博奕琛哼哼兩聲，「我就是不爽薛育成那個笨蛋，虧待妳的心意那麼多年。」

「可我現在不是有你了嗎？」

似乎很滿意我的答案，他揚起笑容靠過來，在我的眉心落下一吻，「真好。」真摯而溫柔的凝視我的眼睛，「我的青春，沒有遺憾了。」

「為什麼？」我追上去，朝邁開步伐走在前頭的他問。

博奕琛佇足回眸。

夏日微風吹拂著他的髮梢，和煦的陽光灑落在他俊逸的臉龐，嘴角緩緩上揚的弧度，成為令我的心跳怦然而舞的旋律。

不久後，他說：「因為，我找到了妳。」

實體書獨家番外　一場美麗的誤會

前幾天，我偶然在圖書館遇見這學期選修科目和我分到同一組的女同學，邊查找寫報告需要用的資料，閒聊天到一半時，她突然很興奮的建議：「子燕，我覺得妳真的是養寵物的不二人選耶！妳看喔，妳爸媽經常出差不在家，好朋友們又都忙著談戀愛，而妳也不想當電燈泡。寵物可以時時刻刻陪伴在妳身邊，多好啊！」

確實……爸媽經常出差，薛育成和施妤穎復合，齊敏和李元盛經過三年的糾纏，終於在上學期末展開交往，就連楊悅，都有了曖昧對象，而我雖有男友，對方卻遠在美國讀大學，掐指一算，出國也有兩年時間了。

除此之外，不得不承認，我這個人有時候是挺無聊的，連社團都選擇超靜態的插花社，裡頭的女同學們，一個個看起來比我還要嬌弱，說話輕聲細語，感覺好像一放大音量，就會被嚇哭。我一直覺得齊敏的說法太誇張，但仔細觀察下來，還真的是如此。

不過，我看起來有那麼寂寞嗎？

「妳們覺得我養寵物好不好？」LINE 群組上，我發問。

「這麼突然？」楊悅給了我兩顆大眼睛的貼圖。

「選修課同一組的女同學建議我，可以養寵物。」頓了頓，我又傳，**「作為解悶用途。」**

晚讀了幾分鐘的齊敏回：「若要養寵物，就得負責牠的一生，不可以只是為了暫時性解悶或打發時間，否則牠們就太可憐了！」

「嗯嗯，我知道這是永遠的責任。」所以這幾天，我很認真在思考這件事。

「妳想養什麼？」楊悅連發訊息，「養狗狗！養狗狗！狗狗很可愛！」從這麼多驚嘆號來看，她似乎很興奮。

「狗狗對子燕來說太熱情了，我怕她招架不住。」齊敏的字裡行間，揶揄意味十足。

楊悅問：「子燕，妳要去寵物店買嗎？」

丟出一張嚴肅臉貼圖，齊敏表示：「請支持領養代替購買。」

遲遲沒有參與討論的施妤穎，在隔天已讀後，直接發語音，高分貝的嗓音，差點貫穿我的耳膜，好像要養寵物的是她一樣。

「養貓、養貓、養貓、養貓啦！」

嗯……貓咪的個性，很像她會想養的寵物。

謹慎的選擇好寵物類別，我向爸媽提出要求，結果他們居然比我還興奮，迫不及待的追問即將要報到的家族新成員需要添購什麼生活用品，列了一長串的清單去採買，甚至在我房間用塑膠圍欄隔出了一小塊區域要給寵物住。

爾後，經歷與流浪動物之家義工們幾次的面談和試養，總算，牠被我接回家了。

「妳最近在忙些什麼？」週末晚上，洗好澡、吹乾頭髮，我懶洋洋的倒臥在床上和博奕琛通視訊電話。

「我？」瞄了一眼床尾那團毛茸茸的萌寵，搖頭：「沒、沒有啊。」現在想起來，養寵物這件事情，我都沒有跟博奕琛討論，不知道他會不會喜歡小動物？願不願意當茶包的爸爸？

但他遠在美國，就算當爸爸，也會跟毛小孩聚少離多啊……

況且，以茶包這麼小顆的腦袋，只見幾面的話，應該記不得他吧？

是說，反正再過兩個月他就要回國了，要不然先保密，等到時候帶去機場接機，給他一個驚喜？

不知道他會不會嚇一大跳？好像還挺有意思的……

「那妳怎麼心不在焉？」博奕琛那頭還是大白天，陽光透過窗櫺灑落在他清朗俊逸的臉龐上，好帥，很適合截圖當鎖屏。

我搖搖頭，笑吟吟道：「你太帥了，我看著你出神。」

哐啷！

茶包踢倒了放在地上的保溫罐，我不經意的脫口而出：「你壞壞！」

「嗯？」博奕琛瞬間瞇起雙眸，「子燕，妳在跟誰說話？」

「啊？」我看向螢幕，眨了眨眼，「我有說話嗎？」

「誰壞壞？」

「喔，哈哈……你大概是聽錯了。」真是的，才剛決定好要給他個驚喜的，怎麼可以露餡了。

他覺得很可疑，「妳這幾天會漏接我電話。」

那是因為我都在陪茶包玩啊！

義工說，茶包之前是被人連籠子丟在公園裡棄養的，心裡一定會有陰影，脾氣雖然挺倔的，卻容易擔心受怕，需要新主人多些時間陪伴才會熟悉，待培養好感情，就會很親人了。

「我這幾天比較忙。」也不知道這樣的解釋，他會不會接受，好像有點敷衍。

博奕琛在螢幕那頭看著我，許久未開口，直到我尷尬的轉動眼珠子，他才緩慢道：「子燕，妳是不是有什麼事情瞞著我？」

「沒有。」我搖頭。

茶包卻蹦蹦跳跳，準備要進攻浴室——

「不可以進浴室，我剛洗完澡還溼溼的啦！」

丟下手機，我卻來不及阻止萌寵的好奇心，牠已經四隻腳踏進去，踩水踩得不亦樂乎。

追著跑幾步，好不容易把牠逮住，抱在懷裡用乾毛巾擦腳，再將牠關回隔離區，丟了一小塊零食哄騙牠乖乖就範後，我整理儀容，正打算回到床上好好跟博奕琛聊天時，卻發現手機沒電了，已經直接關機。

「糟糕……」他該不會生氣吧？

我插上充電線，一開機馬上再撥打電話給博奕琛，但沒接通，過很久他只回了一條訊息，說有事要忙，先不聊了。

「八九不離十，肯定是生氣了！」施妤穎丟出一張饅頭人吃著爆米花戴3D眼鏡的貼圖。

「妳這是在準備看戲嗎？」齊敏居然有置板凳的貼圖。

楊悅跟上：「我要坐妳們旁邊。」

「妳們很沒良心。」我哀怨。

「誰叫妳想養寵物沒跟博奕琛討論？」

「帶茶包去接機算哪門子的驚喜？妳腦袋到底在想什麼啊？」

「難得通視訊電話還心不在焉，簡直就是挖坑給自己跳，神仙也救不了妳。」

她們三個人剛好一人一句，把我給數落完了。

「我知道錯了嘛……」不幫我想辦法，還一個個都準備看戲，真是損友耶！「那我現在應該怎麼做？發條訊息過去坦承其實我養了一隻寵物，所以最近才會漏接電話的，這樣他就不會生氣了嗎？」

施妤穎：「哎，楞木頭。」

齊敏：「我要是是博奕琛肯定吐血。」

楊悅：「當然是直接打電話過去撒嬌啊！」

「但他說他有事情在忙……」

「那就晚點再打！」這次，三位的訊息倒是回得很一致。

可是，後來，博奕琛的手機，就直接轉入語音信箱了。

♥

隔日，我再度把聯絡不上博奕琛的煩惱告知好姐妹們，但她們不但沒理我，反而都在為晚上要和電機系男生聯誼的事情感到興奮不已。

自約定地點集合後，就一直處於很嗨的狀態。

「妳們現在是準備要爬牆嗎？」我愁眉苦臉的瞥眸，看著她們一個比一個笑得還要開心。

「我們這是在尋找生活樂趣。」施妤穎學壞了，以前說滿心滿眼只有薛育成的是誰啊？

「咦？」楊悅露出燦爛笑容，「我不算啃！我只是有曖昧的對象，又還沒死會。」

「只要沒結婚，都算單身。」齊敏雙手盤胸，說得理直氣壯。

「死會還可以活標啊！」施妤穎眨眨眼，擺擺手道：「而且妳男人，天高皇帝遠，安啦、安啦！」

待系上的女同學們陸續就座，電機系派出來聯誼的男生們也跟著魚貫入場，大家好像在市集裡選青菜蘿蔔似的，開始交頭接耳、紛紛討論起來。

「怎麼都長得呆頭呆腦的？」施妤穎壓低音量在我們耳邊道。

楊悅拍了一下她的手臂，「妳很過分，有幾個還是不錯的啊！」

「我們學校的電機系，出了名的——」齊敏眸光流轉，欲語還休。

「出了名的什麼？」我摸不著頭緒的問。

「出宅男。」她洩氣的說。

施妤穎納悶，「我以為那只是個傳說。」

「現在眼見為憑，還真的是……」齊敏神情難掩失望。

主持人敲響杯子，大致說一遍今天聯誼的目的和活動流程後，大家便開始互相指定自我介紹的順序。

原本以為，沒有男生會注意到我，畢竟和其他女同學相比，我個性既不特別活潑，樣貌又不顯眼，豈料，才經過幾輪，就有一位坐在斜對面，戴著一副黑色框鏡、長相斯文的男生，手指向我道：「同學，我想了解妳。」

「我？……我嗎？」我十分錯愕。

「對啊！」他點頭，笑容親切燦爛。

慣性的抿起脣，我仔細審視過那張容貌，發現他其實，是屬於耐看型的耶……

「對什麼對?」

這嗓音，怎麼如此耳熟?

一群人回過神來，同時往旁邊望去——

三道再熟悉不過的身影並肩而立，平均身高一百八，相貌乍看之下平分秋色，不過，博奕琛還是最帥的……

等等，博奕琛?

我瞬間瞪大雙眼，張開嘴巴，驚訝之情難以言喻。

「是誰提議要聯誼的?」薛育成首先發難。

「我們沒有在聯誼啊，只是在吃飯。」

鬼才相信。

施妤穎勾起的嘴角僵在脣邊。

「親愛的?」李元盛笑得好像來索命的黑白無常。

「我只是路過坐坐。」

這麼扯的謊話虧齊敏說得出口。

我縮了縮脖子，禍從口出，沉默是金。

「是楊悅提議的。」

女人之間的友情，有時候是很脆弱的……

被出賣的楊悅暗暗踹了施妤穎的椅子一腳，瞪大的眼睛裡彷彿在說：為什麼是我?

當然是妳啊，因為我們幾個裡，只有妳還在曖昧，妳的男人還沒有出現。

齊敏聲如蚊吶的抱怨：「可惡，一定是抓耙子學弟出賣我們。」

「那個崇拜薛育成的小嘍囉？」施妤穎瞇起凶狠的美眸，「明天去學校找他算帳！」

聯誼沒有繼續，其他不相關的同學們，看熱鬧看得津津有味。

「但、但但但博奕琛不是應該在美國嗎？」我嚥了嚥口水，難道這就是他電話打不通的原因？因為在飛機上！

「我比較想知道為什麼他們會一起出現。」齊敏咬牙切齒。

薛育成先拖走了他的女友，接著換李元盛，不過，不需要他移動，齊敏就因為覺得實在太丟臉，起身跟在施妤穎被拽走的身後踏出店門了，至於我，難得做壞事就被突然衝回台灣的男友逮個正著，也算是挺不容易的。

博奕琛朝我緩步而來，不爽的臉色猶如曇花一現，犀利的眸光輕睇，待他站定身旁，一手搭上我的肩頭，俊容驀地揚起令人毛骨悚然的微笑，「抱歉，打擾了你們聯誼，但我可能得先把我的女朋友帶走。」

他剛剛是不是瞪了點名說想認識我的男同學一眼？還是我看錯了……

有了博奕琛，現場的女同學們哪還管得了什麼電機系派來聯誼的男生，各個笑得花枝亂顫，有些甚至摀著脣低聲尖叫，或議論著：

「天啊，好帥！」

「他就是子燕在美國的男友？」

「長那麼帥合法嗎？」

這場景，彷彿回到了我們高中時期。

哎，現在不是回味的時候，我是不是該有點自覺，皮要繃緊啊？

「子燕，我們走吧？」那嗓音，溫柔得過份。

我依言從座位上起身，一旁的楊悅趕緊拉住我：「誒、等等！妳們都走了，那我怎麼辦啊？」

我揚起為難的笑容，只能使眼色。

都已經變成這樣，我除了乖乖聽男友的話之外，也別無他法啊！

「自己看著辦。」博奕琛倒是毫不客氣，抓住我的力道一緊，順便瞪了楊悅一眼，認定她就是罪魁禍首。

未免更加尷尬，向聯誼的同學們打聲招呼後，我便隨著博奕琛離開。

只是，沿途他牽著我的手，完全沒說話，就連原本的笑容也都消失無蹤。

「你怎麼突然回台灣了？」我偷覷著他俊美的側臉，「你不是還要兩個月才回來嗎？」

五分鐘過去，他依舊不言不語。

我忍不住追問：「你生氣啦？因為我去聯誼？」

抵達我家門外，博奕琛停下腳步，回頭近距離的瞪著我。

「你、你怎麼了？」我從未見過他這副表情。

「子燕。」終於，他開口了，卻語出驚人，「妳是不是，有其他男人了？」

「呃、嗯？」我愣怔，「你說什麼？」

他伸出雙臂，將我困在門邊的牆上，「我不在的期間，妳也都這麼頻繁的聯誼嗎？」

「沒有啊！」今天是第一次耶，就被抓了。

「那為什麼？」博奕琛揚聲，似乎是真的生氣了，「漏接我電話，好不容易視訊，妳也心不在焉，後來甚至直接斷訊，我連夜搭飛機回台灣，就看到薛育成在群組裡說妳跟著施妤穎去聯誼了！」

「哪來的群組？」我睜圓眼，「你們男生該不會……也組了一個群組吧？」

「是又怎麼樣？」他氣噗噗，「妳們這三個女生實在太不讓人省心了！都有男友了，還跑去聯誼？」

我瞠目結舌，「那、那個奕琛，你先冷靜……」

「妳要我怎麼冷靜？」他抓住我的肩膀，一陣憤怒後突然轉為頹喪，「子燕，我知道我不在妳身邊，薛育成他們又都出雙入對，妳一定會感到落寞孤單。我也知道自己是個失職的男友，但妳真的對我很重要……」

「奕琛，我沒有——」

他打斷我，繼續說：「不然，我回台灣讀大學吧？好不好？」

我到底是哪裡讓他誤會了？簡直讓人一頭霧水。

「你……你怎麼了？」

但博奕琛突然沒頭沒尾地低吼：「反正，不可以！」

「不可以什麼？」

「那個男的是誰？」

「哪個男的？」

「那個我們視訊時在妳房間的——」

「我們視訊時在我房間的？」我重複一遍他的話，仍然一臉黑人問號，「沒有人在我房間啊！」

「那『你壞壞』，妳是在說誰壞壞？」他擰眉，口氣充滿醋意，「妳從來沒有用過那樣嬌嗔的聲音跟我說過話。」

我恍然大悟！

「喔！你是在說茶包啊！」

「茶包？」博奕琛眉頭更加深鎖，「你們都親密到只喚暱稱了。」

轉身從包裡拿出鑰匙開門，我邊說：「那不是牠的暱稱，是我幫牠取的名字啦！」

「他現在在哪裡？」博奕琛沉下嗓子問。

「在我房間啊！」

「還在妳房間！」他抓住我開完門的手，「伯父、伯母不在家嗎？」

「不在，他們出差了。」我脫去鞋子，帶他穿越客廳。

「所以妳就讓他留下來過夜了？」

「你在說什麼？牠一直住在我房間啊！」是我的錯覺嗎？為什麼一直有牛頭不對馬嘴的感覺？

「子燕妳……」

房門口，博奕琛頓住步伐，帥氣的臉龐布滿凝重神色，他默不作聲，瞅著我的雙眼，像是在為了什麼做好心理準備。

「我介紹你們認識。」話落，我鬆開他的手，率先走進房間，彎身、雙臂越過圍欄，將茶包從牠的小軟墊上抱起來。

博奕琛遲疑了一會兒，才跟到我身後，感覺到溫暖的氣息接近，我一個轉身，抱著茶包對他微笑道：「你看，牠就是茶包啦，很可愛吧？」

那瞬間，我彷佛見到喜怒哀樂四種情緒從他的俊容上輪播一遍，最後徒留錯愕停留在那微啟的脣上。

咖啡、灰、白相間的軟毛覆蓋全身，一對小巧的耳朵總是好奇的時不時豎起，可愛的臉龐東張西望，粉紅色的小鼻子嗅動著，正在搜集訊息。

「茶包是一隻道奇兔。」我欣喜的和博奕琛分享牠的品種。

他像是鬆了好大的一口氣，垂下肩頭，長臂一撈，將我連人帶兔抱進懷裡，心有餘悸的說：「妳嚇死我了。」

「怎麼了？」我輕挑眉心，對於他迅速轉變的情緒完全狀況外，「奕琛，你怎麼了？」

博奕琛抱著我久久不放，直到茶包按捺不住性子，在我懷裡蠕動，想要爬到他身上，「茶包好像對你有好感。」

稍稍退開，他睨著手裡毛茸茸的小傢伙，半晌伸出手，輕撫牠的頭，「原來，我居然在吃一隻小兔子的醋。」

「吃醋？」我望向他，總算是明白了，「所以，你剛剛是在吃醋？」

「不然妳以為，我為什麼激動到都從美國飛回來了？」他柔了幾分面色，抱怨道：「還不都是因為妳。」

我邊安撫茶包，失笑道：「你忘啦，我這顆萬年鐵樹，長到這麼大，也就只開了你這麼一朵花，有什麼好擔心的？」

「我以為妳有別的男人了。」他好委屈，悶聲說：「結果只是養了寵物。」

「這陣子我忙，都是因為在陪牠，所以才會漏接電話，對不起嘛！」我吐了吐舌頭，「就是忘記告訴你，我養了一隻兔子，本來還想，兩個月後帶著茶包去接機，給你一個驚喜的。結果你居然跑回台灣了。」

「妳還敢說！」他捏了下我的鼻尖，「我怕妳被不知道哪裡冒出來的野男人給拐跑了，視訊斷掉後，就緊張得買機票衝回來了，這十幾個小時搭飛機途中，還腦補了不少畫面，都折壽了……」

這個意氣風發的男人，什麼時候變得這般可憐兮兮、小心翼翼了。

讓我好笑又感動，將茶包塞進他懷裡安置好，我說：「那給你當茶包的爸爸。」

博奕琛仔細的抱好牠，那模樣，像是剛獲得新生嬰兒的新手爸爸。

「我當然是爸爸了，不是我還能是誰？」他理所當然的回。

本來以為茶包第一次見到博奕琛會有所戒備，結果牠倒是很舒適的躺在他胸口，不一會兒就睡著了。

而他，比我想像得還要喜歡茶包，馬上就在想有什麼寵物用品可以從美國帶回來給這隻囂張在他懷中睡到四腳朝天的小傢伙。

直到博奕琛打了一個很長的呵欠，我才想起來他剛從美國回來，一定有時差的問題。

「把茶包放下吧。」

「為什麼？」

「你也累了，到床上休息一下。」我坐在床緣，拍了拍床鋪。

博奕琛頷首，輕柔的將茶包放回圍欄內，走到我身旁坐下，舒展筋骨。

「對不起。」斂眸，我低聲開口：「我不知道會鬧出這麼大的風波，還讓你從美國跑回來……」

握住我的手，他露出笑容，「子燕，我第一次知道，什麼是吃醋。」

「嗯？」我抬眸回望。

他低頭，把玩著我的手指，「昨天，我衝動的趕往機場，買了一張機票回台灣，搭上飛機，坐在位子上，直到看著窗外的天空，我才意識到自己究竟有多麼瘋狂……」

我靜靜聽著，回握他的手卻不自覺收緊。

「為妳瘋狂。」

他話就停在這兒，專注且深情的凝望我。

就算相隔遙遠的距離，那些個好日子、壞日子，總是只要一通電話、幾條訊息，便能帶給彼此安慰、鼓勵，和訴說情意。

原以為，自己終究會習慣，並體貼的懂得知足，可如今，他在面前我才發現──

「我好想你。」

其實這句話，他遠在美國時我就常說了，但聞言，出現在那張臉上的表情，仍然寫滿感動。

博奕琛靠過來，如同過去，親暱的與我額頭相抵，「那妳要不要……給我一個吻？」

我漲紅著臉，仰首迅速的往他脣上一啄，隨即害羞的退開。這種事情，還是只能由他主動啦……

清澈的目光，因盈滿情意而變得炙熱，他伸出手圈住我，慢慢的湊到我耳邊呢喃：「子燕，我愛妳。」

我面上一熱，剛要開口，就被兩片溫熱的脣瓣堵住。

片刻後，博奕琛緊摟著我躺下，我頓時心窩輕顫，還以為我們要開啟成人模式。

結果，他只是真的犯睏了。

與我耳鬢廝磨一陣，他低喃：「不如，我不要回美國了。」

我將臉埋在他胸前笑嘆，「傻瓜。」

「子燕……」明明就快睡著了，卻還像個小孩一樣與瞌睡蟲搏鬥，「明天蹺課和我去約會吧？」

我哭笑不得，「你當真不回美國了啊？」

「那……」

嗅著他身上好聞的氣息，我應聲：「嗯？」

「或者，等我畢業從美國回來，妳和茶包，就一輩子待在我身邊吧？」

眼眶泛紅，我開玩笑的問：「你這是在向我求婚？」

「……太早了嗎？」

一滴幸福的淚水，滑落頰畔，博奕琛睡著後，我自他懷中撐起上半身，望著眼前這個占滿我心扉的男人，輕輕開口：「好。」

他的嘴角，彎起了一道好看的弧度，似乎在夢境裡，也聽見了我的答案。

番外完

後記　配角的幸福

何謂幸福，其實是一個很難說得清楚的問題。

《女配角的戀愛法則》這個故事，起先圍繞的觀點是，每個人都是自己生命中的主角。

而我們，也都是這麼認為的。

要成為主角，才能證明，自己是有價值的，會幸福的。

但有時候，我們是不是忘了，或許本來，我們就不需要向任何人證明些什麼。

我們不需要成為主角，證明給別人看，自己會幸福的，更不需要成為主角，才值得被某個人所愛。

故事的最後，子燕有成為主角的模樣了嗎？

我覺得是沒有的。

後來，比起讓子燕變得像個主角的樣子，我更希望這個故事傳遞的訊息是——就算你不夠好，也能夠擁有幸福。

所以，配角又如何呢？

配角，也能擁有一個深愛著自己的人，和無差別、幸福美滿的人生。

在創作這個故事之初，我的心裡一直是忐忑不安的，因為坦白說，我和子燕的個性相差了十萬八千里，我是一個敢愛敢恨、勇於追求，並且在處理事情上，多半都很果斷灑脫的人。

這樣的我，其實很擔心，沒有辦法把子燕這個角色在故事中所遇到的困難、猶豫和徬徨表現出來，但最後，支持我勇敢創作的動力，是因為我知道，一定有很多人，可以體會那些難處。

子燕最初的人設，是以我的朋友做模版的。

短頭髮、長相清秀，沒化妝的時候樸素，打扮起來也可以很漂亮，可是多數時間，她就像人群裡的小透明，總是默默的付出，體貼地為別人設想好一切，不懂得拒絕，凡事留三分情面，在沒有愛情的時候，十分渴望戀愛，但當遇到時，又缺乏自信。

她總是說：「要找到很喜歡我的男生，可能很難。」

為了這句話，我決定幫這樣的她，找一個非常討喜的對象，也因此，才有了在這個故事裡的博奕琛。

當一個完美的對象，出現在那樣沒自信女孩的生活裡，要跨出舒適圈，鼓起勇氣和他一起站在眾人的眼光前，是非常不容易的。

可是，這往往也是愛情奇妙的地方，它總是能帶給人無比的勇氣。

博奕琛之所以適合子燕，不是因為他是個完美的男主角，也不是因為他的開朗自信，而是因為，他也曾經那樣的不起眼過。曾經，站在像子燕一樣的配角位置，體會過不受人重視的感覺，甚至，是被同學們無情的霸凌。

但正因如此，他願意給子燕更多的時間和空間，能夠理解，有時候勇敢地去接受一個自己不曾擁有過的東西，並不容易。

坦白說，當初我不曾想過《女配角的戀愛法則》會受到大家的喜愛，甚至得到了好多新的讀者朋友們在留言處為我加油打氣，大家陪伴著我，度過那些創作過渡期裡的焦慮和不安，也給了子燕和奕琛許多的喜愛與支持。

這些對我而言，都非常的珍貴，也十分感激。

尤其是當看到有些讀者朋友們留言說可以體會子燕的感覺，甚至是感同身受的時候，更是帶給我很大的鼓勵和信心。

我希望，子燕可以在大家的心中停留很久、很久，雖然這是個奢侈的願望(笑)，但我真心相信，無論是軟弱的你、沒有自信的你、不安的你，或覺得只是個小透明的你，總有一天，一定也會找到屬於自己的幸福的。

因為，在那個人的眼裡，最原本的你，就已經閃閃發亮了。

我要謝謝兩位在 POPO 站上的朋友——樂櫻和懷德，她們每次都要聽我抱怨子燕有多難寫，還有那些深夜裡的無病呻吟，卻也用許多建議和鼓勵，補充我的正能量，為我驅走了許多不安，未來還請多多指教喔(抓肩膀)！

而這個故事，能以實體書的型態與大家見面，真的是我十年的創作里程碑裡，一份很珍貴的禮物。我覺得自己很幸運、也很幸福，能在這個時代，透過 POPO 這樣完善的創作平台，以不同的作品創作，在網路上與大家相遇。

所以，我非常感謝 POPO 原創，還有我的責任編輯尤莉，總是鼓勵我，給予我很多支持，和在作品上自由發揮的空間，並且用心地提供建議、陪伴與關心，讓我可以將作品，以更好的方式呈現給讀者們。

最後，也要特別謝謝 POPO 裡的大家，為這部故事，所做的一切努力。

期待與大家在POPO原創網站上，目前正更新連載的《女主角的戀愛告急》故事相見嘍！

米琳

國家圖書館出版品預行編目資料

女配角的戀愛法則 / 米琳作 . -- 初版 . -- 臺北市：
POPO 出版：家庭傳媒城邦分公司發行 2019 .07,
面； 公分 . -- (PO 小說；36)
ISBN 978-986-96882-8-4(平裝)

863.57 108009775

PO 小說 36

女配角的戀愛法則

作　　者／米琳
企畫選書／簡尤莉
責任編輯／簡尤莉
總 編 輯／劉皇佑
行銷業務／林政杰
版　　權／李婷雯

總 經 理／伍文翠
發 行 人／何飛鵬
法律顧問／元禾法律事務所　王子文律師
出　　版／城邦原創 POPO 出版　城邦原創股份有限公司
台北市南港區昆陽街16號4樓
電話：(02) 2509-5506　傳眞：(02) 2500-1933
POPO 原創市集網址：www.popo.tw　POPO 出版網址：publish.popo.tw
電子郵件信箱：pod_service@popo.tw
發　　行／英屬蓋曼群島商家庭傳媒股份有限公司城邦分公司
聯絡地址：台北市南港區昆陽街16號8樓
書虫客服服務專線：(02) 25007718．(02) 25007719
24 小時傳眞服務：(02) 25001990．(02) 25001991
服務時間：週一至週五 09:30-12:00．13:30-17:00
郵撥帳號：19863813　戶名：書虫股份有限公司
讀者服務信箱 email：service@readingclub.com.tw
城邦讀書花園網址：www.cite.com.tw
香港發行所／城邦（香港）出版集團有限公司
地址：香港九龍土瓜灣土瓜灣道86號順聯工業大廈6樓A室
email：hkcite@biznetvigator.com
電話：(852) 25086231　傳眞：(852) 25789337
馬新發行所／城邦（馬新）出版集團 Cité(M)Sdn. Bhd.
41, Jalan Radin Anum, Bandar Baru Sri Petaling,
57000 Kuala Lumpur, Malaysia.
電話：(603) 90563833　傳眞：(603) 90576622
email:services@cite.my

封面設計／苡汨婩
印　　刷／漾格科技股份有限公司
經 銷 商／聯合發行股份有限公司
電話：(02) 2917-8022　傳眞：(02) 2911-0053

■2019 年 7 月初版
■2024 年 4 月初版 5.2 刷
Printed in Taiwan.

定價／280 元
 ISBN 978-986-96882-8-4